今夜も愉快な
インソムニア

烏丸尚奇

角川春樹事務所

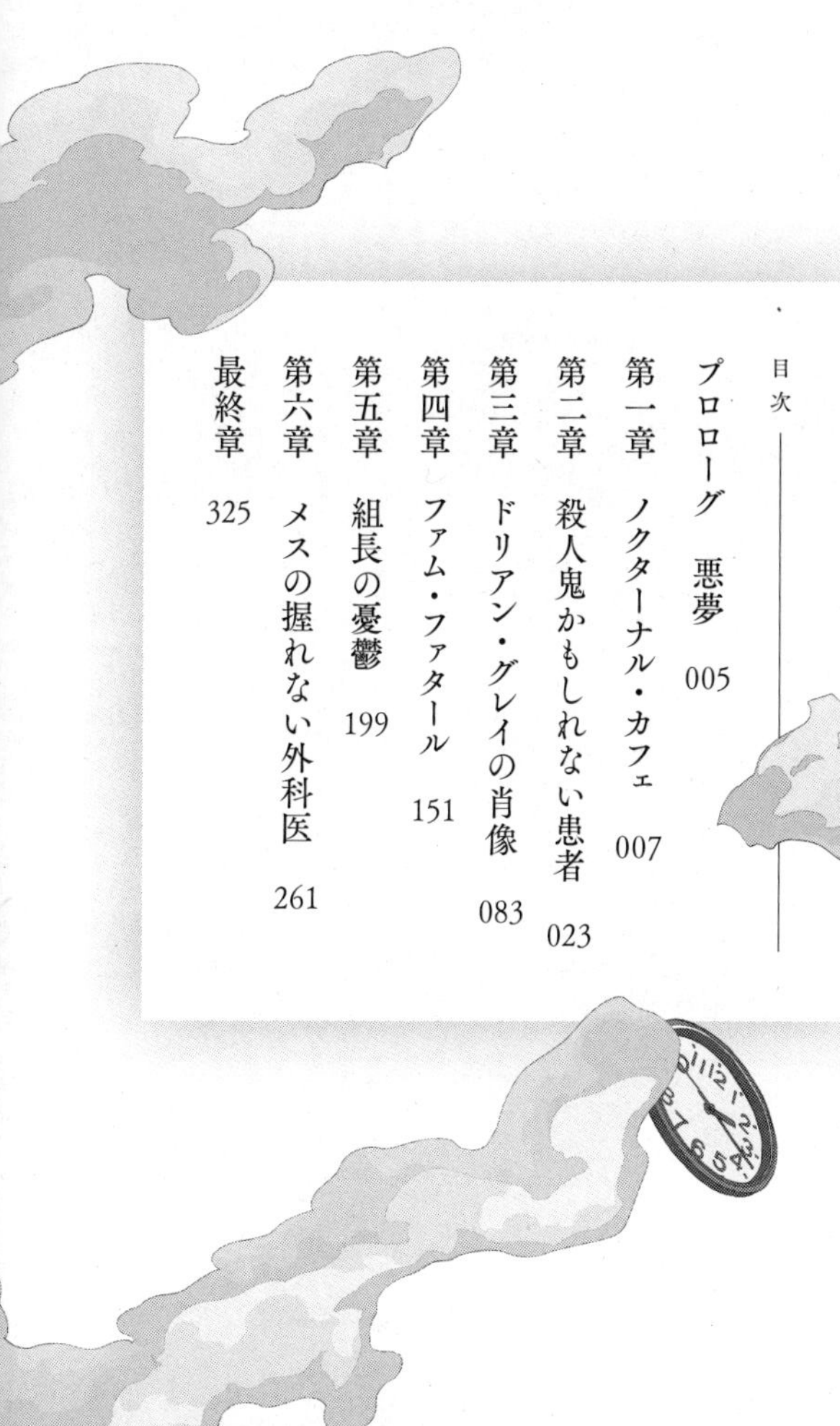

目次

プロローグ　悪夢

　当直室に鳴り響く、けたたましい電子音。

　睡気眼を擦りながら通話ボタンを押せば、受話器から女性の悲鳴じみた声が聞こえてくる。どうやら、電話をかけてきたのは救急外来の看護師のようだ。

「ちょっと、落ち着いて」

「いいから先生っ、早く来てください！」

　一方的にまくし立てられ、電話が切れる。

　ベッドに座ったまま、どんどんと自分の鼓動が大きく、速くなっていくのを感じた。なにが起こったか、ナースは明言していない。しかし、あのパニックに塗れた声を聞いただけで、それが緊急事態だと伝わってきた。

　あの患者に、なにかあったのか？

　頭上へ浮かぶ巨大な暗雲に押し潰されそうになりながら、俺は当直室を飛び出していった。

第一章　ノクターナル・カフェ

1

スマホに表示させたアナログ時計の針が、容赦なく深夜零時を駆け抜けていった。

「あの悪夢から、これでちょうど一年か」

日付が変わったのを見届け、小声で呟（つぶや）く。

九月八日、俺（おれ）にとっては最悪の記念日だ。もし自分に秦（しん）の始皇帝（しこうてい）ほどの権力があれば、きっと、この日をカレンダーから消し去っていたことだろう。

耳からイヤホンを取り外せば、店内の喧騒（けんそう）が聞こえてくる。いや、喧騒というほど煩（うるさ）くはないか。俺は伸びをするついでに、店内を見回した。

白いテーブルに緑のベンチシート、木目模様の床に店内の照明を彩るオレンジ色のランプシェイド。有名チェーンのファミレスを居抜きで買い取って建てられたせいか、店内には何とも言えない安っぽさが漂っている。

ここはノクターナル・カフェ。夜な夜な、不眠症患者らが集まる深夜営業の喫茶店だ。常連客は皆、店内に併設されている睡眠障害専門の診療所「狩宿クリニック」の通院患者で、診療を受けていない者はカフェも利用できない決まりになっている。

不眠症患者しかいないカフェなんて誰が行くか、と健常者なら眉を顰めるかもしれない。しかし、眠れない俺たちにとって、この深夜営業の店は驚くほど居心地が良かった。

北側の壁を覆う棚には、小説や漫画などの書籍が並んでいるし、映画のDVDコレクションも充実しているので、受付でポータブルDVDプレイヤーを借りれば、映画も見られる。食事は出ないが、ケーキやパイなどのデザート類は注文できるし、500円でまあまあ豪華なドリンクバーも利用できた。

このカフェを開いた狩宿院長曰く、店のコンセプトは「どうせ眠れないのなら、夜を楽しんでしまおう」ということらしい。まあ、俺から言わせれば、ただの開き直りだ。

東の窓際に並ぶ、エメラルドグリーンのブース席。そこには今日も、見知った顔が並んでいた。どいつもこいつも、景気の悪そうな顔をしている。

「気になるのなら、話しかけてきたらどうだ？」

突然の声に、俺は溜め息をひとつ返し、再びイヤホンを耳に嵌めた。

別に気になってるわけじゃない。医師としての本能というか、患者を見かけると、視診をしてしまう癖が抜けていないだけだ。

「医師の本能ねえ」

懐疑的な問いかけに、俺は顔を背ける。そこで、窓に映った自分の顔と目が合った。

コイツの言う通り、俺はまだ、自分のことを医師だと認識している。当然だ。事故を起こしたとはいえ、別にそれで医師免許を失ったわけじゃないし、貯えた知識が脳から抹消されたわけでもない。

経歴上は、紛れもなく医師だ。ただ、現役の外科医なのかと聞かれれば、素直に「はい、そうです」とは言えなかった。

メスを握れない外科医なんて、この世にはいないのだから。

こちらがメランコリックな気分に浸り始めた瞬間を狙って、「話しかけるのに、お誂え向きな連中が来たぞ」と声が伝えてきた。俺の座るブース席の傍を中年の女性が三人、通り過ぎていく。

彼女らは、俺が「お喋り三銃士」と陰で呼んでいる常連客だ。

「勘弁してくれよ」

思わず零した独り言に、女性のひとりがこちらを振り向いた。目が合い、会釈をする。彼女はなにも言わず、怪訝そうな表情を浮かべたまま、奥のブース席に向かっていった。

危ないところだ、と非難の目でテーブルの上を睨みつける。

「そんなに怒ることはないだろ、相棒」

呑気に笑う、ダンディーな声。それを遮断しようと、俺は音楽のボリュームを上げた。途端に、静かなジャズが頭蓋骨を震わせ始める。

本来はこんな音量で聞く曲ではないが、仕方がない。おかげで、耳障りな声は聞こえてこなくなった。

読みかけの文庫本を拾い上げ、続きから読みはじめる。しかし、まだまだ続くと思われたストーリーは、あっさりと終わってしまった。残されたページには、執拗なほどに長い解説が載せられていて、読む気が失せた俺はすぐに本を閉じる。

「新しいのを借りにいくか」

常連客らの脇を通り、店の一角を覆う本棚の前へ向かった。

ズラッと並ぶ文庫本の中から、次に読みたいタイトルを探す。その途中で、先ほど読み終えたばかりの小説の続編を見つけたが、手に取らなかった。

これはやめておこう。固そうなタイトルとは裏腹に、さっきの小説は面白かった。それじゃダメだ。こっちは娯楽を求めて、読んでるわけじゃないのだから。

続編の代わりに、難しそうな哲学書を棚から抜き出し、俺は自分の席に戻る。その道中、「お喋り三銃士」の傍を通ったが、彼女らは今夜も世間話に花を咲かせていた。漏れ聞こえた内容によれば、今日の話題は巷を騒がす連続殺人鬼、「メカクシ」のようだ。

身勝手な意見が飛び交うブース席を避け、自分の席に戻る。誰彼構わず、話しかけてくるオバさんたちの射程範囲内から無事に抜け出せたことを祝って、俺はグラスを傾けた。ジャスミンティーの仄かな甘味を感じつつ、再び店内を見回してみる。

はじめにここの噂を聞いたときは、そのコンセプトに「馬鹿じゃないの？」と首を傾げたものだ。しかし、一年ほど通っているうちに、「わざわざこんな店に来るくらいなら、ベッドの上でジッとしてるわ」と、そんな想いは押し潰された。

眠れない夜ほど、長いものはない。

早く眠らないと、少しでも眠らないと、今夜こそは眠らないと。

そうやって焦りながら過ごす時間は、苦痛以外の何物でもない。冴えた頭で打つ寝返りなど、打てども打てども無意味。右、左、正面と体勢を変えながら、「眠れない」と「眠らないと」を繰り返しているうちに、日が昇るのだ。

そんな夜とは裏腹に、昼間は強烈な睡魔に襲われるようになった。

睡気と虚脱感に身体を蝕まれ、仕事中にも拘わらず、指先は震え、視界は歪んだ。こまめに仮眠を取らなければ、満足に動けもしない身体。そんな状態でハードな外科医の仕事など、務まるわけがなかった。

ここ一年、俺はメスを握っていない。すべてはこの病のせいだ。

眠れさえすれば、再び術場に立てるのに。そんな状態が何ヶ月も続き、俺に任される仕事は徐々に縮小されていった。

手術はちょっとお休みして、外来診療をメインで頼むよ。悪いけど、病棟患者の管理を頑張ってくれ。上の空だと、患者からクレームが入ってね。

看護師から、ミスが目立つと報告があった。しばらく、事務処理だけに集中してくれ。

そして、ついに今日——。

嘆息した瞬間、微かにではあるが、睡気を感じた。もしかして、今夜はいけるか？

期待とともに、俺は診療所の奥にある階段を見つめた。

このカフェの二階には、仮眠室がある。もとはファミレスの管理事務所だったらしいが、狩宿院長はそこにカプセルホテルみたいな個室型のベッドを十台ほど導入し、患者がいつでも眠れるようにしてくれていた。

俺も今夜こそは、と立ち上がったところで、視界に何かが入ってくる。小刻みに左右へ振るわれる、白い前足。

「おい、呼ばれてるぞ」

テーブル上のチンチラに言われて、俺はイヤホンを外す。

「錦さん、錦治人さん」

診察室の前で、看護師が俺の名前を呼んでいた。

2

「メスの握れない外科医なんて、空を飛べない鳥くらい役立たずだからですよ」

俺が自嘲すると、「じゃあ、ペンギンは？」と院長が聞き返してくる。「それに、ドードーなんてのもいたね」

「すでに絶滅した動物のことを言われても」

こちらが苦笑すれば、「たぶん、調べてみれば飛べない鳥なんて、いくらでも見つかるはずだよ」と言われてしまった。

話がズレている。そう感じて「比喩表現なんてどうでもいい。問題は『上司から休職を勧められた』ってことですよ」と、話題を本流へ戻した。

「ごめんごめん」と平謝りしてから、院長は俺が渡した睡眠日誌を開く。「またストレスが増えちゃったみたいだね」

「眠れないからミスをする。ミスが増えるから、また眠れなくなる。ずっとその繰り返しです」

「不眠以外の症状は出てないかい？」

俺は質問に答えず、膝の上を見た。視線の先で、薄いグレー色の小動物が首を傾げている。

「過度のストレスは抑うつ症状とか、食欲の減退を加速させることもあるからね。幻覚に幻聴といった現象なんかも、出てきたりする。心当たりは？」

狩宿は、鬱病を含めた精神疾患の発症を危惧しているのだろう。たしかに、多くの不眠症でベースとなっているのは鬱病で、そこから統合失調症などに至る患者もいると聞く。しかし、俺は典型的な鬱病ではない。たまにメランコリックな気分にはなるものの、食欲は人並みにあるし、興味や喜びの著しい減衰などの症状も自覚していない。

ただ眠れないだけ。まあ、あとは幻覚のチンチラを見るぐらいだ。

「心当たりはありませんね」

俺がきっぱり否定すると、膝の上でチンチラが「おまえは嘘が下手だな、相棒」と飛び跳ねた。

こいつの名前はテンという。俺にしか見えない幻覚ではあるが、名付けたのは妹だ。幼い頃、妹の奈癒が親に強請って買ってもらったペットのチンチラ。飼い始めて一年も経たないうちに死んでしまったのだが、その原因は俺にある。

テンはオスのチンチラだったが、幼い妹は構わず、人形の服などを無理やり着せて女装させながら、どこへ行くにも連れ回していた。当時は俺も子供だったが、明らかに衰弱していくチンチラに同情し、ついにある夏の日、テンを庭へ逃がすことを決意する。

妹はすぐに気付き、庭でテンのことを追い回したが、奈癒が捕まえようと手を伸ばした先で、チンチラは一匹の鷹に連れ去られてしまった。神奈川に鷹なんて生息してたのか、と驚く俺を見下ろしつつ、悠々と上空へ逃げ去った鷹。しかし、テンは大人しく捕まるようなチンチラじゃなかった。

暴れ回り、その爪から脱出すると彼はそのまま、花壇の周りを囲んでいたレンガ塀の上に落ちて死んだ。

近所のひとが庭先を覗き込んでくるほど泣きわめく、妹。俺はその隣で「なんでこんなことになったんだ。ただ、逃がしたかっただけなのに」と立ち尽くすしかなかった。

そんな悲劇のチンチラが、不眠をきっかけに俺の前に現れるようになったのだ。最初は小さな足音が聞こえただけだったが、視界の端で走り去るのが見え始め、ついにははっきりと視認できるようにまでなってしまった。

掌大の大きさの小動物。それだけなら可愛いものだが、このチンチラは喋る。いやにダンディーな声で、俺のことを「相棒」と呼び、事ある毎に話しかけてくるのだ。

もちろん、飼っていた頃はそんなファンタジックなペットではなかった。この言語能力は、幻覚となってから彼に備わったものだ。

深刻な精神疾患の予兆。それを、俺は周囲から直隠しにした。テンのことは、誰にも話していない。話せるわけがない。主治医から症状を隠すのは心苦しいが、眠れるようにさえなれば、この幻覚も消えてくれるはずだ。

「相棒、ぼうっとし過ぎだぜ」

テンに言われ、ハッとする。

「まとめると、不眠とそれに付随する日中の倦怠感以外に症状は出てないんだね？」

なにをまとめたのかは聞いてなかったが、結論を聞き逃さずに済んでよかった。俺は「ええ、その通りです」と頷く。

「まあ、ものは考えようだ。もしかしたら休職によって、さっき錦くんが言ってた悪循環も断ち切れるかもしれないしね」

院長は「眠れない」と「眠らないと」のループのことを言っているのだろう。ポジティブな方向に話を持っていこうとする院長にムカッと来て、「っていうか、いつになったら俺は満足に眠れるようになるんですか？」と俺は語気を強めてしまう。

驚いた狩宿が、カルテから顔を上げた。

「もう一年近くここで治療を受けているのに、一向にその兆しは見えてこない。治るどころか、手術もできない、単純な仕事でも凡ミスの嵐。俺のキャリアはグチャグチャですよ」

言い終わった瞬間、「あっ、すみません」と謝る。そんなつもりも無かったのだが、狩宿クリニックを批判するような発言になってしまった。

院長、そしてこのクリニックの存在には感謝している。たしかに、俺の病状は芳しくないが、それでもここの助けがなければ、もっと酷(ひど)い目に遭(あ)っていただろう。眠れない夜が精神に与えるダメージは底知れない。それこそ、自ら命を絶っていた可能性だってある。そうならなかったのは、狩宿クリニックとノクターナル・カフェのおかげだ。俺は批判した分を取り戻そうと、感謝の気持ちを素直に伝えた。

患者が吐露する賞賛を聞き流し、院長は「ありがとう。でも錦くんは、自分に厳し過ぎるよ」と笑った。

窘(たしな)められたような気がして、俺は「せめて、夜なら働けるのに」と負け惜しみのようなことを口走る。しかし、これは本音だった。

夜間なら目も冴(さ)え、疲れも感じないのだ。ミスなんて、起こしようがない。

「じゃあ、夜勤か当直をすればいい」

「メスも握れないのに、外科当直は任せてもらえませんよ」

「じゃあ、内科当直は？　消化器外科医なら、一般内科の知識も十分あるだろう」

「そっちも専門じゃないので、厳しいと思います。それに、あの事故が起きたのは当直中の話だ。手術そのものより、当直業務の方が怖いですよ」

自ら「夜なら働けるのに」なんて言い出したくせに、情けない。俺は自己嫌悪に塗れながら、俯(うつむ)いた。

しかし、そこで「じゃあ、うちで働いてみるかい？」と狩宿が言ってくる。

幻聴かと思い、「え？」と聞き返す。すると、院長は「昔から、僕は腰痛持ちなんだけどね」と事情を話し始めた。

なんでも、彼は腰椎（ようつい）ヘルニアを長年患っており、最近はぎっくり腰を繰り返しているらしい。そして先日、ついに手術を勧められたと言う。

「君も知ってるだろうけど、術後はリハビリもあるから、入院期間は結構長くなる。それに、長時間座ってられなくなるから、退院してもすぐ職場復帰というわけにはいかないんだ」

「それは分かりますが、なんで患者である俺を？」

困惑に任せ、尋ねてみると「いやいや、錦くんはただの患者じゃないでしょ。君はうちに通いはじめてから、睡眠障害について調べまくっている。ガイドラインだって、そこらの睡眠医よりよっぽど詳しいはずだ」と言われた。

たしかに、間違ってはいない。俺は自分の病状を理解したくて、睡眠障害という病気について執拗（しつよう）に調べた。

長い夜を逆手に取り、医学書はもちろん、民間療法やただの一般人が書いた闘病記なんかも目に付く限り購入して、読み尽くしたのだ。狩宿の言う通り、ガイドラインだってそこらで唱えられるし、下手な専門医よりは知識も多いだろう。

しかし、睡眠障害の治療は精神科の領分だ。不眠を訴える患者は多いので、他科の医師も睡眠剤の処方くらいはするが、診断から管理までとなると、話は変わってくる。少なくとも、壊れかけた外科医に任せるような仕事ではない。

なのに、俺は「できません」と言えなかった。散々、職場で繰り返したフレーズだというのに、口は開けど言葉は出てこない。もしかしたら、出来ない出来ないと言い過ぎて、脳が拒否しているのかもしれない。

口を開けたまま、固まっていると「どうだい？」と狩宿が訊いてくる。

出来ないと言えない俺は「そこは、専門医。少なくとも、精神科医に応援を頼むべきじゃないですか？」と、別の言葉に言い換えた。

「たしかに、君が休職したと聞くまではそのつもりだったけど」

院長は言葉を切り、「君には言ってなかったっけ」と俺のカルテを見下ろした。「実は、僕も酷い不眠症でね。いまも昼間は、睡気を嚙み殺しながら暮らしてるよ」

「えっ」と驚きはしたが、深夜しか開いていないクリニックとカフェを運営しているのだから、それも当然かもしれない。

「だから僕は患者の気持ちを痛いほど、理解してるつもりだ。『眠れない』という一言に、いったいどれほどの苦渋が凝縮されているか。それが分からない医者に、うちの患者さんたちを任せたくないんだよね」

院長の説明を聞いて、俺は無意識に左手で自分の下腹を触っていた。服越しに触れる、虫垂炎手術の傷痕。

小学生の頃、ずっと腹痛を我慢していた末に、俺の盲腸は破裂した。病院に担ぎ込まれ、手術を担当したのは父で、術後、目を覚ました息子に「これで父さんとお揃いだ」と、父は術着を捲り、自分の傷痕を見せてくれた。

「辛かったのに、よく頑張ったな」

父も同じ苦痛を経験したと知り、その言葉は重みを増したように思える。同病相憐むではないが、似たような経験をした者同士、一体感のようなものが生まれたのだ。もし、あそこで「腹痛を我慢するなんて、馬鹿な真似をしたものだ」などと言われていれば、俺は居たたまれない気持ちになっただろう。

腹の凹凸に触れてる間に、「医者っていうのは、どうしても上から目線でものを言いがちだ」と狩宿は話を続けた。「しかし、同じ地獄を経験すれば、対等の立場に立てる。これは下手な資格より、大事なことだよ」

「でも、俺はその地獄の真っ只中ですよ？」

「だからこそ、より親身になれるんじゃないか」

ハッハと笑う院長を前に、俺は返答に困る。たしかに、患者らの気持ちは痛いほど分かるだろう。しかし、まだ自分の問題も解決できていないのに、他人の不眠症を治療するなんて。

困惑真っ最中の患者をそっちのけで、「昼の世界に順応しようとして苦しむ、夜行性の獣たち。そんな愛すべき僕の患者を、君に任せたいんだ」と狩宿は前のめりになった。

六十手前の、深い皺が刻まれた真剣な顔で、彼はじっと見つめてくる。

このオファーが冗談じゃないことは伝わった。院長は、本気で俺を臨時医として雇おうとしているのだ。

しかし、やっぱりトリッキー過ぎる。放られたのはカーブボールどころではない。ピッチャーマウンドからラグビーボールを投げるような蛮行だ。

どう断ろうかと、視線を下ろせばテンがこちらを見上げていた。

「いいんじゃないか、相棒。たまには気分転換も必要だろ？」

馬鹿なことを言うな、安請け合いなんて医師のプライドが許さない。

俺は脳を引っくり返して言い訳を探したが、不覚にも口から出てきたのは「本当に、俺でいいんですか？」という言葉だった。

ここ一年、見放されてばかりの日々が続いている。職場の同僚、上司、スタッフと、かつて肩を並べて働いていた者たちは、もう俺のことを「過去」として扱っている。

心の折れた外科医なんて、使い物にならないよ。

可哀想に。せっかく医者になれたのにな。

不安だわ。またミスするんじゃないの？

不思議と陰口というのは、彼らが声を潜めていても、聞こえてくる。もう、終わりだ。

俺を頼りにする奴なんて、この世にひとりも残っていない。

そんな暗闇に垂らされた一本の糸。俺はカンダタの心境が、生まれて初めて理解できた。

「大丈夫。期間は一ヶ月くらいだろうし、その間、新規の患者は受け付けないようにするからさ」

狩宿に言われ、「じゃあ、お願いします」と俺は頭を下げた。

「引き受けてくれて助かったよ、錦くん」

前から肩を摑まれ、顔が熱くなる。

「これはただの勘だが、君は向いてると思うよ」

院長に言われた言葉が、胸にすっと落ちていった。

第二章　殺人鬼かもしれない患者

1

予定外に、俺（おれ）の不眠外来デビューは早まることとなった。

本来は一ヶ月ほど、狩宿の横に付き、睡眠外来のノウハウを学ぶ予定だったのだが、院長が腰に抱えた爆弾がそれを許さなかった。

見学初日に「あっ！」と叫んだまま、動けなくなった狩宿。彼は、そのまま病院へ運ばれてしまったのだ。

救急車に運び込まれる瞬間、「あとは頼んだよ、錦くん」と院長に言われ、俺はその翌日から臨時医として働くことを受け入れてしまった。

白衣に袖（そで）を通しつつ、更衣室にある姿見を覗（のぞ）き込む。目の下が窪（くぼ）んだ、情けない顔をしていた。

「大丈夫、大丈夫だ」

頬を叩き、俺は己を鼓舞する。

「患者に不安な顔を見せるな。治るものも、治らなくなるぞ」

自分の病を棚に上げ、医者としてのプライドを刺激してやれば、少しはマシな顔付きになってきた。

経験は無いに等しいが、知識だけは十分にある。初日をやり過ごし、コツさえ摑めればあとは何とかなるはずだ。それに失敗したって、別に俺のせいじゃない。イレギュラーな提案をしてきた、院長が悪いのだ。

更衣室を出ようとしたところで、「頑張れよ、相棒」とテンが声をかけてきた。開きっぱなしのロッカーの中から、見送りでもするかのように短い前足を振っている。

相変わらず、渋い声をしやがって。

呆れながらも、更衣室の扉から外へ首を出し、周りにひとがいないか確かめる。無人だと分かると、俺はロッカーの前にしゃがみ込んだ。

「ちょっと、おまえに頼みがある」

視線の先で、オスのチンチラが首を傾げた。

「相棒がオレにお願いなんて、珍しいな」

いつも心の中では、早く消えてくれって願ってるよ。そう思いつつ、「もう俺は失望されたくないんだよ」とすぐさま本題に入った。

「心配するな、相棒。危ないと思ったら、すぐにオレが助けに入るからさ」

まったく、どの口が言うのだ。俺が大学病院でやらかした失敗の大半は、睡気により誘発されたものだが、このチンチラに注意を取られて、犯したミスも少なくない。

久しぶりに頼りにされているのだ。救急車に担ぎ込まれた際の、狩宿の顔を思い出しつつ、「頼む。邪魔だけはしないでくれ」と頭を下げた。

「任せとけよ。オレはいつでも相棒の味方だぜ」

テンがその毛むくじゃらの胸をドンッと叩く。

そのとき、背後でひとの気配がした。

「錦先生、そろそろ最初の患者さんが来ますよ」と女性の声が聞こえてくる。

まずいな。幻覚とお話している姿を見られてしまったのだろうか。首だけ回し、後ろを振り返れば、狩宿クリニックの看護師、水城涼が不思議そうな顔をして、こちらを見下ろしている。

「なにをしてるんですか？」

「ちょっと、屈伸をね」俺は膝を開き、グッグッと体重を乗せた。「外来中は座りっぱなしだから、準備運動は欠かせないんだ」

「やっぱり外科の先生は、体育会系のひとが多いんですね」

よく分からない偏見を言い残し、「早く来てくださいよ」と水城は診察室へ戻っていく。

良かった。なんとか、コイツのことは隠し通せたらしい。

俺はテンと目が合ったまま、彼を封じるようにロッカーの扉を閉めた。現実のペットなら、これで閉じ込めておけるのだが、幻覚が相手じゃ、ただの嫌がらせ程度の効果しかない。

俺は姿勢を正し、左手首を見た。時計の針が、夜の十時を回っている。狩宿クリニック、開業の時間だ。

2

「お大事に」

患者の背中を見送り、カルテに診察内容を書き込む。

いまはどこの病院も電子カルテなので、手書きは違和感があったが、とくに苦ではなかった。狩宿が書いた過去の記載を参考にしつつ、患者の睡眠状況、処方した薬剤や次の予約日をその下に追加していく。

精神科の外来診療など、研修医の頃に少し見学しただけで、ほぼ初めての経験だったが、何ということはない。患者から経過を聞き、眠剤や向精神薬の投与量を調節する。ただ、それだけだ。

普段、外科で診ている患者と対応はそう変わらない。むしろ、傷の処置やＣＴスキャンなどの画像検査、気の重い告知のような作業がない分、楽にさえ思えた。初診患者がいないので、診断の手間が省けたというのもあるが、不眠症患者として培った知識も充分通用している。

しかし、気になるのは、患者らの態度だ。

診察室に入ってきたときは、リラックスした様子なのに、帰り際にはみんな首を傾げたり、溜め息をついたりと、不満そうに去っていく。自分の診察に不手際があったのでは、と思い、院長の残したカルテを見てみても、特に思い当たることはなかった。

簡潔に患者の経過が書かれている以外は、薬剤の投与量と次回予約の日時だけ。俺も同じことをやっているというのに、いったいなにが不満なのだろう。

「次の予約の方は、まだ来られてないみたいですね」

患者の呼び込みから戻ってきた水城が言う。

「水城さん、カフェの様子はどう？」

俺が不安げに尋ねれば、ナースが「どう、とは？」と首を捻った。

「いや、やっぱり急に主治医が変更になったもんだから、患者さんたちも困惑してるのかなって思って」

すぐには答えず、水城がじっとこちらを見てくる。値踏みされているようで、あまり気分はよくなかった。

水城涼、二十六歳。彼女は狩宿クリニックの専属ナースで、まだ若いが、優秀な看護師だ。

俺が通院していたときは、特に意識していなかったけど、おそらくは院長の右腕的存在なのだろう。彼女のおかげで、今日もスムーズに診療は進んでいる。

看護師によっては、やたらめったら口出ししてきたり、逆に何の興味もなく、はいはい、と医師の指示に従う者もいる。医師を蔑んでいるひとも少なくないし、尊敬や信頼の念を寄せてくるひともいる。

医師の方も、千差万別だ。

ペラペラとコミュニケーションを取りたがる奴もいれば、寡黙で、患者とさえほとんど会話しない変わり者もいる。看護師へ過剰に干渉する奴や、失敗を擦り付けたり、スタッフに八つ当たりを繰り返す傲慢な医者も珍しくない。

医師には医師の、看護師には看護師の距離感やスタイルがあるのだ。そこに齟齬があると業務は捗らないし、問題も起きやすい。

そういう意味では、水城と俺の相性は悪くなかった。特に進んで首を突っ込んでくるわけでもなく、痒い所に手が届くといった、絶妙なサポートをしてくれている。

だからこそ、不安を打ち明けたのだが、さっきから彼女は黙りこくって、こちらを見下ろすばかりだ。

「やっぱ、なんか問題になってる？」

「問題にはなってませんけど、失望はされてるみたいですね」

ズンッと胸が重くなった。やはり、俺は期待に応（こた）えられていないらしい。

こちらが肩を落としたところで、水城がマスクを外しながら患者用の椅子（いす）に座った。思えば、彼女の素顔を見るのはこれが初めてだ。

大きな目と小さな鼻が、フクロウを思わせた。

「ごめんなさい、勝手に期待しちゃってました」と水城が眉（まゆ）を下げる。「錦先生は、患者としてうちに通ってたし、ひと味違うかなって思っちゃって」

「どういうこと？」

「前にも一度、臨時の先生が来てくれたことがあったんですよ。そのときも、院長の腰が爆発しちゃって、うちの提携先に星都（ほしづ）睡眠センターっていう睡眠時検査を主にやってる施設があるんですけど、ご存知（ぞんじ）ですか？」

「ああ、俺も一度お世話になったことがあるからね」

苦笑すると、「ですよね」と彼女は話を進めた。「そこのドクターに頼んで来てもらったんですけど、これが全然ダメで。薬を増やしたり減らしたりするだけで、患者の話を聞こうともしなかったんです」

俺もそうだと言いたいのだろうか。同じ地獄を経験すれば対等の立場に立てる、と狩宿の言葉が脳裏を過った。

「そんなに酷かったかな。親身になってたつもりなんだけど」

「あんな短時間、接しただけで？」

水城に言われ、ウッと言い淀む。しかし、外来診療とはそういうものだ。限られた時間で、どれだけの数を捌けるか。できるだけ患者を待たせなかった医師にこそ、正義はある。反論を練っていたところに、水城が「言っときますけど、うちの診療はカウンセリングも兼ねてるんですからね」と詰めてくる。

「それはないよ」俺は鼻で笑い、「カウンセリングなんてしようと思ったら、少なくとも三十分は必要だ。ひとりの枠が十分なのに、どうやって？」と聞き返した。

すると、「錦さんも、その短い時間でしっかり院長からカウンセリングを受けてたじゃないですか」と看護師は言う。

俺がカウンセリングを受けていただと？

そんな馬鹿なと思いつつ、この一年を思い返してみる。すると、彼女の言う通りだった。

俺は自分が医師だから、狩宿が興味を持って話し込んでくれていると思っていた。会話の内容も、眠剤の効果、副作用やガイドラインの矛盾についてなど、専門的な内容だったし、仕事の調子を訊かれるのも、同じ医師として同情してくれているからだ、と勝手に思い込んでいたのだ。

しかし、全部、勘違いだったのだろう。

俺は悩みを打ちまけ、彼は傾聴してくれた。患者が医師免許を持っていたから、その内容をこちらへ寄せただけで、院長はちゃんとカウンセリングを行っていたのだ。

おそらく、患者ごとに話を合わせつつ、耳を傾けているのだろう。自分だけが特別扱いを受けていたわけじゃないと知り、俺は顔が熱くなった。

「たしかに時間は短いですけど、院長先生は患者さんたちの話をしっかり聞いてました。だからこそ、自分たちのことを錦先生がテキパキと捌くのを見て、みなさん幻滅したんです」

水城に言われ、「でもカルテには手短な文章しか――」と抗おうとしたところで、「それは全部覚えてるから。ああ見えて、院長の記憶力はエグいんですよ」と言葉を被せられてしまう。

なるほど。会話の内容を全部記憶してるから、メモ書き程度の記載しか、カルテには残されていなかったのか。

徹底的に打ちのめされたことで、逆に気力が湧いてきた。

「それならそうと、最初から水城さんが教えてくれれば良かったのに。狩宿院長が緊急入院したせいで、俺は満足に引き継ぎも受けていないんだからさ」

厭味ったらしく言った俺に、「忠告したところで、ちゃんと聞いてくれてました?」と水城が笑みを浮かべた。美人な彼女によく似合う、悪戯っぽい笑顔だ。

「若いドクターなんて、みんなプライドの高い生き物ですからね。失敗しないと、こちらを向きもしない。違いますか?」

歳下に窘められ、腹が立つ。しかし、彼女の言うことにも一理あった。

知識はあっても、俺は門外漢。このクリニックにとっては、異物に他ならない。なのに、教えを乞うわけでもなく、カルテを読んだだけで診療を進めてしまった。はじめに、「こうしようと思うんだけど、どうかな?」と彼女に訊けば良かったのだ。

そうしなかった時点で、傲慢とレッテルを貼られても仕方がない。俺は「よし!」と自分の顔を叩いた。

その威力に驚いたのか、「ちょっと、そこまでしなくても」と水城が心配そうな顔で覗き込んでくる。

「大丈夫。いつも、昼間の睡気を払うためにやってることだから」

看護師を宥め、「これからは、もっと真剣に患者と向き合うよ」と決意表明すれば、「なにそれ、変なの」と彼女は笑ってくれた。

水城が席を立ったところで、「でも、静観してた甲斐がありました。もう大丈夫そうですね」と言うので、「もしかして、失敗するのを待ってたの？」と返せば、「はい」と笑顔で肯定される。

「もう半分くらい診たあとだっていうのに、水城さんは気が長いんだね」

溜め息混じりに言うと、「そうですね。釣りが趣味なんで」と不思議な答えが返ってきた。

「じゃあ、そろそろ次の患者さんが来てるかもしれないので、カフェの方を見てきますね」

やっぱり、彼女は優秀だな。

遠ざかる背中を眺めながら、俺はピリつく頬を擦る。水城の前では強がってみせたが、思いの外、力が入ってしまって、正直、かなり痛かった。でも、気分は悪くない。この痛みは俺の覚悟の表れなのだから。

「よし、頑張るぞ」

俺が小声で気合いを入れていると、「若い女のケツを眺めながら、呟くような台詞じゃないな」とテンが横槍を入れてきた。

「尻なんて見てない。変なことを言うな」

思わず零れ出た反論に、診察室を出かけていた水城が振り返る。

「なんか言いました？」

「気にしないで、ただの独り言だから」

彼女が部屋を出たのを見届け、「おい、邪魔しない約束だろ?」と俺はチンチラを睨みつけた。

「邪魔する気なんてないさ」とテンは器用に肩を竦める。「ただ、相棒が女に興味を持つのは久しぶりだなって、思っただけで」

「ほっとけ」

会話が成り立つほどの、幻覚に幻聴。明らかな病状悪化の危険サインから目を逸らし、俺は次の患者が来るのを待った。すると、ひとりの若い男性が、水城に連れられて診察室に入ってくる。

彼には見覚えがあった。ノクターナル・カフェの常連客で、俺が陰で「書記係」とあだ名をつけていた青年だ。毎夜、一心不乱に何かを書き込んでいる大学ノートを手に、患者用の椅子へ腰を下ろした。

初対面の臨時医に「烏丸直樹です。お願いします」と患者は頭を下げる。

前回、ノクターナル・カフェで見かけた時よりも、病状は悪化しているようだ。頬は窶れ、目の下には皮膚をえぐるような隈が刻まれていた。

さあさあ、視診はこのくらいにしておいて、宣言通り、彼と向き合うことにしよう。

「じゃあ、まずは睡眠日誌の確認から——」

俺が診療を進めようとしたところで、「先生！」と烏丸が声をあげた。悲鳴のような、大声だ。

「ど、どうしましたか？」

笑顔を崩さないよう気を配りながら、問い掛ける。すると、彼は持っていた大学ノートをこちらへ差し出しながら、「これを読んでみて下さい」と言ってきた。

睡眠日誌だろうか。縋り付くような青年の眼差しに困惑しつつ、俺は受け取ったノートを開いてみた。自分も毎日つけているので、睡眠日誌なら見慣れたものだ。

しかし、ページに並んだ文面はどう見ても、その類のものには見えなかった。どちらかと言えば、その縦書きの文章は書きかけの小説のように思える。

「えっと、これはいったい何ですか？」

俺が問い掛けた瞬間、彼の虚ろな顔が近づいてくる。

「先生、どうしよう。僕は殺人鬼かもしれない」

震える声で言われ、俺は何と返していいか分からなかった。

3

患者から衝撃の告白を受けた翌日、俺は夕日に飲み込まれようとしている病院を、その外から見上げていた。

臨時医師を引き受けた際、狩宿院長は「なんでも相談してくれていいから」と言ってくれた。初日にさっそく悩みが出来たので、こうして見舞いついでにのこのことやって来たわけだ。

計算外だったのは、狩宿の入院先だ。まさか、あの忌(い)まわしき事故の起きた安藤(あんどう)記念病院に彼が入院していたとは。

しかし、迷っている時間もない。そろそろ、面会時間が終わる時刻だ。

昨夜、水城に入院先を聞いた時点でこうなることは分かっていたが、もっと早く来ようにも俺の病状がそれを許さなかった。頭が冴(さ)えるのを待っていたせいで、すっかり日は落ちかけている。

俺は意を決して、院内へ足を進めた。〈施設案内〉と書かれた案内図を参考に、整形外科病棟へ向かう。その道中、看護師や事務員、医師とは出来るだけ目を合わせないように気を配った。

背中や横顔に、スタッフたちの視線を感じる。あれが患者を殺した外科医よ、などと噂(うわさ)されているのだろうか。

ナースステーションで面会の意志を告げると、「狩宿さんなら、５０６号室ですね」と何の疑いもなく、教えてもらえた。あの事故のことを知らないわけじゃないのだろうが、どうやら彼女は俺の顔までは分からなかったようだ。

「そろそろ、面会時間も終わりますから、手短に」

笑顔で接してくれたナースに頭を下げ、俺は早足で５０６号室へ向かう。ノックをしてから病室に入ると、見知った女性がベッドサイドに座っていた。

「水城さんも来てたんだ」

こちらが言えば、「院長に送り込まれたスパイとして、錦先生の監視を任されてますからね。今日はその報告に」とニヒルな笑みを向けられる。

「自ら立場を明かすなんて、間抜けなスパイもいたもんだ」

俺が笑い飛ばせば、「バレましたか。そうです、嘘です。本当は、錦先生がクリニックのお金を横領したって密告に」と設定を変えてきた。

「初日に、そんな大それた犯罪をする訳ないだろ。やるなら最終日にまとめてやるさ」

「なるほど。こちらが気付いたときには、高飛び先の砂浜でピニャコラーダでも傾けてるってわけですね」

「ああ、そうだ。南国美女の隣でな」

俺は頷き、彼女と笑い合う。

「たった一日で、随分と仲良くなったもんだ」

ベッドの上から雇い主に言われ、俺は「すいません、変なノリが生まれてしまって」と頭を下げた。

たしかに、水城とはかなり距離が近づいたと思う。臨時医として、初日から情けない姿を晒した俺を、彼女はうまくサポートしてくれた。それだけでも、距離が縮まる理由になるが、こうして冗談を言い合えるくらいの仲になったのは、診察が終わったあとの診察室で、朝方まで話し込んだ結果だろう。

もちろん、議題となったのは、あの患者の告白だ。

クスクス笑う水城の隣に腰を下ろし、「お加減どうですか?」と尋ねれば、「情けないことに、トイレに行くにも一苦労といった有り様だ」と院長は苦笑する。

「大変ですね。オペ日はもう決まりました?」

「どうにか来週中には、って主治医は言ってくれてるけど、どうだろう。予定手術で枠もパンパンだろうからね」

介護ベッドに背を委ね、狩宿は「いつになるやら」とぼやくように言った。そこから腰痛持ちの愚痴が続く。

腰椎ヘルニアのせいで、相当に苦しい思いをしているのだろう。同情はするが、俺は早く例の相談をしたくてソワソワしていた。このまま時間切れ、なんてことになったら目も当てられない。

そんな焦燥感にこちらが駆られているところへ、「錦先生は、烏丸さんの相談をしにきたんですよね？」と水城が最高のパスを出してくれた。

「そうなんだよ。是非、狩宿院長の指示を仰ぎたくて」

俺は大きく頷きながら、「烏丸さんってうちに通ってる、あの小説家の？」と眉を上げた院長に、事情を話し始めた。

烏丸直樹、二十七歳。彼は昨年、デビューしたばかりの小説家で、二作目を書けないプレッシャーから眠れなくなった不眠症患者だ。ほぼ俺と同じ頃から狩宿クリニックに通い始め、その病状は軽快まではいかなくとも、そこそこ安定していた。

しかし、先月に入った辺りで、安定しかけていた烏丸のバイオリズムがグズグズになる。それは執筆のプレッシャー以外に、ある不安が彼の中で生まれたせいだ。

とある連続殺人事件が、最近、巷を騒がせている。殺人鬼メカクシによる凶行がワイドショーやニュースを賑わせるようになったのは、ここ半年ほどの話だが、最初の被害者が出たのは、もう一年も前らしい。

殺人事件の少ない、平和な国。国民全体が刺激に飢えているといっても過言じゃない。そんなところへ投下されたシリアルキラーの存在は、おおいに世間を沸かせた。被害者は皆アイマスクをしていて、それを外すと遺体の目が縫い付けられているらしいと、興味のない俺でも、その手口を知っている。

自分がその殺人鬼かもしれない。そんな不安に、烏丸直樹は怯えていた。

ざっと事情を説明し終えたところで、『かもしれない』ってことは、彼にも確証はないんだね？」と狩宿が訊いてくる。

「ええ、はっきりとした記憶は本人にもないそうです」

俺は言い、膝に乗せていた鞄から一冊の大学ノートを取り出した。昨夜、烏丸から渡されたノートだ。

「でもこれを読むと、たしかに、と思う部分もあるんですよ」

ノートを受け取った院長が、パラパラとページを捲る。

烏丸のノートの構成は、かなり無秩序なものだ。彼が小説家と知った際には、いつも必死に書いていたのはその原稿だったのか、と俺は思ったが、少し違う。たしかに、小説の草案なども書かれているけど、日記のような書き込みや、落書きに割かれているページもあった。

つまりは、なんでもありということだ。アイディア帳であり、ダイアリーであり、そして夢日記でもある。問題は、この夢についての記載だった。

歯が抜ける夢、全裸で外を出歩く夢、宿題を忘れた小学生の夢。烏丸はけっこう多彩な夢を見るらしく、ノートには夢の内容と、その光景を描いた絵が散見される。

大半は、他愛もない内容だ。しかし、後半にいくにつれ、その内容はおぞましく変化していく。

――彼女の首を絞め、その虚ろな目を封じるように瞼を縫い付ける。

アイマスクを被せ、僕は女の頭を優しく撫でた。

これで眠れるね、と慰めれば、暗闇から「ありがとう」とたしかに聞こえたんだ。

その瞬間、羨ましいと妬む気持ちより、いいことをしたな、という充足感が胸を満たした。

――


こんな内容の夢日記が続いている。添えられている絵も、前半のものは落書き程度のクオリティなのに、後半は実際の映像をなぞるような克明なスケッチに変化していた。

「でも、あくまで夢の話なんだよね？」

ページを捲りながら、狩宿が確かめてくる。

「はい、彼も最初はただの偶然だと思っていたそうです。ニュースを見て感化されただけだ、と」

返されたノートを鞄に仕舞いながら、「でも」と俺は話を続けた。

「残念なことに、彼は不眠症患者なんです。不安が大きくなるにつれ、不眠は加速する。

眠れないと、さらに不安が増幅する。そのループに陥って、もう夢か現実かも分からなくなったそうで」

そこでベッドの上のチンチラと目が合い、俺は嘆息する。

「なるほど」院長は優しく頷き、「それで、治療方針の相談に来てくれたわけか」とこちらを見た。

「ちょっと違います」

俺は言い、隣の水城へ視線を投げ掛けた。

「烏丸さんね、相当参ってるようなんですよ」と彼女がバトンを引き継いだ。「ほら、あのひとって、夢遊病の気もあるじゃないですか。それで眠っている間に人を殺してるんじゃないかって不安に思ったらしくて、自宅の玄関を暗号式の南京錠を付けた鎖で縛って、寝てるそうなんですよ」

「自分で自分を閉じ込めたってわけか」院長は言い、「でも、鍵の暗号は自分で決めてるんだから、あまり意味はないと思うけどね」と首を傾げた。

「おっしゃる通り、その作戦は失敗だったそうです。目覚めると、自宅にはいたものの、鍵が外れていたらしくて」

俺が言えば、「でも、夢遊病患者にそんなことできますかね」と水城が異を唱える。「南京錠のロックを合わせるなんて複雑なこと、睡眠行動中には無理だと思いますけど」

「いや、不可能じゃないよ。夢遊病患者の症状は千差万別、中には手の込んだ料理まで作っちゃうひともいるんだから」

狩宿に言われ、「同じことを、錦先生にも言われました」と彼女は肩を落とす。

「だからと言って、烏丸さんの正体がメカクシと決まったわけじゃない」

狩宿は言い、「ああ、そういうことか」と手を叩いた。「君たちは、彼の監視を頼まれたんだね？」

「ええ、困ったことに」

どうケアするべきか、と必死で脳を働かせていた俺に、烏丸は「僕を見張ってくれ」と願い出た。というか、「閉じ込めてほしい」らしいのだ。

その気持ちは分からないでもない。

彼が第三者に監視されている状態で、メカクシ事件の新たな被害者が出れば、すべてただの妄想だったと結論が出る。そのロジックは理解できるが、いくらなんでも通院先のスタッフに頼むのはお門違いだ。しかし、彼は怖くて友人や家族には頼めないと言う。

俺はポーカーフェイスを心掛けつつ、「馬鹿げた提案だな」と、心の中では断る気満々だった。たしかに同情する状況ではあるが、患者を閉じ込めて見張るなんて、どう考えても外来治療の範疇を逸脱している。精神科医ならともかく、俺にはそんなことはできない。

しかし、水城は正反対の反応を示した。「なんだか、面白そう」とノリノリで、この提案に乗ろうとしたのだ。

彼女をなんとか抑え込み、「明日また来てください」と、俺は烏丸を診察室から追い出した。その後も診察の隙を見つけては、「やってみましょうよ」と水城が執拗に食い下がるので、ここは院長の言質が必要だと思い、今日はこの忌まわしき病院まで足を運んだのだ。

「馬鹿げた提案ですよね」

俺は期待いっぱいの目で、狩宿を見つめた。

「そんなことないですよ。烏丸さんには二階の仮眠室に寝泊まりしてもらって、監視も錦先生とわたしで分担すれば、なんとかなります」

なぜ、この女は他人の監視などという時間外業務をやりたがるのだ。俺は堪らず、大きな溜め息を病室の床へ落とした。

「錦くんの調子はどう？　眠れてる？」

院長に訊かれ、「いや、変わらずです」と俺は困惑気味に頷く。「眠れるのは昼に数時間だけ。夜はまったく」

「じゃあ、時間はあるわけだね」

おいおい、なにを言うつもりだ？

俺は嫌な予感がして「監視なんて、医師の領分を超えてますよ」と先制した。しかし、狩宿に頭を振られてしまう。

「患者の不安を減らすという意味では、逸脱なんかしてないさ」

隣を見れば、水城が目を爛々と輝かせていた。彼女は元々そっち派なので、反対するわけがない。

ベッドの上を見ると、俺の幻覚までもが、親指を立てていた。母指対向性もないチンチラのくせに、器用なポーズを取るものだ。

この場にまともな奴はいないのか？

呆れた俺の肩を、院長が手を伸ばして摑んでくる。

「なりふり構わず患者のために走り回るのも、たまにはいいもんだよ。おそらく、君にとってもいい経験になる」

まるでトドメのように雇い主から告げられ、俺は「わかりました」と頷く他なかった。

4

小説家の監視を始めてから、数日が過ぎた。

その間、烏丸は二階の仮眠室に泊まり込んでおり、昼間も俺か水城のどちらかが、必ず付き添っている。いまのところ、彼に殺人鬼じみた行動などは見られていないが、そろそろこちらの体力が尽きそうだ。

二十四時間の監視なんて、そう長く続けられるものじゃない。どうせ眠れない俺はともかく、健常者である水城には地獄だろう。そう思って、彼女に訊いてみれば、なんと水城はショートスリーパーだった。

短時間しか眠れないという意味では俺たちと似ているが、決定的な違いがある。不眠症とは違い、彼女の睡眠量はそれで充分。日中に睡気などは感じないらしい。

まあ、だからこそ、深夜営業の診療所なんかで働けるのかもしれないが、些か、狡いような気がする。睡眠時間は自分とそう変わらないのに、潑剌と日々を生きる水城が、俺は羨ましかった。

監視と嫉妬。そんなモヤモヤとした日常を過ごしていたある日、診察時間を終え、カフェの方へ出ると、烏丸がブース席から「先生」と呼びかけてきた。

監視を始める前と比べれば、顔色は随分と良くなっている。

俺たちにブラック企業並の時間外労働を強いた張本人のくせに、監視されているおかげで不安が減り、睡眠時間が延びたというのだから、呑気なものだ。ここ数日は執筆活動の方も順調だそうで、皮肉にも程がある。

鎮静作用のあるトラゾドンに薬を変えた効果もあるのだろうが、それにしても釈然としない。俺の負担が増えたことで彼女の不安は減り、終わりの見えない監視の日々にこちらの不安は増えた。結果的に俺の病状は悪化し、彼の病状は改善している。

そんな馬鹿な話があるだろうか？

抱えたフラストレーションが顔を出し、「上で寝てなくて大丈夫なんですか？」と声が尖(とが)る。

ちなみに、烏丸が仮眠室で寝る際は、外から鍵をかけている。そのあいだ、他の患者らは仮眠室を利用できなくなるのだが、特に不満はないようだ。もともと、利用者が少ないうえに、不眠症仲間のためと聞き、皆、快く譲ってくれた。

俺は周りと積極的に交流を図らなかったので知らなかったが、ノクターナル・カフェの常連客らの間には、一種のコミュニティーのようなものが形成されているらしい。

プライバシーを尊重するため、烏丸の病状さえ満足に説明していないのに、だれひとり「ひとりの患者を特別扱いするな」と声を上げなかったのには、驚いた。

同病相憐(あわれ)むの精神は侮(あなど)れない、ということだろうか。

「今日はなんだか、こっちの調子が良くて」

困ったように笑い、烏丸はテーブルのノート型パソコンを指した。

「なるほど。筆が乗ってるから眠れそうにないと、そういうことですか」

俺はイヤミったらしく言う。

最近の自分は嫌いだ。患者の回復に苛立(いらだ)ったり、同僚の性質を羨んだり、あげくは、早く連続殺人事件の新たな被害者が出てほしいなどと願っている。まともな人間の思考じゃない。

「それでですね、ちょっと資料を取りに自宅へ帰りたいんです。そろそろ洗濯もしたいし、郵便の確認も」

上目遣いで烏丸は言ってきた。つまりは、家までついてきてほしいと、そうお願いしているのだ。

俺は白衣のポケットからメモ帳を取り出し、水城と決めたスケジュールを確認する。

「どうしようかな。そろそろ、交代の時間だし」

なんとか断ろうと頭を悩ませているところへ、「お疲れさまでした」と、着替えを終えた水城が声をかけてくる。

「ああ、ちょうど良かった。烏丸さんが、自宅に資料を取りに行きたいって言っててね。でも予定が――」

俺の言い訳を中断するように「じゃあ、わたしがちょっと早めにシフト入りますよ」と彼女は言ってしまう。

快諾した水城を見て、「ありがとうございます。じゃあ、準備するんでちょっと待っててくださいね」と患者は出支度を整え始めた。

その様子を見ながら、「大丈夫？」と俺は小声で彼女に問い掛ける。

「まあ、ちょっと早まるくらいだから」とスケジューリングの話を続ける水城に、「じゃなくてさ。男の部屋に女性がひとりで行くっていうのは、どうなのかなって思って」と懸念を伝えた。

クスリと笑い、「心配御無用」と彼女は胸を叩く。「こう見えても、趣味でクラヴマガを習ってますからね」

「なにそれ？」

「イスラエルの格闘技ですよ。発情したガリガリの男ぐらい、三秒で制圧できます」

前は釣りが趣味だと言っていたのにな、と思いつつ、俺は「でも」と続ける。「ただの盛りのついた青年くらいなら何とかなってもさ、まだ例の疑いは晴れてないわけで」

彼は連続殺人鬼かもしれない。どちらかと言えば、こちらの懸念の方が大きかった。

もちろん、積極的に疑ってるわけじゃないが、もし烏丸の正体がメカクシだった場合、のこのことその巣穴まで付いていくことになる。いくら謎の格闘技を習っているからと言って、危険だ。

「大丈夫ですって」

「いや、でもなあ」

そんなラリーが二巡ほどしたところで、「そんなに心配なら、先生も来ればいいじゃないですか」と水城に言われてしまった。

たしかにその通りなのだが、俺だって好き好んで殺人鬼候補の住処(すみか)になんて行きたくはない。だからこそ、烏丸の申請を却下しようと頭を捻(ひね)っていたのだ。

しかし、今さらあとには引けず、「じゃあ、行きましょうか」と烏丸の帰り支度が済んでしまう。

「俺も行くよ。着替えてくるから、もうちょっとここで待ってて」

俺は二人に言い、更衣室へ向かった。白衣を脱ぎ、ジャケットを羽織る。そして、ポケットに武器を仕込んだ。

右半身に三段警棒の重みを感じつつ、二人のもとへ戻る。


烏丸直樹のアパートは、クリニックから徒歩で二十分ほどの場所にあった。

久しぶりの帰宅が嬉(うれ)しいのか、烏丸の足取りは軽く、対照的に俺の足取りは重い。水城はといえば、まったく警戒していないようで、最近読んだらしい烏丸のデビュー作の感想なんかを嬉しそうに話している。

まあ、そうだよな。大丈夫、心配することなんてない。彼は殺人鬼なんかじゃないんだから。

木造二階建てアパートの一階角部屋。その玄関を開けると、異臭がした。

「なんか、臭いですね」

鼻を押さえた水城に「しばらく、水道を使ってなかったから」と、烏丸が奥へ駆け込んでいく。

「たしかに水道を止めてると、下水の空気が上がってきますもんね」

水城は言い、三和土を上がった。俺は死体の腐乱臭じゃなければいいけど、と思いつつ、そのあとを追う。

一人暮らしにしては、少し広めだな。それが最初の感想だった。リビングダイニングに独立したキッチン、寝室。風呂とトイレも別だったが、特に家賃が高そうには見えなかった。天井は低いし、床に張られたリノリウムがチープだ。

しかし、リビングでは安アパートに不釣り合いな最新式の電化製品が目立っていた。大型のテレビや空気清浄機を見て、デビュー作の売れ行きはそこそこ、と本人が言っていたのは謙遜だと分かる。

引っ越すほどじゃないが、多少の贅沢は出来るようになった。おそらくは、そんなところだろう。

家主に案内されるまま、リビングのソファーに俺たちは座った。彼が窓を開けてくれたおかげで、悪臭は随分マシになっている。

俺はすぐにでもここを出たかったが、奥からゴウンゴウンと音が聞こえてきて、その願いは叶わないと覚った。烏丸は宣言通り、洗濯機を回し始めたのだ。これで、少なくとも、三十分くらいはこのアパートに滞在することが決まってしまう。

リビングに戻ってきた烏丸はテキパキと部屋を片付ける合間に、珈琲を淹れてくれた。しかし、それを出そうとしたところで「あっ」と声を上げる。

「どうしました？」

俺が尋ねれば、「いや、先生に珈琲はちょっとアレかなって」と困った顔で言ってくる。なるほど。あっちも俺の存在をノクターナル・カフェで認識していたというわけか。ただの担当医師ならともかく、不眠患者に刺激物は厳禁。カフェインなんて以ての外だ。

「気にしないで。監視のためにも起きておかないと」

俺は言い、ソーサーごとカップを受け取った。

「すみません、錦先生も大変なのに」

気まずそうな顔を見て、彼も悩んでいるのだな、と分かる。担当医として甘えはするが、同じ病を共有するもの同士、迷惑はかけたくない。そんな板挟みの苦しみが、彼の表情に滲み出ていた。

青年の葛藤を知ってか知らずか、水城は「美味しいですね、これ」と珈琲をガブガブ飲んでいる。

「そう言ってもらえると、嬉しいな。眠れなくなるまでは、珈琲を淹れるのが趣味だったから」

相好を崩し、烏丸は「じゃあ、ちょっと色々済ませてきます」とリビングから消えた。

時計を見ると、朝の五時を迎えようとしている。そろそろ、いつもの虚脱感が襲って来る頃だ。睡魔の訪れを少しでも遠ざけようと、俺は珈琲に口を付けた。

口内に広がる苦味。この味が、俺はあまり好きじゃない。休職する前に、散々味わったものだからだ。昼間の睡気を吹き飛ばそうと、勤務時は何杯も飲んだものだが、一向に頭は冴えなかった。

ただただ、胃のむかつきが悪化するだけ。俺にとっては、そんな無力の味だった。

いつの間にかテーブルの上に現れたチンチラが「カフェイン摂取は程々にしとけよ、相棒」と忠告してくる。

言われなくとも、この女みたいにがぶ飲みするつもりはない。

カップをローテーブルに置きつつ、隣を羨(うらや)ましそうに見れば、「そういえば、烏丸さんの新作、どんな話か聞きました？」と水城が問い掛けてきた。

「いや、たしか一作目は放火魔の話なんだっけ？」

「そうです」

「じゃあ、その続編なんじゃないの？　本も映画も、売れると決まって続編を作りたがるもんだし」

「それが、違うんですって」カップをテーブルの上へ置き、「夢の中で殺人を繰り返す、不眠症患者の話だそうですよ」と言ってくる。

「はあ？」と思わず、本音が出てしまう。「なんだよ、それ。不安で不安でしかたがないって言うから、こうやって協力してやってるのに、小説のネタにされてるの？」

「苦しむだけで終わりにしたくない。どうせなら、芸の肥やしにしたいって言ってましたよ」

「小説家っていうのは、ただじゃ転ばない生き物なんだな」

俺は溜め息まじりに言い、低い天井を見上げた。いつもの虚脱感が、じんわりと身体を包み込んでいく。

小説のネタにまで昇華されてしまったか。そこまで客観視できるのなら、もう烏丸は自分を犯人だと思っていないのだろう。

じゃあ、なんで俺はここにいるんだ？

患者と向き合った結果、大量の時間を無駄にしたと分かり、俺は「馬鹿馬鹿しい」と口に出してしまう。何のことですか、とすぐに隣から訊かれるだろうと思っていたのに、水城はなにも言ってこない。不思議に思って横を見れば、ソファの肘置きにもたれ掛かるようにして、彼女は眠っていた。

呑気なものだ。スースーと気持ち良さそうに寝息をあげる彼女に呆れつつ、俺は「水城さん」と声をかける。それでも起きないので、肩を揺らしてやったのだが、何の反応もなかった。

「熟睡してるな」

俺が呟いたところで、「おかしくないか、相棒」とテンが言ってくる。「いくら、嬢ちゃんの肝が据わってるからって、他人の家に入って五分で、そんなグッスリ眠れるもんか？」

たしかに、チンチラの言う通りだ。電池が切れた玩具(おもちゃ)のように動かない水城を見て、俺は頷いた。

「もしかして、さっきの珈琲に一服盛られたんじゃ？」

テンに指摘され、背筋がゾワッと粟立(あわだ)つ。そういえば、俺の倦怠感(けんたいかん)も、いつもより強い気がした。

烏丸は不眠症患者だ、眠剤なら売るほど持っている。睡眠導入剤の種類によっては、独特の苦味があるけど、それも珈琲の香りと味でマスクされているのなら、気付けなくて当然だ。

「でも、その割に相棒はまだ元気そうだな」

テンに言われ、「俺は眠剤に耐性がある。それに、珈琲も一口しか飲んでないからな」と返す。

しかし、水城は別だ。彼女は不眠症患者じゃないので、おそらく眠剤なんて内服したこともないのだろう。そのうえ、出された珈琲をほとんど飲み干している。どうりで、揺すっても起きないわけだ。

俺はポケットに手を突っ込みながら、「問題は、烏丸の動機だ」とテンに告げる。「お世話になってるクリニックの職員に、眠剤を盛る。そんなの、まともな奴の思考回路じゃないよ」

「ああ、その通りだ、相棒」とチンチラも同意した。「もしかしたら、これがメカクシの手口なのかもな」

「ピンチってわけか」と、俺は特殊警棒をポケットから取り出し、右手で握り込む。

その瞬間、背後でカチャッと物音がした。そちらにはキッチンがある。烏丸が戻ってきたような気配は感じていなかったが、そこにいるのか？

いつでも立ち上がれるよう、ゆっくりと尻から足へ、体重を移していく。次になにか感じたら、問答無用で警棒を振るおう。

これでも俺は剣道四段だ。いくら殺人鬼の住処に誘い込まれたとは言え、そう簡単にやられはしないぞ。

「あの――」

すぐ後ろから声が聞こえたのを合図に、俺は跳ねるように立ち上がった。同時に腕を振り、三段警棒をカチャンカチャンッと伸ばす。

上段へ構え、振り返る。すると、思ったよりも敵は接近していた。

「キェー！」

俺は人型のシルエット目がけて、掛け声と共に警棒を振り下ろした。

ガシャンッと陶器が割れるような音が、屋内に鳴り響く。次いで、「熱っ！」と烏丸が悲鳴を上げた。

俺も失念していたが、三段警棒は竹刀よりも短い。振り下ろした警棒の切っ先は、相手の頭まで届かず、その眼前を通り過ぎて、烏丸が右手で持っていたコーヒーポットを破壊した。

黒い花火のように飛び散ったガラスと熱々の珈琲。そのダメージを手に負い、彼は叫びを上げたのだ。

やらなきゃやられる。そう思って放った面打ちだったが、熱い熱いとキッチンへ駆け込む青年の後ろ姿は、とても滑稽なものだった。しかも、物音に驚いた水城が「なに？　なに？」と目を覚ましてしまったので、余計にばつが悪い。

本当に睡眠薬を盛られていたのなら、あんな音くらいで目は覚まさないだろう。つまり、彼女はただ眠りこけていただけで、全部、俺の妄想だったというわけだ。

「ちょっと先生っ、なにするんですか！」

キッチンから届いた怒号に、俺は返事が出来なかった。警棒を構えたままの同僚を見て、

「どうしたの？」と水城にまで、問われてしまう。

せめてもの時間稼ぎを、と俺はゆっくり警棒を縮めた。

どうしよう？　なんて言えば、いいんだ？

必死に言い訳を探しているところへ、「こういうときはな、相棒」とテンが提案を出してくる。馬鹿馬鹿しい言い訳だ。しかし、殺人鬼に襲われると思って、などと本心を告げるよりはマシに思えた。

「俺の背後に立つな」

言ってから、傲慢過ぎたなと思い直し、「後ろに立たれるのが、昔から苦手でね。すぐに攻撃しちゃうんだよ」と言い直す。

すると、水城と烏丸の声が重なった。

「ゴルゴかよ」

5

「もう限界です」

そんな言葉と共に、事の顚末（てんまつ）を狩宿に話した。すると、ベッドを叩きながら、院長は笑い転げる。

「笑いごとじゃないんですって。下手をすれば、警察沙汰だったんですよ？」

「いやあ、ゴメンゴメン」零れた涙を指先で掬いつつ、狩宿は「でも、良かったじゃないか。烏丸さんには許してもらえたんだろう？」と訊いてきた。

「それは、まあ」

コーヒーポットの弁償、火傷の手当、掃除の手伝い。それに、執筆への協力を約束したことで、なんとかことは収まった。おそらく、こちらが殺人鬼にビビっていたことは、烏丸にも水城にもバレているのだろうが、二人ともそこには言及しないでくれている。

「患者と向き合うときには、そういうハプニングも付き物だ。紆余曲折を経て、距離が縮まるんだよ」

諭されるように言われ、俺は「そうかもしれませんね」と首肯した。

たしかに狩宿の言う通り、あの一件で烏丸との距離は近づいたように思える。もう彼が殺人鬼だなんて疑ってないし、たとえそうでも、簡単に退治できるという自信もついた。だからと言って、慣れない監視作業が楽になったわけじゃない。俺は一刻も早く、この苦渋の日々に終わりを告げたかった。

「それで結局、一番の近道は事件を調べてみることだと思ったんですよ」

そう言いながら、鞄から手製のファイルを取り出す。この中にはメカクシ事件に関する週刊誌や新聞記事の切り抜きが、時系列ごとに綴じられていた。

かき集めた情報を元に作った、事件のタイムライン。それを「犯行時の、烏丸さんのアリバイが確立できれば、もう不安はないわけですからね」と、狩宿に見せてみる。

警察によって発表された殺害日時推定時刻に、烏丸のノートや、本人の記憶を元に得られた情報を書き込んだものだ。しかし、決定的なアリバイはまだ見つかっていない。

「まるで、探偵みたいだね」

院長は言うが、そんな上等なものではなかった。監視中の暇な時間に、記事をプリントアウトしてスクラップしただけの代物だ。

「もっと正確な殺害時刻とか、公には発表されていない手口とか、詳しい情報があれば助かるんですけど」

「警察関係者に知り合いでもいないと、そういうのは無理だろうね」

「ちなみに、院長にそういった知り合いは？」

俺は縋るように尋ねたが、頭を振られてしまう。狩宿なら、不眠症に悩む刑事の一人や二人、知っているかと思ったが、どうやら、そんな都合のいい友人はいないらしい。

「そうですか」

こちらが肩を落としたところで、「狩宿さん、朗報ですよ」と病室の扉が開いた。現れたのは医師の女性で、俺はヤバいと思って、すぐに顔を逸らす。

こんなところで、「あっ、患者を殺した外科医だ」などと指をさされるのは、勘弁してほしかった。しかし、俺の希望も虚しく「あっ」となにかに気付いたような声を、彼女はあげてしまう。

「あっ、三日でわたしをフッたクソ野郎だ」

聞き覚えのあるフレーズに顔を上げれば、やはり知り合いだった。研修医時代の同期で、友人の渡部蛍が、キョトンとした顔でこちらを見つめている。

「こんなところで、なにしてんの？」

「お見舞いだよ。おまえこそ、なにしてるんだ」

「見て分かんないの？」蛍は白衣の裾を広げ、「いま、勤務中。狩宿さんは、わたしの担当患者なんだよ」と言った。

院長の方を見れば、ニヤニヤとした顔で頷かれる。蛍が元カレだとバラしたせいで、彼の興味を惹いてしまったのだろう。

俺は質問攻めを避けようと、再び彼女の方を向いた。

「バイトじゃなくて？」

「そう、四月からこっち勤務になったの」

ハッとした蛍が、「すみません、狩宿さん。半ば世捨て人化した友人と久しぶりに会ったせいで、ついつい話し込んでしまって」と、頭を下げる。

「かまいませんよ、錦くんの意外な一面が見れたので」院長はハッハと笑い、「それで、渡部先生。朗報というのは？」と彼女に問い掛けた。

「手術の日程が決まりました。ちょうどキャンセルが出て——」

そこから主治医と患者の会話が始まり、俺はそっと気配を消す。このまま、この場に留まっていれば、蛍にはそのうち、狩宿とどういう関係なのかと訊かれるだろう。治らない不眠症に心が折れ、廃業目前の外科医。そんな自分の近況を、彼女には知られたくなかった。一年前の事故については、蛍も噂程度に周りから聞かされているのだろうが、その余波を自分の口から伝えられるほど、俺の精神は健常じゃない。

元カノ、仲の良い友人、同期。俺にとって、蛍は色んな記号で表せられる女だが、そんな彼女に同情だけはされたくなかった。だからと言って、急に帰ろうとすれば二人に引き止められるのは明白だ。

さてさて、どんな言い訳でこの場をやり過ごそうか。

手術の日程、リハビリのスケジューリング。そんな二人の会話をＢＧＭのように聞き流しながら、必死に言い訳を考える。しかし、いっこうに良案は浮かんでこない。

俺は諦めめ、蛍と狩宿の会話に耳を傾けた。そこで、二人の話題があらぬ方向へ進んでいることに気が付いた。

「でね、急に『おまえとは付き合えなくなった』とか、言いはじめるんですよ。しかも、理由を聞いても『外科医に恋愛なんてしてる暇はない』の一点張り。じゃあ、最初から告ってくんなよって話でしょ？」

いつの間にやら診療の話は終わっており、自分の情けない過去がバラされようとしている。その事実に気付き、「担当患者に、変な話をするな」と、俺は慌てて会話にカットインした。

「こっちのこと、散々振り回しておいて、わたしには愚痴る権利もないってわけ？」

蛍に睨まれ、うっと言い淀みながら、「愚痴るなとは言ってない。相手を選べって言ってるんだ」と反論する。「それに、もう五年も前の話じゃないか、いい加減忘れてくれよ」

溜め息まじりの発言が気に入らなかったのか、彼女の視線は一層鋭くなった。

「じゃあ、そろそろ本当の理由を話したら？」

たしかに、俺はまだ、真相を彼女に話していない。

蛍と三日で別れた理由。そこには、彼女の兄が関わっていた。

――妹はああ見えて、かなり一途だ。恋愛期間をすっとばして、結婚、子育てと頭で計画を立ててるような重い女なんだよ。

電話越しにあの男から言われた言葉が、脳裏に蘇る。

初めて彼女のアパートに泊まった夜。寝ぼけて持ち上げてしまった受話器から「どんなに放ったらかしにされようと、あいつから別れを切り出すことはない。君にその責任が取れるのか？」と聞かれ、俺は「もちろん」と即答できなかった。

――そんな覚悟じゃダメだ。君も妹も不幸になる。

そう言われ、俺は朝まで眠れなかった。外科医の人生はハードモードだ。ブラック企業並の勤務体制に、常識外れの拘束時間。体力も精神力も限界まで削られ、休日だって緊急呼び出しの電話で、簡単に潰されてしまう。

外科医の息子として、そのことが骨身に染みていた俺は、たった一回の、それも電話口での他人との会話で、別れを決めた。目覚めた蛍に「おまえとは付き合えなくなった」と告げ、アパートを去ったのだ。

いま思えば、ただのシスコン兄貴の戯言だったが、当時の俺はまだ研修医で、結婚とか責任とかって言葉に弱かった。

「ねえ、もう五年も経ってるんだから、教えてくれたっていいじゃない」

蛍に言われ、「それもそうだな」と嘆息する。

当時は、兄妹間の軋轢を怖れ、シスコン兄貴の話を彼女にしなかったのだが、もうさすがに時効だろう。

「実は、おまえの兄貴がさ――」

そう言いかけて、ふと思い出す。

「そういえば、蛍の兄貴って刑事だったよな？」

6

「で、その久しぶりに再会した元カノのお兄さんが、メカクシ事件を担当する刑事のひとりだったってわけですか」

ノート型パソコンのキーボードを叩きながら、烏丸がぼやく。「もしこれが小説なら、作者の御都合主義とか言われそうな展開ですね」

不満そうに言う患者を見て、俺は溜め息を漏らした。

いったい、誰のために足掻いていると思ってんだ。そんな文句を、ジンジャエールと共に、胸の奥へと流し込む。

今日だって、クリニックの定休日だというのに、こうして烏丸のアパートまで来て、彼の監視を続けているのだ。泣いて感謝しろとまでは言わないが、労いの言葉くらいかけてくれても罰は当たらないと思う。

こちらのモヤモヤを知ってか知らずか、「不審がられませんでしたか?」と、烏丸が問い掛けてきた。

「どういう意味?」

「だって、相手は先生の元恋人でしょ?」烏丸は言い、こちらの答えを待たずに「それがいきなり連続殺人事件の詳細を知りたいとか言い出したら、『なんだこいつ?』ってなりません?」と続ける。

「まあ、その辺は狩宿院長がうまくフォローしてくれたよ」

俺は低い木製の天井を見上げ、昨日の顚末を彼に話してやった。

五年前の別れの真相。その告白を中断させ、兄貴の近況について尋ねた元カレに、蛍は首を傾げながらも、「いまは、捜査一課に配属されてるらしい」と教えてくれた。しかも、メカクシ事件の担当刑事だというのだから、俺は興奮を隠しきれなかった。

その連続殺人事件について、詳しい話を聞きたいんだ。是非、お兄さんとの間を取り持ってくれ。

鼻息荒くお願いした俺に、蛍が「なんで?」と顔を歪めたのも、いま思えば当然のリアクションだったと思う。烏丸の指摘通り、俺は不審がられたわけだ。

「なんでって、そりゃあ——」

意気揚々と説明を始めようとして、言葉が詰まる。担当患者に頼まれたから、そう言えれば楽なのだが、医師として守秘義務は破れない。それどころか、蛍は俺が臨時の睡眠医をやってることさえ知らないのだ。そして、その辺りを順序立てて説明すれば、どうしても自分の情けない現状が浮き彫りになってしまう。

簡単な問いかけに、俺が答えあぐねていると、それまでずっと静観していた狩宿が口を開いた。

「実はいま、僕のクリニックの外来を錦くんに任せていてね」

「え、狩宿さんってたしか、睡眠障害の治療が専門でしたよね」元カノが驚いた顔でこちらを向き、「あんたの専門は外科でしょ?」と訊いてくる。

「まあ、そうなんだけど」

俺が顔を背けたところで「いやあ、いきなり腰が爆発しちゃったもんだから、なかなか代わりが見つからなくて」と、腰に手を当てた狩宿が苦笑した。

「そこで、手当たり次第に声をかけたところ、セミナーでよく顔を合わせていた錦くんが応じてくれてね。ホント、助かったよ。錦先生は睡眠障害の治療にも精通してるから、安心して任せられる」

強引な言い訳だな。テンはそう呟いたが、なんとか元カノは誤魔化せたようで、「それは分かったけど、殺人事件を調べてるのはどうして?」と訊いてきた。

「連日の報道を聞いていて、僕には思う所があってね」

院長は言い、「メカクシの正体は不眠症患者なのかも、と疑ってるんだ」と続ける。「アイマスクに、縫い綴じられた瞼。これは自分が眠れないことへのフラストレーションを、被害者たちに打つけてるんじゃないかなって」

不意に出てきたにしては、腑に落ちる推理だった。もちろん、俺は黙って頷くだけだが、蛍も「たしかに、なんとなく筋は通りますね」などと感心している。

「もしかして、うちのクリニックの患者に殺人鬼が紛れてるんじゃないか。そう思って、調べ始めた矢先に、この有り様だ」と狩宿は腰を擦った。「それで、錦くんに調査の続きをお願いしたってわけさ」

「なるほど、事情は理解できました。じゃあ、ちょっとお兄ちゃんに頼んでみますね」

そう言って蛍は病室を出ていき、「ごめんね、咄嗟に変な説明しちゃって」と謝る狩宿に「とんでもない。おかげで助かりました」と俺は礼を述べた。

こうして、俺と元カノと主治医による奇妙な三者面談は、ひとまずの終わりを迎えたわけだ。

俺も院長も、アンタの個人情報を漏らすまいとして、四苦八苦してたんだぞ。そんな意味を込めて、事情を烏丸に教えてやったが、感謝のひと言もなかった。それどころか、「でも、そう簡単に刑事が担当事件の情報を教えてくれますかね」と文句をつけてくる始末だ。

太々しい奴だな。小説家とは、皆こういう生き物なのだろうか？

「まあ、刑事にも守秘義務はあるだろうし、ダメ元だよ。それでも、玄関を南京錠で塞いで、ただただ部屋の隅っこで震えてるよりは、マシだと思うけど？」

刺いっぱいの言葉で言われ、烏丸は「言い過ぎですよ、先生」と顔を顰めた。やっとダメージを与えられたことに俺は満足し、読みかけの文庫本を拾い上げる。

会話が止んだせいで、しばらくは小説家のキーボードを叩く音だけが続いた。

ちょっと言い過ぎたか。俺は反省しつつ、ソファーの端から手を伸ばし、窓にかかった遮光カーテンを捲る。来るときはあんなに日が燦々と輝いていたのに、もう外は真っ暗だ。どうりで、倦怠感が減ってきたわけだな。俺の睡魔は闇を怖がる。

腕時計を見れば、そろそろ交代の時間だった。三十分もすれば、水城が来る手筈になっている。

「おいおい、油断し過ぎじゃないのか？」

テンに言われ、俺は首を傾げた。

「まだ、こいつが殺人鬼じゃないと決まったわけじゃない。油断するなよ、相棒」

チンチラの幻覚に警戒を促され、俺はジャケットの右ポケットを弄る。特殊警棒の固さを手に感じながら、「油断なんてしてないよ」と小声で呟いた。

すると、キーボードを叩く音が中断する。まずいな、もしかして幻覚との会話を聞かれてしまったか？

「先生はさっきの話をどう思います？」

唐突な問いかけに、「話って、どの？」と俺は聞き返した。

「ほら、院長が言ってた推理ですよ。メカクシの正体は不眠症患者っていうやつ」

烏丸はカジュアルな会話を交わしているつもりなのだろうが、その微かに震えた声色からは、彼の恐怖心が透けて見える。

たしかに、少しデリカシーが足りなかったかもしれない。自分がその殺人鬼かも、と怯えている烏丸にとっては、無視できない推論だった。

主治医として、ここはきっぱりと否定しておくべきだろう。あんなのナンセンスだ、君は殺人鬼なんかじゃない、と。

しかし、俺の口から出てきたのは本音だった。

「おそらく、院長は適当に言っただけだろうけど、それなりに筋は通っているように思えたよ」

こちらを、烏丸が振り返る。

「特にどの部分が？」

「『眠れないことへのフラストレーションを、被害者たちに打つけてる』ってところかな」俺は溜め息まじりに答え、「眠れない日々は、拷問に近い。誰だって、八つ当たりしたくなるよ」と続けた。

「ですよね」

小説家は頷き、乾いた笑い声をあげる。

「三日くらい連続で眠れないと、もう殺してくれって思うんです。でも、やっぱり死ぬのは怖いし、今夜こそはと天に願って、ベッドに潜り込む」と、寝室の方へ視線を向けた。

「殺してくれ、死にたくない、眠れない。それを繰り返しているうちに、頭がおかしくなって、他人に八つ当たり。『殺人』と書いて、『憂さ晴らし』とルビを振るような、殺人鬼の完成です」

カチャカチャッと音がしたので、画面を覗き込んでみると、大きなフォントで〈殺人〉と表示されていた。その隣には長過ぎるルビが振られている。

青白い顔に虚ろな目。良くない兆候だな。そう思った俺は、「もしかして、それがタイトル？」と茶化すような口調で彼に問い掛けた。

「こんなダサい題名、付ける訳ないでしょ」烏丸は笑い、「ルビで遊ぶのなんて、出来の悪いライトノベルぐらいのものですよ」と打ったばかりの文字を消した。

「なるほど。それで、執筆の方は順調なのかい？」

こちらが尋ねれば、「ええ、それなりに」と青年は頷く。「瞼を縫いながら、『おやすみ』と笑いかける不眠症の殺人鬼と、それを追いかける主治医って感じのストーリーで――」

「ちょっと待って。もしかして、俺が探偵役なの？」

「当たり前じゃないですか。何のために、先生にあれこれ聞いてると思ってたんですか」

呆れた口調で言われ、俺は「参ったな」と頭を掻いた。しかし、同時に納得もいく。

ここ数日、監視の傍ら、烏丸には質問攻めにあっていた。事件のことはもちろん、不眠症の種類や治療方法、時にはこちらのプライベートな部分まで踏み込んできたが、あれは全部、取材のつもりだったわけか。

「勘弁してくれよ、小説のモチーフになんてなりたくない」

俺が溜め息混じりに言えば、「あ、いいんですか？　そんなこと言って」と烏丸がシャツの袖をまくり上げた。腕に巻かれた包帯を捲れば、赤みがかった皮膚が顔を出す。

「火傷の口止め料として、執筆の手伝いもしてくれるって約束したじゃないですか」

「たしかに、それはした。したけど、まさか自分が登場人物のひとりになるとは思ってなくて」

「いいじゃないですか。名前も変えますし、舞台となる地名も別の場所を用意しますから」

「いや、でも」

「それに、狩宿クリニックは面白い題材になるなって、前から思ってたんですよ。深夜営業のカフェと、そこに夜な夜な集まる眠れない患者たち。興味を惹く舞台だから、あとは面白い事件さえ起きればって」

「それが、メカクシ事件ってわけ？」

「ええ」烏丸は頷き、「でも、まさか殺人鬼役に自分が選ばれるとは思ってませんでしたけどね」と苦笑した。

「小説家ってのは、たくましい生き物なんだな」

俺が呆れて言えば、「ただで転んじゃ、もったいないですから」と返ってくる。

二人して笑ったところで、ピンポーンとインターホンが鳴った。

玄関へ向かった烏丸が、南京錠付きの鎖を外し、水城を迎え入れる。やっと、交代の時間だ。

さて、これからどう時間を潰そうか。自宅に帰ったところでどうせ眠れやしないし、ノクターナル・カフェで明日の外来の予習でもするか。

俺が長過ぎる夜の予定を頭の中で立てていると、「先生も食べていきますよね？」と水城に訊かれた。

「なにを？」と聞き返せば、「やっぱり、話を聞いてない。なんか、ボーッと相槌打ってるなって思ってたんですよ」と怒られる。

「ごめん、ごめん。で、なにを食べるって？」

「夕飯ですよ。これから、烏丸さんのキッチンを借りてわたしが作るから、先生も食べますよねって確認したんです」

つんけんする彼女の両手には、たしかにスーパーの袋が握られていた。監視業務で時間を潰すだけじゃ飽き足らず、患者に食事まで用意してやるのか。

こちらの返答も待たずに、「美味しいんですよ、わたしの作る豚の角煮」と、水城は台所へ向かう。

その背に「豚の角煮なんて、そんな短時間で作れるもんなの?」と問い掛ければ、「いや、二、三時間はかかりますね。圧力釜もないし」と返された。

三時間だと? こいつ、交代制にした意味を分かってないのか。

俺は嘆息したが、「手伝いますよ、角煮は大好物なんで」と烏丸が喜ぶ声によって、掻き消されてしまう。帰るタイミングを見失い、俺は再び文庫本を開いた。

烏丸と水城の他愛もない会話と、料理の音。それをBGM代わりにキルケゴールの『誘惑者の日記』を読んでいたところへ、「あっ」と大きな声が聞こえてくる。

「どうしたんですか?」

「生姜を買い忘れちゃった。チューブじゃなくて、生のを使うのがコツなのに」

「それは困りましたね。分かりました、僕が買ってきますよ」

「でも、烏丸さんには炊き込み御飯の準備を手伝ってもらってるし」

そんな会話が続き、二人の視線が自然とこちらを向いた。大声がした時点で、キッチンの方を振り返っていた俺は、ハァと息を吐き、「分かったよ、俺が買って来ればいいんだろ」と立ち上がる。

「さすが、先生。分かってますね」「助かります」と二人は喜んでくれたが、テーブル上のチンチラには「亭主関白な夫みたいに、ボケッと待ってたツケが回ってきたな」と言われてしまう。

俺はそれを無視して、「生の生姜となると、コンビニには売ってないか。烏丸さん、一番近いスーパーってどこ？」と台所に問い掛けた。

アパートを出て、北向きに200メートルほど進むと、左側に見えてくる。告げられた道順を頭に留めつつ、俺は玄関を出た。

泊まり込みに買い出しと、なんだか学生時代に戻った気分だ。ただ生姜だけっていうのもなんだから、デザートになにか甘いものでも買って帰ってやるか。

そんなことを思いながら、暗い夜道を歩いていると、赤い光が目に入ってくる。

夜空に回る、赤色灯。サイレンこそ聞こえないが、救急車でも近くに停まっているのだろう。

軽く好奇心を刺激されながらスーパーへ向かっていると、ある公園が見えてきた。その入り口を塞ぐように、二台のパトカーが停められている。赤い光の正体だ。園内を覗けば、奥の遊具ら辺に人集りができていて、その向こうには、ブルーシートが掛けられていた。

なにか事件でもあったのだろうか？

忙しなく動き回っている制服姿の警察官を後目に、公園の前を通り過ぎる。興味はあったが、足を止めて聞き回るほどじゃない。

そんなことより、早く生姜を買ってこなければ。俺はある種の使命感を胸に、歩くスピードを速める。こっちは豚の角煮が完成するまで、解放されないのだ。

公園を通り過ぎて数分、烏丸の言った辺りにスーパーを見つけ、入店する。生姜を探して通路を彷徨(うろつ)いていると、ポケットの中で電話が震えた。

どうせ、相手は水城だろう。追加で買い忘れたものでも見つけたか？

そう思ってスマホを取り出したが、画面に表示されていたのは知らない番号だった。医師の携帯に知らない番号から電話がかかってくるときは、十中八九、投資の勧誘だ。医者はみんな金を持て余していると勘違いしている彼らは、こちらの都合などお構いなしに、「税金対策になりますよ」と、不動産や株を勧めてくる。

だから俺は、知らない番号から着信があっても、極力出ないようにしていた。しかし、この時ばかりは、なんだか嫌な予感がして、通話ボタンを押してしまう。

受話器に耳を当てれば、「錦治人さんですか？」と男の声で訊かれた。

「はい、そうですけど。そちらは？」

「お久しぶりですね、渡部蛍の兄です」

この言葉で、俺の精神はすぐに五年前の夜まで引っ張り戻される。たしかに、「妹と別れろ」と言ったのは、こんな声だった。

渡部兜(かぶと)、重度のシスコン野郎で、捜査一課の刑事だ。

掛けた。
「お久しぶりです」と唾を飲み込み、「もしかして、事件の話でしょうか？」と俺は問い

ダメもとで蛍に頼み込んだ橋渡しが、まさか、こんなに早く奏功するとは。俺は興奮を抑えきれず、「メカクシ事件の話ですよね？」と質問を重ねる。

しかし、兜はすぐに答えない。電話の奥から喧騒が聞こえてくるだけだ。どうやら、刑事は屋外にいるらしい。

「ええ、妹に頼まれましてね」兜は言い、「でも、いくら愛する妹のお願いだろうと、そう簡単に事件の情報を漏らすわけにはいかないんですよ」と続ける。

なんだ、断りの電話か。烏丸の危惧した通り、情報は得られなさそうだ。

「そうですか、残念です」

こちらのトーンダウンなどお構いなしに、「ちなみに、錦さん。今日の午後四時から六時の間、どちらにおられました？」と刑事は訊いてくる。

変な質問だなと思いつつ、「その時間なら、友人と一緒にいました」と俺は答えた。

正確には烏丸の監視をしていたが、患者の個人情報に関わることなので、咄嗟に「友人」と嘘をついたわけだ。いや、嘘でもないか。最近は一緒に過ごす時間も長くなったせいで、友人のような存在になりつつある。

しかし、「その友人の名前と連絡先を教えて頂いても？」と質問され、こちらの違和感

は加速した。

もしかして、これはアリバイの聴取か？

俺は「なんでそんなことを？」と刑事に聞き返す。すると、「教えられない事情でも？」と刑事が疑いを深めてきた。

なんだかよく分からないが、どうやら俺は窮地に立たされているらしい。

眩しい照明を照らし返す、スーパーの安っぽい床を眺めながら、「実は、さっきのはちょっとした言葉のあやでして」と俺は言い訳を始めた。「その時間、私は患者といました。彼の個人情報を漏らすことは出来ないので、連絡先や名前はちょっと」

「なるほど、守秘義務というやつですか」

兜は言い、こちらを煽るような声で「医者の特権ですね」と続ける。

「それは違いますよ、患者の権利です」

俺は慌てて否定したが、彼の言いたいことも理解できた。守秘義務を盾に、友人とやらの情報を隠蔽したと取られたのだろう。しかし、理解できたからと言って、いきなりの犯人扱いを飲み込めるわけでもない。

唐突な尋問のストレスに、五年前に受けたフラストレーションが乗っかる。俺は憤りを隠しきれず、「いったい、何の目的でそんな的外れな質問を？」と電話越しに問い掛けた。

再び刑事が黙り込んだせいで、バックグラウンドの喧騒が聞こえてくる。無線で聞くようなガガッとノイズの入った男の声で、『遺体の発見現場は、テンソウ公園だ』とハッキリ聞き取れた。

テンソウ公園って、まさか天窓公園のことか？

さきほど目にしたばかりの名称に、背筋がゾクッとする。あの赤い光を撒き散らしていた公園だ。「捜査一課の刑事」、「遺体の発見された公園」、「メカクシ事件」。フワフワとそんな言葉たちが頭上を回り始めた。

「もしかして、また誰か殺されたのか」

俺の震えた声が、風通しの悪いスーパーの空気を揺らす。「メカクシ事件の、新たな被害者が見つかったんですね？」

止まっていた足が、目的もなくひとりでに歩き出した。俺が困惑しているのは、別に新たな被害者が出たからじゃない。その遺体が、烏丸のアパートから徒歩数分の場所で発見されたからだ。

刑事の無言が、こちらの不安をさらに煽る。落ち着け、落ち着け。烏丸はずっと監視下にあったのだ。彼に誰かを殺す隙なんてなかった。落ち着け。

気付くと、俺は積まれた生姜の前に立っていた。それを一袋手に取り、グビッと唾を飲み込む。

「さっき、刑事さんが聞いてきたのは、死亡推定時刻ってやつじゃ？」

訊きながら、もしそうならこれは朗報じゃないかと、俺は思い直す。今日の午後四時から六時、烏丸は俺の目の前で眠っていた。成人男性が寝入るにはいささか早い時間だったが、不眠症患者にとって、薬も飲まずに眠れる時間は貴重だ。

中途覚醒(かくせい)した烏丸が「寝れたのは二時間だけか」とぼやいたときに、俺も時計を見たので間違いない。やっぱり彼は、殺人鬼なんかじゃなかった。

喜びを胸に、俺はレジへ向かい、生姜を一袋購入する。

「ねえ、刑事さん。そうなんでしょう?」

財布を仕舞いつつ、渡部兜に確かめれば、「まあ、すぐにニュースで報道されるだろうし、これくらいは構わないか」と溜め息まじりの声が受話器越しに聞こえてきた。

「ええ、おっしゃる通り、つい先ほど、一連の事件の新たな被害者と思われる遺体が発見されました」

スーパーを出たところで、俺は思わずガッツポーズを取ってしまう。多少不謹慎かもしれないが、そんなことより、終わりの見えない監視の日々に出口が見えたことを喜んだ。

そこで、けたたましいサイレンの音が聞こえてくる。天窓公園の方角からだ。

「ん?」

受話器の向こうで、刑事が疑念の声を漏らす。すぐにその理由を察し、俺は「あっ、えっと」と言葉を散らした。

二重に聞こえるサイレンの音。おそらくは、公園にいるであろう渡部も同じ疑問を感じたようだ。

「錦さん、いまどちらに？」

第三章　ドリアン・グレイの肖像

1

「なんか、カフェの方が盛り上がってるね」

トイレから戻ってきた俺は、ハンカチで手を拭きながら水城に言った。いつもは、個別にブース席で時間を潰している夜の獣たちが、今日は一カ所に集まり、談笑に興じていたのだ。

俺が通院していた頃には、見たことのない光景だった。

「たぶん、わたしたちの話をしてるんですよ」

腰に両手を当て、誇らしげに彼女は言う。「烏丸さん、言ってましたもん。『二人がどれだけ献身的に協力してくれたか、みんなにちゃんと伝えるから』って」

「勘弁してくれよ」

俺が溜め息まじりに椅子へ座れば、「まあ、いいじゃないですか。それで、初日の失敗を取り返せたと思えば」と言われてしまう。

まあ、それもそうかもしれない。

初日にバッサバッサと外来を捌いたせいで、俺は「話を聞いてくれない医者」というレッテルが貼られていた。もちろん、すぐに態度を改善したものの、すでに患者らの間に流れた悪い噂は払拭されず、「狩宿先生の復帰を待つよ」と、外来のキャンセルもいくつかあったほどだ。

烏丸による喧伝は、正直、小恥ずかしいが、それで少しでも患者らが心を開いてくれるのであれば、今の俺にとってはプラスなのかもしれない。

「院長の入院期間も長引きそうだしな」

こちらが呟くと、「手術が失敗したんですか？」と水城が訊いてくる。

「いや、手術自体は成功だったらしい。でも、思ったより病状が酷くて、リハビリを開始するまで、それなりに時間が必要なんだそうだ」

患者のカルテを捲りながら答えれば、看護師がニヤニヤと笑みを浮かべて、こっちを見つめてきた。

「なんだよ」

「いや、それも例の元カノさんから聞いたんだなって思うと、ちょっとエモいなって」

「エモくない。付き合ってたのなんて、もう五年も前の話だし、いまはただの友達なんだから」

「普通、付き合って三日で別れておいて、友情なんて芽生えませんよ」水城は言い、「どっちかの中で恋心が燻（くすぶ）ってない限りね」と近づいてくる。

「馬鹿なこと言ってないで、早く次の患者を入れてくれ」

「はいはい、分かりましたよ」

含み笑いで部屋を出ていった水城が、見覚えのある女性を連れて診察室に戻ってくる。俺が影で「セレブ女」と渾名（あだな）していた患者、荒井絵美（あらいえみ）だ。彼女はノクターナル・カフェの常連でもあるので、何度も顔を合わせている。

なのに、荒井の第一声は「はじめまして」だった。

俺は気にせず、「はい、よろしくお願いしますね」と返す。こんなことで「いやいや、初めましてじゃないでしょ」などと突っかかっていては、親身な診療など出来っこない。

カルテに目を通した限り、彼女の不眠症は筋金入りだ。病歴は十年以上、狩宿クリニック開業以来の古株患者で、今も眠剤なしには眠れないらしい。しかし、病状は安定しており、最近のカルテにはコピー&ペーストしたような記載が続いていた。

そろそろ眠剤の減量を提案してもいいかもしれないな。そう思いつつ、「お変わりありませんか」と、オープンクエスチョンから始めた。

特にありません、と返って来れば内服薬の漸減を申し出よう。どうせ嫌がられるだろうが、このまま死ぬまで薬漬けというのも可哀想だ。

自分のことを棚に上げながら荒井の返事を待っていると、思いもよらぬ言葉がその赤い唇から飛び出てくる。

「あなた、以前はどこでお勤めになってたの？」

新妻に絡む姑のような口調で、患者は訊いてきた。

カルテには、彼女の年齢は五十一とある。たしかに、二十も歳下の男が相手なら「あなた」と呼びかけるのは間違っていないだろうが、この診療室の中では話が別だ。医師としてのプライドがグイグイと頭を擡げてくる。

「都立医大ですが、それがなにか？」

「あそこの精神科に、睡眠障害の専門家なんていたかしら」脚を組んだ荒井が「専門医資格をとって、何年目？」と続けざまに問い掛けてきた。

俺は「医師免許を取得したのは、六年前です」と誤魔化すが、「ちゃんと聞いてなかったのかしら。わたしは、専門医を取ったのは何年前、と聞いたのだけれど？」と返す刀で切られてしまう。

逃げ道をひとつひとつ、削られるような感覚。ここで白を切れば、彼女は他の患者たちにもその内容を吹聴するだろう。ともすれば、ずっとここの患者たちに嘘をつき続ける羽目になる。

そう覚った俺は、「実は、私の専門は外科でして」と正直に打ち明けることにした。「不眠症治療の経験は浅いですが、知識は豊富。そんな自分を狩宿先生は以前から知っていて、このたび、臨時医としてスカウトされたというわけです」

「あら、そう」つまらなそうに頷いた患者が、「でも、なぜ外科医がそこまで不眠症の治療に詳しいのかしら？」と質問を重ねる。

「私は不眠症患者でもあります。医師として、自分の病状を調べるうちに詳しくなったと、そんなところですかね」

「呆れた。じゃあ、患者が医者の真似事をしてるってわけ？」

溜め息まじりに言われ、気分が悪かった。たしかに彼女の言い分も分かるが、こっちだってただの患者ではない。医師免許を有し、狩宿からも「その辺の専門医よりも詳しいよ」と、お墨付きまで貰っているのだ。

素人の真似事、と揶揄される覚えはない。

「さっきも言った通り、経験は浅いですが、知識はしっかりと身につけています。睡眠医の専門資格は取得するのに年数が必要なので、まだ取れてはいませんけど」

「要するに、頭でっかちのひよっこってことよね。そんな有り様で、狩宿さんの後釜が務まるものかしら」

さっきから、かしらかしら、とうるさい限りだ。

でも、間違ってはいない。誰にどんな治療を受けるのかは、彼女の自由だ。専門資格のない睡眠医など信用できるか、と患者が言うのなら、こちらにそれを咎める資格はない。

俺はそう自分を宥めつつ、「私が診療することに、ご不満なのは伝わりました」と顎を引く。

「では、院長が不在の間はいつもと同じ種類、同じ量の処方箋をお渡しするだけにしましょう。診療の続きは、狩宿先生が復帰してからということで」

我ながら、無難な折衷案だと思った。事実、どうしても狩宿に診てほしいという患者には、同様の対処をしている。これなら、薬切れにもならないし、新任の臨時医と親交を深める必要もない。

しかし、荒井は「そうね、そうしましょう」とは言わなかった。「勝手に話を進めないでちょうだい」と軽く憤り、「それで、どうなの？　後釜は務まりそうなの？」と尋問を続けてくる。

この女はいったい、どうしたいのだ。狩宿の治療を受けたいのなら、処方箋を貰って帰ればいい。そうではなく、主治医の交代を受け入れてくれるのなら、そろそろ病状の話をしてくれ。

それとも、ただ俺を「資格なし」と甚振りたいだけなのか？

「後釜というか、まあ、院長の不在を預かる臨時医としては、それなりに機能していると思います」

俺は同意を求めるように、斜め後ろに立っている看護師の方を振り返った。

「そうですよ。錦先生にとっては慣れない外来だろうに、ちゃんと患者さんに向き合おうと、毎日、四苦八苦されてるんですからね」

水城にすればフォローのつもりかもしれないが、俺は「ちょっと、それは」と顔を顰めた。その言い方だと、ダメな医者が失敗を繰り返しながら奔走している絵しか、頭に浮かばない。

「熱意さえあれば、腕は必要ないとでも？」

案の定、荒井に痛い所を突かれ、「そういうことじゃなくて、先生は頑張ってるって言いたかっただけです」と水城は眉間に皺を寄せた。

「頑張ってるでお金がもらえれば、誰も苦労しないわよ」

「やる気のない医師よりは、マシじゃないですか」

「こっちは、やる気だけじゃ足りないって言ってるの」

女性二人が睨み合い、診察室の空気がピンと張りつめる。

患者にいちいち噛み付く水城も水城だが、それにしても荒井の態度はいただけない。入室時からずっとかけっぱなしのサングラスにも、腹が立ってきた。セレブ気取りもいい加減にしてほしい。

俺は溜め息を飲み込み、「荒井さん。結局のところ、あなたはいったいどうされたいんですか？」と、改めて患者へ問い掛けた。

暗いレンズ越しに、彼女の視線を感じる。表情の変化が乏しいのとサングラスのせいで、はっきりと断定は出来ないが、睨まれているような気がした。

しかし、負けじと「私の治療を受けるのが不満なら、こちらも強制するつもりはありませんし、院長の復帰を待てばいい。もしこのクリニックが嫌になったのなら、紹介状を書きましょう」と続ける。

さっきから、どうも彼女は本音を隠しているような気がした。本心を打ち明けられなくて、八つ当たり。そんな茶番を早く終わらせたくて、俺は「どうします？」と問い掛けた。

「あなた、患者の相談事には親身になって応えるのよね？」

サングラスをかけたまま、女は気怠気に言う。「それとも、親切なのは特定の患者に対してだけかしら」

おそらくは烏丸直樹のことを言ってるのだろうが、やっぱりその口振りが気に入らない。依怙贔屓するな、とでも言いたいのだろうか。

憤りを覚えたところで、後ろから肩に手を置かれた。水城が「落ち着け」とでも言うように、肩を擦ってくる。

おいおい、先に噛み付いたのは君じゃないか。俺は呆れたが、口には出さない。

「荒井さんも、なにか相談事が？」

看護師が優しく問い掛ければ、フウという溜め息ともに、患者がサングラスを外した。分厚いメイクでも隠しきれないほどの深い隈、虚ろな目。とてもじゃないが、病状の安定した患者の顔とは思えない。

「あなたたち、『ドリアン・グレイの肖像』って小説はご存知かしら？」

そんな問いかけで始まった彼女の悩み事は、とても奇妙なものだった。

2

病室でうつ伏せに寝る、初老の男。彼に事の顚末を話せば、「さすがは名探偵、早くも次の依頼が入ったか」と茶化される。

「なにが名探偵ですか、俺はなにもやってませんよ」

「いやいや、ちゃんと患者の悩みを解決したじゃないか。烏丸さんは、君たちのおかげで安心して眠れるようになったんだろ？」

狩宿は笑ったが、術後の傷に響いたのか、「あ痛たた」と悲鳴をあげる。その様子に呆れながら、俺は「名探偵か」と小声で呟いた。

まったくもって、不釣り合いな評価だ。名探偵といえば、シャーロック・ホームズや金田一耕助、明智小五郎。そんな推理力に溢れた人物を指す言葉だろうに。

俺は推理なんて一度だって披露していないし、犯人を捕まえたわけでもない。ただ患者に請われるがまま、彼の日常を監視しているうちに、新たな被害者が出たおかげで、そのアリバイが証明されただけだ。

青年の嫌疑を晴らせたのは、たしかに嬉しかった。しかし、その代わりに自分が容疑者扱いを渡部兜から受ける羽目になったと思えば、名探偵どころか、ただの間抜けとしか思えない。

そんな俺に、またも奇妙な相談事が寄せられてしまった。

呪われた絵画を、何とかしてほしい。

これが荒井画廊のオーナー、荒井絵美の望みらしい。彼女の自宅には二十年前に描かせた自分の肖像画があるそうで、この絵をいたく気に入った荒井は、長年、リビングの一番目立つところに飾っていた。

日常の風景と化した、一枚の油絵。美しさとエネルギーに満ち溢れた若い頃の自分に見つめられていると、不思議と力が湧いてくる。そんな活力の源だったそうだ。

しかし、その絵の中の自分がゆっくりと変貌を遂げている、と荒井は言う。

彼女が違和感を覚え始めたのは約一年前からで、はじめは油絵の具の劣化を疑ったらしい。しかし、馴染みの修復師に見てもらっても異常なしと言われ、気のせいかと放置していたところ、さらに肖像画はその醜悪さを増していった。

深い皺、窶れた頬。重力に任せ、崩れていくシルエット。人間なら誰もが嫌がる、加齢という名の衰えだ。肖像画を描かせたのは、綺麗な頃の自分を永遠に残すため。なのに、絵の中の彼女は現実世界よりも、歳を取るのが早い。

怖くなった荒井は、呪われた肖像画を物置に封印した。しかし、不安は解消されず、この謎を解いてほしいと、俺に相談を持ちかけたのだ。

馬鹿馬鹿しいにも程がある。本音を言えば、荒井に精神科でも紹介して、終わりにしたいところだ。

でも、今そんなことをすれば、確実に嫌な噂が患者らの間で流れるだろう。せっかく、彼らが心を開き始めたというのに、それだけは避けたい。

「やっぱり、入院期間は長引きそうですか？」

「ああ、僕の腰は相当、悪かったみたいでね」うつ伏せの状態で院長は器用に頷き、「長年の運動不足と、固い椅子。これがヘルニアを悪化させるコツだよ」と笑う。

なにがコツだ。反面教師にしろとでも言いたいのだろうか。俺は毎日、木刀で素振りをしているし、腰に痛みなど感じたこともない。余計なお世話だ。

愚痴を飲み込んだ視線の先で、チンチラが素振りの真似事をしていた。院長の枕元で、どこで拾ってきたのか、小枝を竹刀代わりに振っている。小動物のくせに、意外と型は綺麗だった。

「やっ、ほっ」と短い前足を振るうテンの隣で、「それにしても、荒井絵美か」と狩宿が感慨深そうに呟く。

「彼女の絵の話、院長は知ってたんですか？」

「いや、初耳だよ」狩宿は遠い目をして、「これでも、彼女とは長い付き合いなんだ。なのに、一年も前から抱えていた悩み事を相談してもらえないなんて」と続ける。

「彼女に、なにか特別な思い入れでも？」

こちらが問い掛ければ、院長はうつ伏せのまま、「あのひとは、不眠症をマイナスと捉(とら)えていない珍しい人種でね」と笑みを浮かべた。

「なんですか、それ。睡眠障害なんて、百害あって一利なしの病でしょうに」

俺が嘆息するのを見て、「ハッハ、『眠れない身体(からだ)』が好都合な人間も、世の中にはいるんだよ」と言う。

「いまでは、多くの顧客と専属の芸術家を抱える彼女の画廊も、昔は違った。新進気鋭のアーティストの噂を聞きつけては、作品の買い付けに国内、海外問わず飛び回る。そんな忙しいスケジュールをこなすのに、薬を飲まないと眠れない体質は、うってつけだったんだよ」

たしかにそう聞けば、メリットのように思えなくもない。しかし、現実は違う。

不眠症の診断基準は、いたってシンプルで、〈眠れないこと〉と〈日中の生活に支障をきたしていること〉。この二つが揃えば不眠症と診断される。水城のようなショートスリーパーなんかは睡眠時間が短いだけで、日中の脱力感や疲労感はない。

翻って、俺や荒井絵美のような不眠症患者には、常に気紛れな睡魔の影が付き添う。集中力の低下、生産性の衰退。寝たいときに眠れなくて、寝たくないときに眠くなる。そんな拷問にも似た体質を、「便利」と評せる人間は少ないだろう。

というか、評してはいけないような気がする。病とは治すものであって、利用するもんじゃない。

「診療を施す側からすれば、そういう考え方は受け入れ難いものがありますね」

俺が溜め息まじりに言えば、「そう？」と狩宿に聞き返された。「僕は彼女の本音を聞いたとき、同志を見つけたと喜んだけど」

「同志って、まさか院長も同じ考えで？」

「君にこの仕事をオファーしたときにも言ったじゃないか。僕らは夜行性の生き物なんだって」彼は言い、「それは病気じゃなく、ただの習性だよ」と続ける。

その「僕ら」には自分も含まれているのだろうか。受け入れ難い区分けを、俺は「はあ」と相槌を打つことで受け流す。

「錦くんだって、『夜に睡気を感じない』っていうのが、臨時医を引き受けてくれた理由のひとつじゃないの？」

狩宿に問われ、俺はすぐに「そうですね」と認められなかった。

これは病だ。投薬と認知療法で治る、もしくは管理できる類の病気。でないと、困る。病気なら、それを治せれば、外科医の世界に戻ることも可能だ。しかし、この地獄がただの習性だというのなら、俺の未来は暗いまま。

親の希望、幼い頃から抱き続ける願望、夢。それが潰えてしまう。どうか、これ以上俺の世界を揺るがせないでくれ。

こちらが人知れず祈っている隙に、「僕は幼い頃から、不眠症を患っていてね」と院長は話を続ける。

「周りとのズレをずっと認識していて、その原因を探りたくて、睡眠医にまでなってしまった変わり者なんだよ。その渇望は、『普通に眠りたい』といった王道ではなく、『なぜ、自分みたいな人間がいるのだろうか』という邪道へ向けられた。その結果が、この有り様さ」

うつ伏せの状態で、腰に手を回す狩宿を見て、「いや、その有り様は運動不足と固い椅子のせいでしょ」と言えば、ハッハと大声で笑う。そして、予期した通り「あ痛たた」と悲鳴が続いた。

その様を見て、俺も笑う。

患者と主治医、そんな関係性の頃は、彼がここまで砕けた人間だと知らなかった。狩宿に抱いていた真面目な医師像が、音を立てて崩れていく。

しかし、不思議と気分は悪くなかった。「病VS習性」問題は、まだ俺の中で片付いていないが、このまま臨時医を続けていれば、そのうち結論も出るのかもしれないな。

「それにしても、『ドリアン・グレイの肖像』か。たしか、オスカー・ワイルドの小説だよね？」

狩宿に訊かれ、「ええ、小学生の頃に妹から勧められて読んだ記憶があります」と頷く。

「あれ、そんな子供が読むような本だったっけ？」

「いいえ」大きく頭を振り、俺は「うちの妹が変わってるだけです」と眉を下げた。

美しい青年、ドリアン・グレイ。友人に肖像画を描いてもらい、それを受け取った彼は、そこから数奇な人生を歩むことになる。歳は取らず、病気や怪我を負うこともなく、どんな悪事を繰り返しても、捕まることのない人生は、彼を悪魔に変えた。その一方で、彼の肖像画は醜悪さを増していく。

そんなうろ覚えの筋を、狩宿にも話してやった。すると院長は再び大きな声で笑い、次いで悲鳴を上げた。

「なにがそんなに面白いんですか？」

俺が呆れて問い掛ければ、「いやいや、荒井さんがなにを恐れてるのかなって思ってね」と返ってくる。

「小説のように、肖像画が醜く変化していけば、誰だって怖くもなるでしょう」

「肖像画の中の自分が醜く年老いていく代わりに、主人公は歳を取らず美しいまま。それが小説の肝だろう？」

「まあ、そうですけど」

「でも、ドリアン・グレイと違って、彼女はばっちり歳を取ってるじゃないか。あの人は開業直後から通ってくれてるけど、間違いなく歳を取ってるよ。化粧も年々濃くなってる。それなのに、呪いの肖像画だって怯えてると思えば、笑いが堪えられなくてね」

ツボに嵌まったのか、腰を押さえながら彼は笑い続ける。

荒井絵美は真剣に悩んでいるというのに不謹慎なものだな、と俺は白いリノリウムの床に溜め息を落とした。

それにしても、妹か。

狩宿によると、荒井の経営する画廊はそれなりに名の通った有名店らしいし、芸術界に身を置く妹なら、なにか情報を知っているかもしれない。しかし、それを聞き出そうと思えば、自然とこちらの情報も筒抜けになる。

俺はまだ、家族の誰にも己の苦境を告げられていない。たかが患者ひとりの世迷いごとのために、いまさら、その禁を冒す価値などあるのだろうか。

3

水曜の深夜。いや、木曜日の早朝か。いずれにせよ、外はまだ暗い。

診察を終えた俺と水城は、荒井のベントレーに乗せられ、彼女の自宅へと向かっていた。眠剤服用中の不眠症患者に運転を任せるのは、正直、怖かったが、「まったく、睡気は感じていない」という彼女の言葉を信じて、後部座席からそのハンドルさばきを見守る。

「楽しみですね、例の絵画」

隣から小声で言われ、「不謹慎なことを言うな」と俺は水城を諫めた。

「なんで?」

「呪いとかそういうオカルトじみたものに興味を惹かれるのは分かるけどさ、荒井さんは真剣に悩んでるんだから」

「ああ、そういうことか」彼女は苦笑し、「違いますよ、先生。勘違いです」と否定する。

「単純に、プロの描いた肖像画がどんな感じなのかって、ワクワクしてただけです。わたし、趣味で水彩画を習ってるんで」

「また趣味か」

俺は嘆息し、視線を再び運転席の方へ向けた。荒井の運転は手慣れたもので、睡気による集中力の欠如などは見当たらない。

「釣りに料理に、水彩画まで。多趣味にも程があるな」と、こちらが言えば、「ショートスリーパーには時間しかないんで」と、今度は彼女の方が溜め息を落とす。

なるほど、多すぎる趣味は長い夜を過ごすための時間潰しか。彼女も、狩宿の言う「夜の獣たち」の一員というわけだ。

俺たち不眠症患者との違いは、昼間の睡気に患わされないこと。彼女の場合はただただ活動時間が長いだけで、病ではなくまさに「体質」なのだから、羨ましくもある。

しかし、その代償として、水城はナルコレプシー——突発的な睡眠を繰り返す疾患——の発作かと思うくらい、寝るときは電池が切れたように寝入ってしまう。しかも、かなりの熟睡ぶりだ。

烏丸のアパートで目撃した光景を思い出しつつ、「今日はいきなり寝ないでよ」と水城に忠告した。

「心配御無用」水城はほくそ笑み、「今日は診察前に、一時間グッスリ眠りましたから」と胸を張る。

一時間しか寝ていないのに、「グッスリ」と来たか。ホントに、羨ましい限りだ。

二人でこそこそと話していると、「着いたわよ」と運転席から声をかけられた。ベントレーが潜ったゲートの先に現れたのは、古城を思わせるような石造りの屋敷で、それを見た水城が「うわぁ、大豪邸ですね」と黄色い声を上げる。

　画廊というのは、よほど儲かる仕事なのだな。俺がそう思ったところで、荒井がこちらを振り向く。

「この商売、見栄は大事よ。たかが屋敷だろうと、手は抜けないの」

　不思議な格言のような言葉を口にし、車を降りた女主人に、俺たちはついていった。カルテによれば、彼女は未婚で、子供もいない。つまりは、この豪邸で一人暮らしというわけだ。

　普通なら、羨むような暮らしだろう。でも、眠れない夜の寂しさを知っている俺は、広過ぎる敷地を見て、同情心を覚えた。空間が広くなればなるほど、孤独とはその存在感を増すものだ。

　荒井が玄関の扉を開くと、奥から中年の女性がこちらへ駆け寄ってきた。

「おかえりなさいませ」

　五十代くらいの女性が、深々と腰を折る。メイド服こそ着ていないものの、その態度だけで、すぐに彼女が荒井の使用人だと伝わってきた。

「あら、まだ起きてたの、北木さん」

「そろそろ、絵美さんが帰ってくる頃かなと思って」

使用人は言い、「でも、まさかお客さんがいるとは思ってませんでした」と、こちらへ視線を向ける。たしかに、彼女はパジャマ姿にノーメイクと、客を迎えるような出立ちではなかった。

「こちら、錦先生と水城さん。あの絵のことで、わざわざこんな時間に寄ってくれたのよ」

主人に言われ、北木は「ああ、あの絵ですか」と顔を顰める。どうやら、彼女も例の肖像画には、思う所があるらしい。

「『先生』ということは、もしかして霊媒師の方で？」

北木に訊かれ、「いえ、荒井さんを担当している医師です。水城さんはクリニックの看護師で」と答えれば、彼女から向けられていた懐疑的な視線がやわらいだ。

「良かった。絵美さんが騙されているのかと思って、ヒヤヒヤしましたよ」

「馬鹿なこと言わないで。わたしは、霊媒師とか占い師って輩が大嫌い。もう長い付き合いなんだから、それくらい、北木さんも分かってるでしょう？」

荒井は溜め息まじりに言い、屋敷を奥へと向かっていく。俺たちも靴をスリッパに履き替え、彼女の背中を追った。途中の廊下には、絵画がずらりと壁に掛けられており、まるで深夜の美術館にでも迷い込んだ気分だ。

俺はリビングに入るなり「さすが画廊のオーナーですね。見事な作品ばかりだ」と家主を褒める。

「どれも、わたしが担当したアーティストの作品よ。招待客へ見せつけるために飾ってるの。まあ、名刺代わりみたいなものね」

「なるほど、豪華な名刺だ」

リビングから廊下の方を振り返り、俺は頷いた。

まあ、所詮(しょせん)はただの知ったかぶりだ。俺は今でも、ピカソやドガの絵がなぜそこまで世間から評価されるのか、理由を分かっていない。あんなの、五歳児の描いた落書きと同レベルだろ、とさえ思っている。

妹と違って、その辺の知識はからっきしだ。なので、こういう美術品の類はとりあえず褒めることでやり過ごしている。

リビングの方へ目を向ければ、ここにも豪奢(ごうしゃ)な調度品が溢れかえっていた。木製のテーブルや革張りのソファーはもちろん、ランプや彫刻、花の生けられた壺(つぼ)まで、どれも値が張りそうなものばかりだ。

「あれはエミール・ガレのランプで、こっちはハロのスツール！」と一々、水城が騒ぐのが鬱陶(うっとう)しかった。

どこのブランドがどうの、なんてどうでもいい。俺は家具を褒めに来たんじゃなくて、呪われた肖像画とやらの問題を解決しにきたのだから。

水城がきゃあきゃあ誉めそやすソファーに腰を落とし、「もしかして、あそこに例の肖像画が？」と荒井に尋ねた。視線の先には、この屋敷には珍しく、空白の壁がある。

「ええ、あそこが定位置だったわ」

女主人は溜め息を落とし、「外したあとも、他の作品を飾る気にはなれなくてね」と煙草に火を点ける。

不眠症患者なら、煙草などの刺激物は避けてほしいものだ。しかし、今日はそんな生活指導をしに来たわけじゃない。俺は黙って、彼女が紫煙を上げる様を眺めた。

テーブルの上には、革張りの分厚いバインダーが置いてあり、そのページを捲りながら「これは、作品集よ。うちで扱った美術品の写真が、すべてここに納められているわ」と、荒井が見せてきた。

開かれたページには、一枚しか写真が入っていない。ベッドに横たわる半裸の女性を描いた、油絵の写真。豪華な木彫りの額に納められていたのは、若かりし頃の荒井絵美だった。

ネグリジェを着崩し、ベッドの端から生足を投げ出す下着姿の美女。

目の前にいる本人とは、随分と風貌が変わってしまっているものの、顔付きに名残はある。どうやら、常に相手を見下すような傲慢さは、彼女が若い頃から持ち合わせていた気質のようだ。

「これが例の肖像画ですか」

隣からバインダーを覗き込んでいた水城が言う。「なんだか、想像していたよりエッチな構図ですね」

正直過ぎる感想に、「おい」と俺は視線を尖らせる。

「だってほら、なんか照明も暗いし、ベッドの上で気怠気に座ってるし、一夜の情事を終えたあとって感じがしませんか？」

それは俺も思ったことだが、絵のモデルとなったひとの前で口にするような感想ではない。気まずい雰囲気のなか、荒井の方へ目を向ければ、彼女は笑みを浮かべていた。

「素直な子ね」と、細い煙を吐き出す。その妖艶な様が、絵画の中の彼女と重なり、思わず目を背けた。

「女の、最も美しい瞬間を閉じ込めた作品よ。手懸けたアーティストは無名で、資産的な価値はないんだけど、よく描けてるでしょう？」

俺は頷くだけだったが、水城は「はい、特にこの背景のタッチがレンブラントっぽくて――」などと作風を誉め始める。

「あら、よく分かってるわね」

そこからしばらく、女性陣の美術談義が続く。俺は正直、うんざりしていたが、北木が紅茶とお茶請けのマドレーヌを持ってきてくれたので、それを口にすることで退屈な時間をやり過ごした。

「あの絵は、いつもわたしに力をくれていたわ。逆に、見る者からは力を奪ってくれる、そんな作品だったの」

荒井の口調が沈み、やっと本題に入るのかと俺は座り直す。

「それが、あんなことになるなんて」

煙草を灰皿に置いて、目を瞑る女主人に「ちなみに、その変化後の写真はないんでしょうか？」と、問い掛けた。

「無いわ。最初は目の錯覚だって自分を誤魔化していたし、本格的に変化し始めてからは怖くて、写真なんか撮れやしなかった」

第三者が見ても分かるような証拠はない。つまりは、荒井の妄想である可能性が高いな。そう疑いつつ、俺は主人の後ろに控えていた北木の顔を見る。すると、すぐに目を背けられた。「わたしに聞かないで」とでも、言っているみたいだ。

おそらく、同じ絵を見ても、荒井の言う「変化」を彼女は分からなかったのだろう。やはり、荒井絵美は幻覚に悩まされているようだ。

疑心を確かめようと、「絵を修復に出されたときの話を聞かせてください」と俺は願い出た。

「本来、油絵の劣化は何十年と経ってから起こるもの。それは理解していたけど、他に理由も思いつかなかったから、馴染みの修復師にお願いしたのよ」

新たな煙草に火を点け、荒井は額に手を置いた。

「でも、『明らかな劣化は見られない。いったい、この絵のどこを直して欲しいんだ？』って聞かれて、なにも言えなかった。それもそうよね。劣化してるのは絵の具なんかじゃなくて、絵の中のわたしなんだから」

涙こそ流さないものの、彼女の顔は悲痛に歪む。煙草を挟んだ指も、微かに震えていた。荒井絵美は、限界を迎えようとしているのだ。

呪いの絵画なんて、この世に存在するはずがない。「ドリアン・グレイの肖像」はあくまで創作、これはすべて不眠症患者の妄想だ。

であれば、ここは医者の出番だな。俺は立ち上がり、「ではそろそろ、その肖像画とやらを見にいきましょうか」と、震える患者を見下ろした。

「大丈夫ですよ、荒井さん。錦先生に任せておけば、なんとかなりますから」と水城も追随する。

本来なら、勝手なことを言うなと叱りつけるところだ。しかし、そんなガッツポーズをとる若い看護師を見て「頼もしいわね」と荒井が笑ったので、叱ることも出来ない。

テーブルに置いたハンドバッグから、荒井が鍵をひとつ取り出した。

「いつも持ち歩いてるんですか？」

水城に訊かれ、彼女は「いいえ」と頭を振りながら、「普段は寝室の金庫に仕舞ってるわ。今日はあなたたちが来てくれるかもって思ってたから、こうやって持ってきたの」と鍵を差し出してくる。

「じゃあ、物置まで案内するわね」

女主人は言い、立ち上がろうとしたが、その足下は覚束無い。ふらつく彼女に「案内なら、わたしが」と北木が申し出た。

「そう、じゃあ頼んだわ」

荒井は再び椅子に腰を下ろし、灰皿に置いていた吸いかけの煙草を指に挟んだ。「わたしはここで待ってるから」

当の患者をリビングに置き去りにし、俺たちは使用人のあとについていった。どうやら、その物置とやらは屋敷のさらに奥側にあるらしく、美術品に彩られた暗い廊下を三人で進む。

「北木さんは、例の肖像画が本当に呪われていると思いますか？」

俺は案内人の背中に向かって問いかけるが、返事はない。

「それとも、全部、荒井さんの妄想だと？」

同行人の質問を無視して、案内を続けていた彼女の歩みが、突如、止まる。

「わたしは昔から酷い遠視持ちでして。最近は老眼も合わさって、文字を読むのも一苦労といった有り様です。だから、呪いと言われても」

困ったように言い、北木はこちらへ身体を向けた。

「こちらが、屋敷の物置になります」と扉を指す。「中は広く、色々と高価なものも置いてありますので、足下に気を付けてお進み下さい」

木製の扉に、真鍮製のドアノブ。さきほど渡されたばかりの鍵を鍵穴に差し込み、ガチャリと回す。ギギッと扉が軋み、埃っぽい空気が廊下へと溢れ出た。

「では、お気を付けて」

「えっ、北木さんは来ないんですか？」

「ええ、わたしはちょっと絵美さんが心配なので、あちらに戻ります」

軽く頭を下げてから、使用人は宣言通り、リビングの方へと戻っていく。その背中を見送りつつ、俺は水城と顔を見合わせた。

「先生、もしかしてビビってる？」

彼女に揶揄われ、「馬鹿なことを言うな。この世に呪われた絵なんて、あるわけがない。全部、荒井さんの妄想だよ」と暗い物置の中を覗き込む。

「ですよね」

笑顔で水城は頷き、スマホの照明で屋内を照らした。

「たぶん、このスイッチがライトかな」と、間口近くのスイッチを押してみるが、大した光量は灯らなかった。電球が寿命を迎えたのだろうか。点滅する淡い照明が、状況の怪しさをさらに煽る。

「なんだか、ホラー映画みたいな展開ですね」

水城に言われ、ゾクッと肌が粟立った。

「変なこと言うなよ」と、俺もスマホを出し、懐中電灯代わりに部屋の中を照らしてみる。

北木の言った通り、物置には物が雑多に押し込まれているようだ。積まれた美術品や家具、木箱や段ボール箱の間に、ひとがひとり通るのがやっとな、か細い道が出来ている。

「例の肖像画はどこだろう」

俺が呟くと、「部屋の奥に決まってるじゃないか、相棒」と声が聞こえてくる。いつの間にやら現れたテンが、「呪いの絵なんて、出来るだけ目に付かないところに封印したい。それが、人間ってもんだろ？」と、木箱の上で手を振っていた。

箱からピョンと飛び降りたチンチラが「ついてこい」と手招きしながら、物置を奥へと駆けていく。

そのあとを追う形で、数歩進んだ水城が「うわ」と足を止めた。

「どうした？」

「スリッパが埃まみれになっちゃって」と、右足を浮かせて言う。

彼女の足下をスマホで照らしてみれば、たしかにその足跡が床にくっきりと刻まれていた。一様に積もった埃に、長い間、誰も中へ足を踏み入れていないことが伝わる。

「他に足跡もないし、随分と放置されていたみたいですね」

「唯一の鍵は荒井さんが持っていて、彼女は怖くてここへ立ち入れない。掃除の手が行き届いてなくて、当然だろう」

　俺はスマホの明かりを部屋の奥へ向け、足を止めていた水城を追い越した。扉は開けっ放しにしておいて、物置を奥へと進む。埃塗れの床へ足跡を刻みながら、細い通路を進んでいると、ついに奥の壁が見えてきた。

　通路の終点。そこに、一枚の絵が立て掛けられている。かなりの大きさだ。高さだけでも、俺の肩くらいまではありそうだが、分厚い布がかけられているせいで、その概要までは分からない。

　臙脂色の布に覆われた、四角いシルエット。これが件の絵なのか？

　俺は恐る恐る、布を剝がした。露になった油絵を、水城がスマホで照らす。

　その瞬間、「キャッ」と後ろから悲鳴が上がった。俺も「うお」と思わず、声を漏らしてしまう。

　ベッドの上で横たわる半裸の女性。その構図こそ、さきほど写真で見たままだったが、描かれていたのは、とても美女と呼べるようなモデルじゃなかった。

　顔に深く刻まれた皺、だらしなく垂れ下がった贅肉、哀れなシルエット。紛うことなき老女が、こちらを恨めしそうに見上げている。

「なんなの、これ」

多少、パニック気味に水城が言った。「これが本当に、さっき見た写真と同じ肖像画なの？」

気持ちは分からないでもない。俺だって、ホラーチックな雰囲気に飲み込まれそうになりながらも、「どうせ、ただの妄想だろ」と思っていた。しかし、現れたのは「呪いの肖像画」と呼ぶに相応しい歪な絵画で、どう反応していいか分からない。

「とりあえず、写真を撮っておこう。部屋の暗さで、錯覚してるだけかもしれないし」

俺がスマホで不気味な絵を撮影していると、「錯覚なんかじゃありません。この絵は、完全に呪われてますよ」と水城が言ってくる。

「呪いなんて、この世にあるわけない」

「じゃあ、これはなんなんですか？」

水城に問われ、俺は半ば自棄になって「そんなの知るかっ」と怒声を飛ばした。

「持ち主の代わりに歳を取る油絵なんて、存在し得ない」俺は断言し、勢いに任せて、絵の周囲も写真に納めていく。

「必ず、なにかカラクリがあるはずだ」

狂ったようにシャッターを切る俺に、「こっちも撮ってくれよ、相棒」とテンが声をかけてきた。絵の右手側に積まれている木箱。チンチラはその上に立ち、カーテンの閉められた窓らしきものを指差している。

「なんで、おまえに指示されなきゃいけないんだ」

思わず呟いた幻覚への返答に、「なんですか？」と水城が問い掛けてきた。

これはマズいな。そうでなくとも奇妙な展開なのに、ここで俺まで幻覚を見ている、などと知られるわけにはいかない。

「いや、この辺りも気になるなって思って」

俺は誤魔化そうと、テンの指示した辺りの撮影を始めた。醜悪な絵画から目を逸らすように、写真を撮りながら窓へ近づいていく。

カーテンを捲り、窓の外を覗けば、庭園のようなものが見えた。立派なパティオだな、と感心しつつ、窓枠やその下の床、外の風景など、写真の数を増やしていく。

そこで、「ヒッ」と息を吸い込むような声が聞こえてきた。入り口の方を振り返れば、北木に肩を抱えられた荒井絵美の姿が、そこにあった。

俺たちが中々戻ってこないから、様子を見に来たのだろう。しかし、それは悪手だ。

呪いの絵を真っ正面から見てしまった荒井。みるみる内に、彼女は過呼吸になっていく。

「また酷くなってる！」

せめてその視界を遮ろうと、俺は急いで絵の前に戻ったが、無駄だった。

わなわなと震える、青白い顔で「やっぱりそうよっ、その絵は呪われてるの！」と荒井が口元を押さえる。

次いで、一際大きな悲鳴が上がり、女主人は気絶した。

4

昼時で賑わうレストランの客らを眺めながら、俺は「で、どうだった？」とスマホに問い掛ける。

「ええ、緊急で頭部ＣＴも撮ってもらったんですけど、なにも異常は見つかりませんでした。血液検査でも軽い貧血があったくらいで、診てくれた神経内科の先生も『ただワゴったただけだろう』って」

ワゴった、つまりは迷走神経反射による失神という見立てだ。器質的な異常も見つからなかったようだし、自分の診断が正しかったと知って、俺はホッとした。

「それは良かった」

「荒井さんも大分、落ち着いたみたいなので、わたしもいったん、家に帰りますね」

水城の口振りからは、多少の疲れが伝わってくる。当然だ。昨夜、正確には今朝の早朝から彼女はずっと患者に付きっきりで、一緒に病院まで受診してくれたのだから。

「そうしてくれ」俺はスマホを持ったまま頷き、「色々と丸投げしちゃって、悪いな」と水城に謝った。

「ええ、さすがに疲れちゃいました」彼女は笑いまじりに言い、「先生も、少しは休めましたか？」と訊いてくる。

「ああ」と嘘をつき、電話を切った。

全身を覆う疲労感。しかし、眠れる気配はしない。

持病の不眠症に加え、あんなものを見せられてしまっては、おいそれと休む気になれなかった。アイスレモンティーを一口飲み、スマホの写真フォルダを開く。

こちらを恨めしそうに見返す老婆の写真を眺めながら、俺は独り言を漏らした。

「やっぱり、見間違いじゃないようだな」

呪いの肖像画、あれはうちのチンチラなんかとは違って、ただの幻覚なんかじゃない。その証拠に、こうして写真を見返してみても、テンの姿は写っていないが、絵画の映像はバッチリ撮れている。

独りでに歳を取っていく肖像画。本当にそんなものがこの世に存在するのなら、怖い限りだ。でも、俺は呪いなどというオカルト現象を、一ミリだって信じていない。

これは人災なのだ。その証拠も、もう押さえてある。

俺は画面をスワイプし、撮影した写真を捲っていった。この画像たちが物語るのは、とある侵入者の軌跡。自分の推理をナレーション代わりに脳内で唱え、俺は確信を強めていく。

呪われた肖像画には、やっぱりカラクリがあった。そんな手品の種を、早朝からの数時間で見つけられたことを思えば、俺は意外に探偵としての才能があるのかもしれないな。

新たな才能を誇らしげに感じていたところへ、「手柄の独占は良くないぜ、相棒」とチンチラが呼びかけてくる。

「なんだと?」

「オレがいなければ、謎は解けなかった。そこんところを、忘れないでくれよな」

テンに言われ、「やれやれ」とアイスティーを飲む。

なにが哀しくて、己の幻覚と手柄を奪い合わなければいけないのだ。馬鹿馬鹿しい。俺は溜め息をつくと共に、再びスマホへ視線を向けた。

しかし、コイツの言うことにも一理ある。たしかに、これらの写真はどれも、テンに指示されて撮影したものだ。コイツが指摘しなければ、例の窓の存在にさえ、気付くのが遅れただろう。

だからと言って、「テンのおかげだよ、ありがとう」なんて謝意は溢れてこない。

幻覚とは、俺の病の副産物。つまり、コイツの思考も、元は俺のものなのだ。ならば、大人しく脳の中に引っ込んでおけ、というのが正直なところで、感謝の気持ちなどあるはずもなかった。

テーブルの上で、だらりと寝転がるオスのチンチラ。その呑気な様を横目で眺めながら、なぜこんな幻覚を見せられているのか、と俺は頭を抱えた。

ピロンと電子音が鳴り、スマホを見てみる。画面上部に現れた緑の枠に、〈もうちょっとで着くから、ローストビーフサンドとスープのセット、頼んでおいて〉とメッセージが表示されていた。

送り主は俺の妹、錦奈癒だ。

スマホを仕舞い、店員を呼ぶ。ローストビーフサンドとスープのセット、それにジンジャエールをひとつ注文した。

「かしこまりました」と、引き返していく店員の背を見送り、冷たいレモンティーを口に含む。

奈癒に会うのは久しぶりだ。今年の正月以来、家族の誰とも顔を合わせていないし、たまの電話やメールでも、こちらの事情は話せていない。

患者を死なせ、メスを握れなくなった。

そんな恥部をいまさら、晒せるはずがない。俺は錦家、期待の星なのだ。妹と違って、両親の希望を幼少期からずっと担いで、ここまでやってきた。心が折れたなどと、どの面下げて言えばいいのだ。

溜め息まじりにグラスを傾ければ、中の氷がカランと心地いい音色を奏でた。

三つ歳の離れたうちの妹は、変わり者だ。外科医の父親と元看護師の母親を持ち、俺と同じく、医者になるよう洗脳されて育ったはずなのに、彼女は一度たりとも、医療従事者への憧れを口にしたことがない。

美術、芸術、アート。あいつの目に留まるのは、ただそれだけ。

生まれて初めて、お絵描き用のクレヨンを手にしたときから、一度もブレていない彼女の執着心だ。あれはいったい、どこからやってきたのか。

血縁関係に芸術家なんてひとりもいないし、うちの両親や祖父母も、そっち方面の趣味はからっきしだ。なのに、妹は息をするように絵を描き続け、誕生日やクリスマスプレゼントにも、美術道具を強請った。

それは読書に関しても同様で、学校で読書感想文を宿題に出されれば、決まって絵画や彫刻などの芸術作品を納めた図鑑か、またはそれにまつわる小説ばかりを題材に選んでいた。

その中に、オスカー・ワイルド作、『ドリアン・グレイの肖像』もあり、小説をいたく気に入った妹が執拗に勧めてきたせいで、俺も読むハメになった。まあ、そのおかげで荒井に「『ドリアン・グレイの肖像』って小説はご存知?」と訊かれた際は、「ええ」と即答できたわけだが。

注文した品々がテーブルに運ばれて来たが、まだ妹の影はない。あいかわらず、「もうちょっと」の感覚がズレた奴だ。

俺はアイスレモンティーのお代わりを注文し、短く嘆息した。

ああ、眠い。

欠伸を噛み殺したところで、ドンと背中を叩かれる。驚いて振り向けば、「お待たせ」と奈癒が満面の笑みを浮かべていた。

「急に叩くなよ、ビックリするだろ」

兄が眉間に皺を寄せれば、「じゃあ、忍び寄った甲斐があったね」と妹は笑う。そしてジンジャエールを見つけ、「さすが、お兄ちゃん。分かってんじゃゃん」と席についた。

自由奔放、天真爛漫、それがうちの妹だ。自分が持ち合わせていない、その明るさに、俺はいつも怒りを継続できない。

「それにしても、珍しいね」ジンジャエールを飲む間の息継ぎ代わりに、奈癒は言った。「いつも忙しい忙しいって言ってるお兄ちゃんの方から、『久しぶりに飯でもどうだ？』なんて。てっきりオレオレ詐欺かと思ったよ」

「ランチに誘うだけの詐欺なんて、あるわけないだろ」

「それぐらい異常事態だって言いたかったの」

妹は困ったように笑い、サンドイッチに齧り付く。

まあ、彼女の困惑も当然だ。年に一、二度しか会おうとしない兄から、急に「調べてほしいことがある」などと呼び出されれば、誰だって異常事態だと思うだろう。

「それで、調子はどうなんだ？　元気にやってるのか？」俺は尋ね、「まだ美術館での仕事は続けてるみたいだけど」と妹の胸元を指差した。

付けっぱなしの名札を見下ろし、奈癒はサンドイッチを飲み込む。

「なにそれ、世間話？　お兄ちゃん、そんなの興味ないでしょ」

冷たく突き放され、「そんなことないよ」と、俺は新たに運ばれて来たアイスティーを店員から受け取った。

妹は芸術活動を行う傍ら、そこそこ大きな美術館で学芸員をやっている。美術館に展示する作品の管理、取り寄せを行う、いわゆるキュレーターというやつだ。彼女によれば、「アーティストとして名が売れるまでの腰掛け仕事」だそうだが、おかげで奈癒の美術界におけるコネは広い。

たしかに、妹の言う通りだ。俺は奈癒の近況などに興味はなく、彼女のコネを利用するためだけに、今日、ここへ呼び出した。

ばつが悪くなり、俺は「そんなつんけんするなよ」と、アイスティーを飲む。「会うのも正月以来だし、ちょっとおまえの近況を聞こうと思っただけじゃないか」

「じゃあ、逆にお兄ちゃんの近況を聞かせてよ。なんか最近、妙によそよそしい気がするんだけど？」

鋭い指摘だ。おっしゃる通り、ここ一年、俺は家族と距離を取っている。しかし、その理由を説明したくはないので、「こっちはまあ、変わらずだよ」と嘘をついた。

「ふーん」奈癒はなにか言いた気に目を細め、「で、調べてほしいことってなに？」と本題に入る。

俺は言葉を選びつつ、「ちょっと患者のことで困っててな。おまえ、荒井画廊って知ってるか？」と妹に尋ねた。

「知ってるよ。この界隈（かいわい）じゃ、けっこう大手の部類に入る画廊だからね」猫舌の奈癒はスープをちびちび飲み、「で、その画廊がどうしたの？」と話を進める。

「画廊のオーナーの、荒井絵美さんってひとのことなんだけど、彼女に恨みを持つひとがいないか、調べてほしくてさ」

俺は言ってすぐ、照れ隠しに頭を掻いた。別に変なことを言ってるつもりもないのだけど、改めて口に出してみると、奇妙な頼み事のように思える。依頼人に悪意を持つ人間のリストアップなんて、これじゃ、本当に医者じゃなく、探偵にでも転職したみたいだ。

妹も違和感を覚えたようで、なにも答えずにじっとこちらを見つめてくる。

「その、画廊のオーナーがお兄ちゃんの患者なの？」

疑心たっぷりの質問に、「ああ、実はそうなんだよ」と首肯した。

「彼女が誰かに刺されて、その傷をお兄ちゃんが縫ったとか？」

この問い掛けに、俺は思わず、妹から目を逸らす。「刺す」と「縫う」。この二つの言葉が、一年前の忌まわしい事故の記憶を想起させたからだ。

「違うよ、そういうんじゃない」

「じゃあ、どういう経緯で荒井画廊のオーナーを診ることになったのよ」と、妹はしつこく食い下がってくる。

どうしよう。ここは正直に、自分の置かれた状況を彼女に話すべきだろうか？

この場を適当に誤魔化して、有耶無耶にしてしまうこともできる。しかし、それだと妹は動いてくれないだろう。

奈癒はけっして悪い奴じゃないが、隠し事をされたまま、兄の要求を素直に聞いてくれるほど、従順でもない。他に美術界へツテもないし、ここで彼女に断られれば、犯人探しは頓挫してしまう。

さて、どうするべきか。

時間稼ぎにアイスティーをゆっくり飲んでいるところで、テーブルの上から「ここは奈癒を信じてやろうぜ、相棒」とチンチラが声をかけてくる。

そういえば、こいつは元々妹のペットだったたな。そんなことを考えながら、テンに「信用の問題じゃない」と目だけで伝えた。

「いいや、これは信用の問題だ」

テーブルの上で横になったまま、「相棒が怖（おそ）れてるのは、親父（おやじ）さんに例の事故を知られることだろ？」とチンチラは続ける。「なら、ちゃんと事情を話した上で、口止めすればいい。奈癒は約束を守れるやつだよ」

　中年男性の渋い声で諭され、それもそうだな、と思ってしまった。別に妹に失望されたところで、俺にダメージはない。父さんにさえ、知られなければ。

「実は、おまえに言わなければいけないことがある」

　俺はお代わりしたアイスティーを飲みきってから、一年前の事故の顛末を妹に話した。もっと言い淀（よど）むかと思っていたが、言葉はすらすらと出てくる。不思議な気分だ。情けなくて、恥ずかしくて、でも、話が進むに連れて、胸がスッと軽くなっていった。

　本当は、家族の誰かに話を聞いてほしかったのかもしれないな。

　そんな自覚とともに、「それで、二転三転した結果、通院先の睡眠クリニックで、いまは臨時医をやってるんだ」と、近況を話し終える。

　ずっと怖くて、俺は妹の顔を直視できなかった。いま、彼女の表情に表れているのは、同情心？　それとも、軽蔑（けいべつ）の眼差（まなざ）しだろうか。

「父さんと母さんには、まだ言ってないし、出来ればこのまま、知られたくない」

　俺は願い出るとともに、改めて正面を向いた。すると、奈癒は笑みを浮かべ、「人生はじめての躓(つまず)き、おめでとう」などと言ってくる。

「なんだよ、それ」

「苦難は筋トレみたいなものだよ、お兄ちゃん。たくさん経験した方が強くなれる」

持っていたサンドイッチを皿の上に置き、奈癒はこちらを見た。

「お兄ちゃんはもっと早く、躓くべきだったんだ。そうすれば、そんなに家族を怖がることなんてなかったのに」

そう言った妹の目には、涙が浮いていた。

5

夕方の六時過ぎ。白亜の豪邸に呼び出された関係者の面々は、それぞれグラスを傾けながら、雑談に興じている。

その様子を、俺は部屋の隅で静かに見守っていた。先ほどまで感じていた倦怠感(けんたいかん)は、手にしているマグカップの黒い液面に吸い込まれ、頭はスッキリと冴(さ)え渡っている。

「先生、やっぱりワインでもお持ちしましょうか?」

不意に問い掛けられ、「いや、俺は珈琲(コーヒー)だけで」と、北木に向かってマグカップを上げた。

「でも、無理されてますよね」荒井家の使用人は言い、こちらの手元を見ながら眉根を寄せる。「本当はブラック珈琲なんて、飲みたくないんじゃありませんか？」

「顔に出ちゃってましたか」

　俺は苦笑し、半分ほど飲んだカップの中身を覗き込んだ。

　不眠症持ちにとって、刺激物は厳禁。本当はこんなカフェイン塗れの飲み物なんて、一滴たりとも身体に入れたくはない。しかし、背に腹は代えられなかった。

　俺は招待客らの方へ視線をやり、「でもまあ、仕方ないですよ。酔っぱらいの推理なんて、誰も聞きたくはないでしょうから」と、短く嘆息する。

　これから俺は、テレビでしか見ることのないようなシーンを、彼らにお披露目するのだ。アルコールの摂取はもちろん、いつもの睡気に身を窶している場合ではない。

「あら、どうやら最後のお客様が来られたようです」

　北木に言われ、「では、作戦通りに」と返す。ショータイムの幕開け、というやつだ。

　グループラインに〈GO!〉と送信してまもなく、招待客から「おお」と歓声があがり、彼らの雑談が止んだ。

　皆の視線は、屋敷の二階へと繋がる階段の方へ向けられており、上からナイトドレスを着た荒井絵美が下りてくる。彼女は五十代とは思えない色気と、年相応の威厳を放っていた。念入りなメイクのおかげで、深い隈や窶れた頬もすっかり隠されている。

女主人は階段の中程で足を止め、「今日は皆様、急な招待に応えてくださり、ありがとうございます」と一礼した。

重大な発表がある。それだけ言われて、その内容も知らずに屋敷へ呼び出された招待客らは、食い入るような顔で荒井の次の言葉を待った。

ここに集まっているのは、荒井画廊の関係者ばかりだ。と言っても、顧客などは招かれておらず、画廊の社員や取り引きのある業者などが大半を占めている。そんな十人ばかりの面々を集めて、「重大発表」と銘打たれておれば、荒井の進退に関する発表だと、馬鹿でも分かるだろう。

なにか貰えるのか。それとも、明日から新たな職場探しでもしなければいけなくなるのだろうか。そんな悲喜こもごもな表情が、パーティー会場を彩っていた。

客らの集中を一身に浴びたまま、「今日は、みんなに紹介したい方が来られているの」と、荒井がこちらを向く。

「わたしがお世話になっているドクター、錦治人先生よ」

紹介を受け、「どうも、錦です」とお辞儀をすれば、招待客らの困惑が伝わってきた。

そんな不穏な空気をさらに刺激するように、「皆様は『ドリアン・グレイの肖像』という小説をご存知でしょうか」と、さっそく、俺は説明を始める。

モデルとなった持ち主の代わりに、その加齢や悪意、罪などを吸収し、醜く変容していく肖像画。名作と評される作品の概要を掻い摘んで伝えたことで、場の空気はさらに混乱を極めていく。

「すべてはひとりの小説家が頭に描いた、御伽噺に過ぎない。ですが、そんな呪いの絵画に悩まされるひとりの女性が、現代に現れました」

聴衆らの疑念を余所に、「それが荒井絵美さんです」と彼女のいる方を手で示せば、聴衆がどよめいた。

「問題となる絵が製作されたのは、約二十年前。当時、画廊をオープンしたばかりの荒井さんが、付き合いのあったアーティストからプレゼントされた作品です。この肖像画をいたく気に入った荒井さんは、永きに亘り、屋敷の一番目立つ場所へ展示していました」

俺は持っていたリモコンを操作し、パーティー会場の端に設けられた四十インチのモニターへ件の肖像画を表示させる。もちろん、色々と変貌を遂げる前の、本来の絵の写真だ。

「みなさんも、この屋敷へ招かれた際、一度は目にしたことがあるはずです」

モニターを見た聴衆らが、「ああ、あれか」とか「たしかに、見覚えがあるな」などと、ざわめきはじめる。

しっかりと、皆の意識がモニターへ向けられていることを確認してから、「そして、こちらが一週間前に撮影された肖像画になります」と、俺は例の物置で撮影した写真を画面に出した。

雇用主の変わり果てた姿を見て、悲鳴が上がる。招待客の中には顔を背ける者もいれば、逆にモニターに顔を近づけ、「ほう、これは」と感心する者もいた。

「しかし、みなさんは『呪われた肖像画』なんて言われて、素直にその存在を信じられますか?」

この問い掛けで、再び招待客らの喧騒が止む。

「荒井さんが、絵の変化に気付き始めたのは約一年前。でも、はじめから『呪いだ』と確信があったわけじゃありません。そうですよね?」

階段上の女主人に問い掛けてみれば、彼女は「ええ、その通りよ」と悲痛そうな顔で頷いた。「最初は、気のせいかと思ってたわ。ちょっとした違和感程度の変化しか見られなかったから」

俺は腕時計を見て、タイミングを計る。もう少し時間稼ぎが必要だな。

「だが、気のせいではなかった。絵の中の荒井さんは、ゆっくりと、しかし確実に変貌していったんです。そんなオカルティックな状況に恐怖した彼女は、この肖像画を物置へ封じることにしました。誰の目にもつかないよう分厚い布をかけ、何者も物置に入れないよう、部屋の鍵は金庫に仕舞って」

そろそろ約束の時間だが、まだ合図はない。

「荒井さんは悩みました。本当に肖像画は変化しているのだろうか。それとも、ただ、自分がおかしくなっていっているだけなのか、と」

早くしろよ、水城。胸の裡で同僚を急かしながら、「肖像画を人目に触れない物置へ封印したところで、その不安が絶えることはなかった」と、さらに時間を稼ぐ。

「むしろ、日が経つにつれ、『いま、あの絵の中の自分はどんなことになっているんだろう?』と、恐怖は募っていった」

そこで、屋敷の中にサイレンが鳴り響いた。待ちに待った合図だ。

突然の警報に驚き、首をキョロキョロと回す招待客たちに、「落ち着いてください。火事とかじゃありませんから」と呼びかける。「このサイレンも、種明かしの一部ですので」

「種明かし?」

招待客のひとりに聞き返され、「ええ、そうですよ」と俺は笑みを浮かべた。「だって、呪われた肖像画なんて、この世に存在するはずがないじゃないですか。すべてはただの手品。これから、それを暴いてみせましょう」

俺はお辞儀しながら、自分の隠れたショーマンシップに驚いていた。口調といい、さっきのお辞儀といい、まるで舞台俳優にでもなったような気分だ。

「さあ、皆さん。次は実際に、その『呪われた肖像画』とやらを見にいきますよ」

聴衆を誘導して向かったのは、もちろん例の物置だ。客らは困惑したまま、ゾロゾロとあとをついてくる。

目的地のドアの前で待っていた北木に、「誰も入っては来ませんでしたか？」と尋ねれば、「ええ、言い付け通り見張っていましたが、どなたもお見えになっておりません」と丁寧に返してくる。

俺は施錠されていることが皆に伝わるよう、粗雑にドアノブをガチャガチャと回してみせた。

「では荒井さん、鍵を」

指示された女主人は、招待客らの前に出てきて、扉を解錠した。ギギッと軋みながらドアが開き、物置がその薄暗い口を開く。

俺は先行して部屋の中に入り、照明のスイッチを押してから振り返った。電球は新しいものと入れ替え済みなので、あのおどろおどろしい雰囲気はない。

「みなさん、足下に気を付けて進んでくださいね。長らく、誰も足を踏み入れてなかったせいで、床にたっぷりと埃が溜(た)まっていますから」

そんな説明をされれば、みな服や靴が汚れることを恐れて及び腰になる。しかし、一番高価そうなドレスを着た荒井がツカツカと埃の絨毯(じゅうたん)上を進んでいくので、誰も文句を言えないようだ。

物と箱に挟まれた狭い通路を一列になって奥へと進み、突き当たりで、布のかけられた一枚の絵に迎えられた。

後列の方はちゃんと見えていないのかもしれないが、そんなことまで気にしていられない。左手に持ったフラッシュライトで絵を照らしながら、俺は早速、布を剝がしてやった。

「なんだ、これ」とか、「どこが肖像画?」、「ただの素人臭い、水彩画じゃないか」と気の抜けた声が招待客らの間で漏れはじめる。

皆が呆れるのも無理はない。これは呪いの肖像画などではなく、水城が趣味で描いた、出来の悪い風景画なのだから。

聴衆らのリアクションをしばらく楽しんでから、「さて、皆さん」と声を張る。「ご覧のように、これは荒井さんを困らせている元凶の肖像画ではありません」

「わざわざ入れ替えたってことか。なぜそんなふざけた真似を?」

客のひとりが漏らした不満を「まあまあ、落ち着いて」と往なす。「パーティの開始時には、ちゃんと例の肖像画がこの場所に保管されてたんですから」

もちろん、こんな説明ぐらいでは彼らの困惑は解けない。「では、その種明かしを」と俺はフラッシュライトの明かりを、右手にある窓の方へ向けた。埃っぽい空気を貫き、光の筋は窓の外まで伸びていく。その向こうに、ライトアップされた水城の顔があった。

いきなり現れたジャージ姿の侵入者に、招待客らはギョッとする。

「これから彼女に、ある密室トリックをデモンストレーションしてもらいますので、じっくり見ておいてくださいね」

物置の窓は、六十センチ×一メートルほどの大きさで、俺は皆にもよく分かるように、窓の施錠を行った。まあ、施錠と言っても窓のサッシなどでよく見る、鍵の要らないクレセント錠を閉めただけだ。

ガチャガチャと窓が開かないことを示してから、水城の風景画の前へ戻る。聴衆らは、間の抜けた顔でその様を見守っていた。

気分は、まるでマジシャンだな。

初めてこの屋敷を訪れた夜、倒れた家主の介抱をしながら、俺は撮影したばかりの写真を眺めていた。そこで、不思議なことに気が付く。

あの埃まみれの物置に、一カ所だけ、ほとんど埃が溜まっていない場所があったのだ。物置から中庭へ通じる窓、そこから例の肖像画までの間だけが、綺麗に掃除されていた。

呪いの肖像画にビビって、長らく、誰も足を踏み入れていないはずの部屋。そこに掃除の跡があったとなれば、当然、興味を惹く。写真を隅々までチェックしていると、俺はさらに気になるものを見つけた。

木製の窓枠、その下辺に直径一、二ミリほどの小さな穴が開いていたのだ。

「皆さん、窓の下、特に右側の部分に注目してくださいね」

言ってすぐ、ニュッと細い棒状のものが俺の指摘した辺りから生えてきた。

「なんだよ、あれ」

そんな聴衆の質問に、「細い針金ですよ。弧状に曲げ、先にナイロン糸の輪っかをくっつけた針金。それを窓枠に空けられていた小さな穴を通して、外から挿し込んでるんです」と答える。

そして、この穴を発見した当時の推理も語ることにした。

「穴の辺縁は綺麗で、これが人工的に空けられたものなのは明白でした。では、なぜこんな場所に穴を刳り貫いたのか。気になった私は、その答えをネットに求めました。『空き巣、クレセント錠』と検索すれば、針金を使って外からクレセント錠を解除する動画がいくつも出てきたんです」

俺が解説する間も、水城は休まず作業を続けている。そして、動画で見た光景が、いま目の前で再現されようとしていた。

外から挿入された弧状の針金。それが例の穴から屋内へ侵入し、上方にあったクレセント錠まで伸びる。縦に設置されたクレセント錠、そのハンドルを針金の先に付けられたナイロン糸の輪っかが捕らえ、下に向かって回した。

窓が開き、パティオから侵入してきた水城が「みなさん、こんばんは」と挨拶してから、一枚の絵を中へ引き込む。これこそ、例の「呪われた肖像画」だ。露となった老婆の姿に、聴衆の間から「うわっ」と悲鳴が上がった。

水城が自作の水彩画の隣に絵を置いたところで、「さて、皆さん」と、俺は招待客らに呼びかける。

「これが、密室となった物置の中で絵を入れ替えるトリックです。ここまで言えば、呪われた肖像画の正体は、もうお分かりですよね」

「つまり、オリジナルとは別に、醜く描き変えた絵が用意してあったってことだよな。それをこっそりオリジナルと入れ替えていたと、そういう絡繰りなんじゃないのか?」

招待客のひとりが、皆を代表して質問に答える。たしか彼は荒井画廊の副社長で、自分の右腕だと荒井が言っていた人物だ。

「その通り」俺は大きく頷いてから、「では、再びパーティ会場の方へ戻りましょう」と、聴衆を先導する。

皆を引き連れて会場まで戻ると、俺は再び例のモニターの隣に陣取った。招待客らは、埃まみれとなった自分の一張羅を叩いたり、嘆いたりしながら、こちらの様子を窺っている。

「先ほどのデモンストレーションで、密室での絵画入れ替えトリックの方法は明らかとなりました。リビングでのすり替えは別の方法でしょうが、しかし、問題はその動機です」

俺は言ってから、水城が物置から持ってきた老婆の絵を見た。恨めしそうにこちらを睨みつける彼女の顔を眺めながら、推理を続ける。

「改めて荒井さんにも確認してもらいましたが、他に物置から盗まれたものはありませんでした。リビングについても同様です。つまり、侵入者の目的は『呪われた絵画』にしかなかったと推測されます」

噛み砕くように言い、聴衆の方へ顔を向けた。

「肖像画の中の荒井さんが、勝手に歳を取るわけがない。であれば、この老婆の油絵は他のだれかが描いた新作だ。そんな贋作まで用意して、それを不法侵入や窃盗で捕まる危険まで冒して、人知れずオリジナルと取り替えた犯人の動機とは、いったい何なんでしょう？」

静まり返る聴衆。

だれも口には出さないが、その狙いが荒井絵美を苦しめることにあると、皆、理解しただろう。自分がおかしくなったんじゃないのか、呪われてるんじゃないか。そう思わせ、彼女に精神的なダメージを与えることこそが、犯人の目的だ。

ここまでが、荒井の看病中に俺が立てた推論だった。

「さて、皆さんの中で、こんなことをしそうな犯人に心当たりがある方はおられますか？」

聴衆に向かって問い掛けるが、誰も答えようとはしない。気まずそうに、顔を逸らす者ばかりだ。

そんな中、ひとりの女性が「他の画廊の仕業かも」と声を上げる。

「ライバル会社の人間が、社長を苦しめようとしているんじゃないでしょうか。うちは、その、ワンマンというか、社長の腕だけでここまでやってきたような画廊ですし」

荒井の秘書、白雄心（しろおこころ）の発言に、「ワンマンは言い過ぎだろ」と副社長が噛み付いた。

「それに、いくらライバル会社だからって、不法侵入まではさすがにしないさ」

上司に言われ、下を向いた白雄が「じゃあ、今まで取り扱ったアーティストかな」と小声で漏らす。副社長も同じようなことを考えていたのか、「いや、まあ、どうだろう」と言葉を濁した。

ぶつくさとそれぞれの間で内緒話を始める招待客ら。そんな彼らの様子を横目で見ながら、俺は「『青田焼きの荒井画廊』、か」と呟いた。

この発言により、会場の空気がピリッとひりつく。そう、これは彼ら荒井画廊の関係者にとっては、悪口のようなものだ。

青田買いならぬ、青田焼き。この悪口の意味を、先日、俺は妹から聞かされた。

おまえの持つコネを使って、荒井絵美に恨みのありそうな人物をリストアップしてくれ。そんな兄の奇妙なお願いを、奈癒はわずか三日で叶（かな）えてくれた。そして、妹のもたらしたリストには、かなりの人数の名が綴られていた。

その理由こそ、彼らの画廊が「青田焼き」と評される要因でもある。

荒井画廊は、新進気鋭のアーティストの作品を取り扱うことが多いそうで、無名の新人から作品を安価で大量に買い付け、個展を開いた上で彼らは作品を売りさばく。

ここまでは画廊にとっても、新人芸術家にとってもウィンウィンな関係のように思えるが、そこからが「青田買い」ならぬ「青田焼き」たる所以で、一気に作品を売りさばいたあと、彼らはその若手芸術家から手を引いてしまうそうだ。

一時の名声は得られても、もとは無名の芸術家たち。画廊が継続して作品を販売してくれない限り、いずれ、その価値は下がっていく。この経営方針のせいで、荒井画廊は多くの若手作家に恨まれていた。

「これが、青田焼きによって被害を被ったと思われる、芸術家たちの一覧表です」

リモコンをクリックすれば、妹作成の長いリストが画面に表示される。罪悪感からか、画廊の関係者たちは名簿からすぐに顔を背けた。

「でも、こんなに容疑者がいたら、誰が犯人かなんて分かりっこないですよね」

台詞めいた口調で水城が言ってくる。隣に立つ彼女に、「その通り。でも、犯人を絞り込むヒントはまだ残されてるよ」と、俺も予定調和丸出しで応えた。

「ヒントだって？」

聞き返してきた副社長に、「警報ですよ。さっき、ここでサイレンが鳴り響いたのを皆さんも聞いたでしょう？」と答えれば、「そういえば、鳴ってたな」と聴衆らが頷く。

「この屋敷には、侵入者用の防犯システムが備え付けてあります。もちろん、さっきの物置の窓にもね」

「なるほど、それを解除せずにわたしが侵入したから、警報が鳴ったんですね」

通販番組のアシスタントみたいな言い方をした水城に、「正解。でも、二回目の侵入時、さっきデモンストレーションで窓を開けた時は、防犯システムを解除してたから鳴らなかったんだよ」と、他の客らにも聞こえるように大きめの声で答えた。

「つまり、犯人は警報の解除法を知っていた。もしくは、防犯システムが切れている隙を狙って、屋敷に侵入していたってことか」

物わかりのいい副社長だな、と感心した。こちらが言わんとしていることを一々、口にしてくれるので助かる。

俺は「ええ、その通りです」と首肯してから、「しかし、防犯装置を無効化するのは難しいので、おそらくは後者でしょう」と続けた。

「防犯システムが解除されるのは、荒井さんか、住み込みで働いている北木さんが在宅しているときのみ。犯人はその隙をついて、物置に侵入したと考えられます。しかし、この屋敷の構造上、中庭へ侵入する方が内部に忍び込むより、よっぽど警備が厳しいんですよ」

「つまり、不法侵入したのは物置だけで、屋敷には招かれて来ていた可能性が高いということか」

またもや的を射た副社長の相槌に、「はい」と俺は笑顔で頷いた。「そこで、屋敷の出入りを許され、他の絵画に紛れ込ませて偽の肖像画を持ち込み得た関係者の方々——つまりはあなたたちを今夜、ここへ招集したわけです」

容疑者扱いされていると気付き、聴衆らはざわつく。

「この中に犯人がいるとでも？」副社長は声を荒らげ、「社長！」と荒井の方へ歩み寄った。「こんな馬鹿なこと、もうやめて下さい。うちに、そんな歪んだ人間なんていませんよ」

「そうね。わたしも、先生から真相を聞かされたときは、『そんな馬鹿な』と思ったわ。自分の雇ったスタッフには手厚く、接してきたつもりだったから」

荒井は深呼吸を一回挿（はさ）み、「だからこそ、このパーティーを企画したのよ。犯人の反応を見るためにね」と、聴衆のひとりを見る。

周囲の視線を一手に集め、「もしかして、わたしを疑ってるんですか？」と白雄心が顔を歪めた。

彼女こそ、この呪われた肖像画事件の犯人だ。少なくとも、俺たちはそう疑っている。

「何の証拠もなく、変な疑いを向けないでください」

詰め寄ってきた秘書に、俺は「白雄さん。このリストの中に、あなたの関係者の名前がありますよね？」と問い掛ける。

「もちろん、知ってる名前くらいはあります。三年前、わたしが荒井画廊に就職してから取り扱った作家の名前も、この名簿には含まれてますから」

諦めの悪い犯人に「訊き方が悪かったな」と、俺は短く嘆息してから、「このリストの中に、あなたの血縁者がいますよね？」と質問を変えた。

白雄は答えようとはせず、顔を背ける。しかし、その血の気の引いた顔は、こちらの疑心を肯定していた。

「この五十名近い、荒井画廊に恨みを持つ人間のリスト。それに、屋敷の出入りが許されていた人物のリスト。これを掛け合わせれば、一組の親子が浮かび上がってきます」

俺は困惑する招待客らにも事情が伝わるよう、リモコンを操作し、最後のスライドをモニターに表示させる。小学校の校門を背に並ぶ、両親と娘の家族写真だ。

もう何年も更新をしていないブログに貼ってあった写真。そのキャプションを読んで、俺は事件の動機を知った。

妹に渡された長いリストに、荒井絵美から受け取った社員名簿。この二つのクロスチェックなんて素人にできるものか、と途方に暮れていた俺にとって、早い段階でこのブログを見つけられたことは、幸運としか言いようがない。

写真の父親を指しながら、俺は説明を続けた。

「この男性の名は、桃井賀正。サラリーマンをする傍ら、画家としての成功を夢みていた男で、さきほど見せた名簿の中にも名を連ねています」

俯く白雄を後目に、「会社員として家族を養いながら絵を描き、コンテストに出展する日々。そんな彼に、ある新設画廊が声をかけます。『個展を開いてやるから、描いた絵を全部売れ』とね」と続ける。

副社長に「覚えてますか？」と問い掛ければ、「ああ」と彼は頷いた。「たしか、レンブラントに似た重い作風で、当時は業界全体がポップアートに傾倒していたから、彼の作品はある意味、目立っていた。そこに社長が目をつけて、声をかけたんだ」

「ええ、初期の被害者ですね、青田焼きの」

そう言うと、副社長は「さっきから、失礼が過ぎるぞ」と牙を剝いてくる。

「たしかに、うちはそんな陰口を叩かれている。でも、なにも新人作家を使い捨てにしてるわけじゃなくて、まずは顔見せという意味で個展を開き、彼らに活躍の場を――」

早口で反論する副社長を「まあまあ、落ち着いて」と宥める。「その辺の釈明は、もう散々、荒井さんから聞かされてますので、いまは事件の話を続けましょう」

不満冷めやらぬ副社長に睨まれたまま、俺は再び、モニターと向き合う。

「安価とは言え、作品は売れたので、まとまった金が手に入った。個展も成功に終わり、気を良くした桃井は会社を辞め、芸術家活動に専念することにしました。しかし、これが地獄の始まりだったんです」

副社長の方を一瞥すると、彼の怒りは消えていた。おそらくは、桃井の顛末を知っているのだろう。今の彼の表情は、罪悪感に溢れている。

「個展を開いてくれた画廊には契約して貰えず、他の画廊も、元々無名な彼の作品を買ってはくれない。会社員を辞めたことで家族を養えなくなったばかりか、浮気まで妻にバレてしまい、離婚。途方に暮れた彼は、この写真を撮った数年後に、自殺してしまいます」

さっきまで騒がしかった会場の空気が、ピタッと止まる。そうだよ、おまえらのせいで彼は首を括ったんだ。

いくら「顔見せ」、「活躍の場」などと言い訳しようが、荒井画廊の経営方針のせいでひとりの人間が死んだことに、変わりはない。まあ、浮気や離婚については桃井の自業自得で、画廊の社員は関係ないのだが、荒井絵美には責任があった。

「荒井さん、例の肖像画の作者は誰ですか?」

問い掛けられた女主人の目から、涙が一筋、流れ落ちる。

「桃井さんよ。個展の成功を祝って開いたパーティー。そのあと、彼が描いてくれたの」

ベッドへ気怠気に腰掛ける半裸の女性。そんな絵を桃井が妄想で描いたとは思えない。つまり、桃井の離婚のきっかけとなった浮気相手は、彼女だったというわけだ。荒井絵美は、桃井の死にどっぷり関わっている。

俺は次に、入学式を終えたばかりの女の子の顔を、「問題となるのは、彼のひとり娘」とモニターの上から突いた。

「この写真はインターネットブログから拾ってきたものですが、そのサイトには『最愛の娘、心の入学式』とキャプションが付けてありました」

静まり返った会場の真中で、「そうよ。両親が離婚して名字が変わるまで、わたしの名前は、桃井心だった」と犯人が顔を上げる。

「でも、それ以外は全部、ただの邪推だわ。父は荒井画廊に恨みなんて、抱いてなかった。むしろ、『唯一、俺を認めてくれた人たちだ』って、感謝してた。だから、就職したのよ。けっして、復讐（ふくしゅう）のためなんかじゃない」

まだ、諦めがつかないか。俺は溜め息まじりに「たしかに、そうかもしれませんね」と頷いた。

「あなたが荒井さんのところに就職した動機なんて、俺には分かりません。もしかしたら、本当に復讐心なんて、その頃はなかったのかも」

「そうよ。証拠もないくせに、決めつけないで」

「では、トドメを刺すとしましょうか」

俺は言って、このためにわざわざ招集しておいた例の修復師を、モニターの前へ呼び出した。「絵の劣化を疑った荒井さんは、あなたのところに肖像画を持ち込んだ。これに間違いはありませんね？」

「はい、そうです。半年、いや、もうちょっと前だったかな。たしかに、うちへ依頼がありました」

「で、結果はどうでした？」

招待客らの注目を一身に浴び、男は気まずそうに「明らかな劣化や損傷はありませんでした」と答える。「でも、あんな絵じゃなかった。私が見たのは、もっと若い女性の肖像画でしたよ」

水城が物置から持ってきた老婆の絵を一瞥し、言い訳のように補足した修復師。彼の肩を「あなたがグルじゃないことくらい、分かってますよ」と、叩く。

「しかし、疑問は残ります。聞いたところによれば、油絵に使われる塗料は、乾ききるのに相当な時間が必要だそうですね？」

「ええ、まあ」

「では、二十年前に描かれた油絵と、最近作られたであろう贋作。熟練の修復師であるあなたなら、その僅かな差にも気付けるんじゃないですか？」

手腕を疑われた修復師は、「もちろん、それくらいはすぐに分かります。ドライヤーを使って乾かしたところで、新作特有の不自然さは残りますから」と眉根を寄せた。

「でも、あなたは気付かなかった。その理由は単純明快で、あなたのところへ持ち込まれたのは、オリジナルの肖像画だったからです」

ざわつく聴衆を横目に、「そうですよね、白雄さん？」と、俺は犯人を問い詰める。「荒井さんは、例の肖像画を秘書であるあなたに託し、修復師のもとへ運ばせた。その信頼を裏切って、あなたは絵を入れ替えたんです。上司を追い詰める為にね」

押し黙る白雄に、「そんな真似はあなたにしかできなかった。お望み通りの証拠、スモーキングガンってやつですよ」と追い討ちをかけた。

白雄心の肩が落ち、その表情からは色が消える。彼女の冷たい眼差しが、荒井絵美へと向けられた。

「素直に狂えば良かったのに」

6

「以上が、『呪われた肖像画』の顚末です」

俺が言葉を結べば、「さすが、錦くん。シャーロック・ホームズも真っ青な、推理劇だね」と院長に名探偵の烙印を押される。

「どこがですか」俺は眉根を寄せ、「こんなので『推理劇』とか言ってたら、ミステリーファンからボコボコにされますよ」と苦笑した。

たしかに奇妙な事件ではあったが、こんなの、名推理でもなんでもない。蓋を開けてみれば、犯人は肖像画の作者の娘で、その方法もいたって単純。時間をかければ、誰だって同じ結論に辿り着くだろう。

「それにしても、凄い執念だねえ」と、狩宿がベッドの上で唸った。「いくら父親の仇だからって、何枚も似たような油絵を描いてこっそり入れ替えるなんて、想像しただけで疲れてくるよ」

「腕があるからこそ、為せる業ですよ。白雄さんも元は美大出身で、在学中になんとかって有名な美術の賞を獲った腕前だそうですから」

「それにしたって、生半可な執心じゃできないな」

「父親の仇ですからね」俺は頷き、「あとはまあ、実際に働いていく中で、『青田焼き』と呼ばれる画廊の経営方針にも、相当、思うところがあったようです。将来有望な芸術家たちに、父親と同じ末路を辿らせないためって感じで」と付け加える。

「ボジョレーヌーボーみたいには、上手くいかなかったか」

院長の呟きに「どういう意味ですか？」と、俺は首を傾げた。

「いやね、昔、荒井さんに聞いたことがあるんだ。なんで、そこまでして新人発掘に力を注ぐんだって。そしたら、『うちはワインで言うところの、ボジョレーヌーボーみたいな画廊を目指してますから』って言うんだよ」

酒類に詳しくないので、こっそりその場で〈ボジョレーヌーボー〉をネットで検索してみる。フランスのボジョレー地区で、その年に収穫した葡萄を醸造した新種ワイン。そんな説明を読んでから、「どういう意味ですか？」と、改めて狩宿に問い掛けた。

「ぶっちゃけて言うとね、熟成されたワインに比べて、ボジョレーヌーボーって、そんなに美味くないんだよ。でも、それを飲むことで、その年の葡萄の出来を測ることができる。つまり、本番は熟成後、何十年も経ってからってことさ」

「芸術家にも、熟成が必要ってことですか？」

「少なくとも、荒井さんはそう思ってるようだよ」院長はベッドの上で腰のストレッチをしながら、説明を続ける。

「若い時分に目をかけておいて、いい感じに熟成された頃に再び手を差し伸べる。そんな理想を彼女は語っていたが、売れもしないのに、そう何年も芸術を続けられる人間は少ない。だから『青田焼き』なんて、不名誉な渾名を付けられたんだろうな」

「彼女には彼女なりの信念があったというわけですか」

「田畑を焼いて、土壌に栄養を溜め込む。そういう意味では『青田焼き』ってのも、間違った表現じゃないのかもね」

「はあ」と相槌を打ちつつ、勝手だな、と思う。

美術を評価する立場にいれば、別に間違ったやり方じゃないのかもしれない。しかし、実際に夢を焼かれた若者たちからすれば、堪ったものじゃないだろう。

まあ、何にせよ、俺の仕事は終わりだ。「呪われた肖像画」の謎が解けたことで、荒井絵美の病状は格段に良くなっている。このまま病状が安定していけば、眠剤の減量も可能かもしれない。

しかし、俺の心は曇ったままだった。

患者の容態が良くなれば、自分の睡眠量も増えるかと期待していたのに、いまのところ、そんな予兆は見られていない。むしろ、患者らの奇妙な相談事に振り回されているせいで、睡眠時間は減少しているくらいだ。

「しかし、本当に感心するよ」腰を回しながら、院長が言ってくる。

「埃の掃除された形跡、窓枠に空けられていた小さな穴、警報器の存在に隠された動機。そんなヒントを余すことなく拾い集めるなんて、やっぱり、錦くんには探偵の素質があるんじゃないかい？」

感心する院長の枕元で、一匹のチンチラが「オレのおかげだよな、相棒」と飛び跳ねていた。また手柄のアピールか、と俺は溜め息を飲み込む。

「なあ、そろそろこのジイさんにも、オレのことを紹介してくれよ」

テンはリクエストしてくるが、それを無視して「じゃあ、また来ます」と狩宿の病室を後にした。

気怠い身体を引き摺るようにして階段を下り、病院の玄関ホールを中程まで進んだ辺りで、「錦先生」と声をかけられる。振り返ると、見覚えのある女性がこちらへ駆け寄ってきた。

三宅音美子、安藤記念病院の救急外来で働く看護師だ。

「お久しぶりですね」

挨拶されるも、すぐに返事が出てこない。彼女はあの忌まわしい事故の目撃者であり、二度と会いたくない人物のひとりだった。

「今日はどんな用事で来られたんですか？」

こちらが固まっていることなどお構いなしに、三宅は訊いてくる。

俺は仕方なく、「知り合いが入院していてね。その見舞いだよ」と返した。

「なんだ、良かった」と彼女は胸を撫で下ろす。「もしかして、また聞き取りされるのかと思って」

事故の当事者である俺と彼女は、病院関係者や弁護士、警察と何度も聴取を受けている。乾きかけた傷痕を抉るような日々。それがまた始まるのかと思えば、彼女の不安も不思議ではない。

三宅音美子と最後に顔を合わせたのは半年前で、その頃に比べると、彼女は少し痩せたように見える。いや、窶れたと言った方が正しいか。なんにせよ、俺も彼女も、まだあの悪夢の夜に精神を蝕まれたままなのだ。

こっちの顔は、相手にどう見えているのだろう？

途端に気分が悪くなり、「ちょっと用事があって、急いでいるから」と、まだ話したそうにしている彼女をホールへ置き去りにして、俺は病院を出た。

真っ赤な夕日に迎えられ、涙が勝手に溢れ出す。

もう俺は、手遅れなのだろうか。

第四章　ファム・ファタール

1

呼び出された喫茶店のテーブルで、俺はストローの包みをクシャクシャに折り曲げていた。頼んだアイスレモンティー自体には口を付けておらず、溶けた氷のせいで徐々に紅茶が薄まっていく。

突然の刑事からの呼び出し。おそらく、渡部兜の目的は連続殺人犯、メカクシに関する聞き取りだろう。自分が犯人、もしくはその関係者だと疑われているのは明白だ。

もうこちらとしては烏丸の悩みが解決できた時点で、渡部との関係は用済み。正直言って、面倒臭かったが、この誤解だけは解いておかないと。

時刻はそろそろ夜の九時、待ち合わせの時間まであと数分といったところだ。三十分も前に到着していたことを知られたくなくて、今まで手を付けていなかったアイスティーのストローを、俺はたぐり寄せる。口に含んだ紅茶の味は、やはり薄かった。

カランと玄関の鈴が鳴り、スーツ姿の男がこちらに向かって歩いてくる。

「お待たせしました」

「いえ、きっちり時間通りですよ」

男は対面に座り、駆け寄ってきた店員にブラックの珈琲を注文した。この時間に迷わず珈琲が飲めるなんて、と少し羨ましい気持ちになる。

「お久しぶりですね」

元カノの兄に言われ、「ええ、五年ぶりですか」と俺は頷いた。「でも、実際にお会いするのは、これが初めてですよね」

目の前に差し出される、一枚の名刺。刑事の名刺など、実際にこの目で見るのは初めてだな、と思いつつ、それを受け取る。本来ならこちらも名刺を返す場面なのだろうが、〈外科医〉と記された名刺しか持ち合わせていない俺には、差し出すものがなかった。

「兜って、珍しい名前ですね」

世間話のつもりでこちらが言えば、「うちは父親が昆虫学者でしてね。兄妹ともに変な名前をつけられたんですよ」と返ってくる。

なるほど、名前の由来はカブトムシか。そういえば、言われるまで気付かなかったが、あいつもホタルって虫の名前だったな。

「うちも似たようなものです。父親が医師で、俺の名前には『治す』、妹のには『癒す』という漢字が入ってますから」

「そうですか」

冷たく返され、軽くたじろぐ。もう少し和んでもいいような話題だと思ったが、どうやら相手に、その気はないようだ。

「さて」運ばれてきたブラック珈琲を一口飲み、「そろそろ、すべて白状してもらいましょうか」と刑事が言ってくる。

まるで、追い詰められた犯人にでも言いそうな台詞だな。

顔を顰めつつ、「なぜ、俺がメカクシ事件について調べていたか。その理由を話せってことですよね？」と刑事に確かめた。

渡部兜は「その通り」とも、「誤魔化すな、おまえがメカクシの正体なんだろ？」とも言わず、無言で冷たい笑みを浮かべるだけ。

短く嘆息してから、「実は、担当している患者さんが、ある悩みを抱えていまして」と俺は事情を話しはじめた。

倫理的な観点から、相手が刑事とはいえ、赤の他人に患者の情報をペラペラと話すものではない。しかし、刑事に変な疑いを持たれているみたいで、と烏丸に相談したところ、彼は「気にせず、どんどん喋っちゃってください」と快諾してくれた。

おかげで、こうやって余すことなく、事情を話すことが出来る。

一通りの説明が済んだ頃、「監視中に新たな被害者が出たから、その患者は犯人じゃないって確信が持てた。そういうことですか？」と渡部兜が聞き返してきた。

「はい」とこちらが頷けば、刑事の鋭い視線が窓の外を向く。

これで、納得してもらえただろうか。不安を誤魔化そうと、俺は薄味のレモンティーをゴクゴク飲んだ。

「たしか君は、外科希望じゃなかったっけ？」

急に砕けた口調で問われ、俺は顔を伏せる。

「一年くらい前に色々ありまして、今は睡眠クリニックで働いています」

「色々って？」

「色々は色々です。事件とは何の関係もありません」

穿り返すな、と俺の顔に出ていたせいか、刑事がそれ以上、詰問することはなかった。

代わりに、「犯人が不眠症という推測は、いい線を突いてると思う」と事件の話を続ける。

「そうですか。お役に立てたようで良かったです」

「犯人は不眠症を患っている患者。もしくは、その治療に関わりのある人物なのかもしれない」

刑事に睨まれ、「は？」と顔を歪めた。まるで、おまえがメカクシなんだろ、と詰め寄られているような気分だ。

「言っておきますけど、俺は犯人じゃないですからね。さっき言ってた患者さんの監視、それをしていた時点でアリバイもありますから」

「でも、その患者は監視中に寝ていることもあったんだろ？」

俺は、ゾワッと肌が粟立つのを感じた。たしかに、刑事の言っていることは間違っていない。監視下にあった烏丸には無理でも、その睡眠中に監視者であるこちらが抜け出す隙はあった。

「いやいや、考え過ぎですって」

苦笑した容疑者に向かって「そうか？」と、渡部兜が身を乗り出してくる。「メカクシによる犯行が始まったのが、およそ一年前。君の言う『色々』ってのも、ちょうどその時期に起きた」

「そんなの、ただの偶然ですよ」

「申し訳ないが、刑事ってのは、繋がりを追う生き物でね。偶然なんて都合のいい現象を、信じてる余裕はないんだよ」

閉塞感を覚え、「馬鹿馬鹿しい」と俺は頭を振る。「こっちは人を殺すためじゃなく、救うために医者になったんだ。人殺しなんてするかよ」

渡部兜は、しばらく無言で容疑者を眺めてから「いずれにせよ、捜査に協力してもらえると助かる」などと笑みを零した。

さんざん犯人扱いしといて、捜査協力だと？

俺は呆れつつ、「もう二度と、連絡してこないでください」と席を立つ。

「協力は断ると、そういうことかい？」

「俺は協力なんて求められちゃいない。これは、犯人扱いが嫌なら手伝えって、脅迫でしょう？」

財布から取り出した千円札をテーブルの上に叩き付け、俺は喫茶店をあとにした。

2

患者を五人ほどさばいたあと、「なんかありました？」と水城が問い掛けてくる。俺は次の予約患者のカルテへ目を通しながら、「べつに」と頭を掻いた。

もちろん、「なんか」はあった。今日、ここへ来る前に刑事から犯人扱いを受けたのだから、腹も立っているし、多少の恐怖感も覚えている。うまく隠していたつもりだったが、どうやら顔に出ていたようだ。

俺は話題を変えようと、「へえ、次の患者さんは外国人なんだ」とカルテを掲げた。

「ええ、ローリス・セローっていって、フランス生まれフランス育ちの、生粋のパリジャンだそうですよ」

そういえば以前、ここの患者ではあまり見ない白人男性をノクターナル・カフェで見かけたことがあったな。

「生粋のパリジャンが、なぜ日本のクリニックに？」

「セローさんは、フランスに本店を持つ有名菓子店のパティシエなんですよ。そのお店が日本に支店を出すってことで、こっちに単身赴任されてるんです」

続けて水城が興奮気味に菓子店や名物の話を始めたが、特に甘味好きでもない俺は、「わざわざ日本にまで。パティシエも大変だねえ」と聞き流した。

「逆ですよ、逆」水城はそのフクロウのような目をさらに大きく開き、「日本支店の出店はセローさんの要望で実現したんですって」と続ける。

「なんでも、セローさんのお婆さんが日本人だったらしくて、小さい頃に聞かされた和菓子の技術を学ぼうと、半ば強引に経営陣を説得して、出店させたそうです」

「へえ、それはすごいな」と、俺はページを捲った。

カルテには、まだ彼が二十七歳とある。そんな若者が海外出店を後押ししたとなれば、相当な力がローリス・セローにはあるのだろう。エースパティシエ、もしくは、経営陣に血縁者でもいるのかもしれない。

「そういえば、言葉は通じるのかな？」問いかけてから、「俺のフランス語はボンジュール止まりなんだけど」と苦笑する。

「心配御無用。日本語はお婆ちゃん仕込みで、ペラペラですよ。でも、そのお婆ちゃんがどうやら――」

水城がなにか告げようとしたところで、コンコンッと診察室のドアがノックされる。彼女が扉を開けば、金髪青眼(あおめ)の青年が「そろそろ、ええかな」と部屋に入ってきた。

「あんたが例の新しい先生か。よろしゅう頼んます」

席についたローリス・セローに、俺は強烈な違和感を覚える。見た目は優しそうな白人男性。腰が低く、態度は真面目(まじめ)そう。なのに、その口振りだけが馴(な)れ馴(な)れしかった。

「いやあホンマ、今日、先生に会えるのを楽しみにしてたんよ」

濃過ぎる関西のイントネーションのせいで呆気(あっけ)にとられつつ、「そうですか」と俺は取り繕う。彼の言葉にパリジャンらしさは欠片(かけら)もなく、フランス人の皮を被(かぶ)った関西人とでも話している気分だ。

水城の方を一瞥(いちべつ)すると、彼女は笑っていた。どうやら、先ほど彼女が告げようとしていたのが、このことらしい。おそらく、「そのお婆ちゃんが関西の方だったらしくて」とでも言おうとしていたのだろう。

まあ、敬語なしの関西弁だろうと構わない。フランス語しか話せないよりはマシだ。

俺は気を取り直して、狩宿の記載に目を通す。セローは強迫性障害がベースの不眠症患者のようで、その神経症を示すかのように、先ほどから組んだ腕の上で彼の指先がリズムを刻んでいた。脚は閉じられ、背は曲がっている。

「前回の来院時から、お変わりはありませんか？」

こちらがお決まりのオープンクエスチョンで始めれば、パリジャンの碧眼(へきがん)がキョロキョロと泳いだ。なにか、「お変わり」はあるようだ。

無言で返事を待っていると、セローが「あの噂(うわさ)はホンマなんかな」と、上目遣いで俺の方を見た。「先生が、患者の悩みを解決してくれるってやつ」

「まあ、それが医者の仕事ですからね」

「そうやなくて」セローは言い、軽く身を乗り出す。「変な相談事でも笑い飛ばさず、体当たりで解決してくれるって噂のことなんやけど」

嫌な予感がした。どうやらまた、奇妙な相談事が持ち込まれるようだ。

「そんな噂を、いったいどこで？」

「いやいや、先生。ノクターナル・カフェの方は、いま、その話で持ち切りやで」

端整な顔に似合わないイントネーションで言われ、「参ったな」と嘆息する。もう、あんな探偵まがいのことはしたくないのに。

こちらが意気消沈していることなどお構いなしに、関西弁のパリジャンは「ほんで、その相談なんやけど」と本題に入った。

まったく乗り気じゃなかったが、「どうぞ」と顎を引く。このクリニックの臨時医として、特定の患者だけを特別扱いするわけにはいかない。

「いま、付き合ってる恋人がおんねんけど、実は、その彼女が某国のスパイかもしれんねん」

「スパイ？」

「せや、某大国のな」

セローが真面目な顔で告げてくるので、俺は笑いたくとも笑えなかった。

3

「今度の依頼人は、セローくんか」

二本の金属製バーに挟まれた細い道を歩きながら、狩宿が呻くような声で呟いた。額には大粒の汗をかいている。

「依頼人って言わないでください。探偵感が強調されるじゃないですか」

リハビリの一環として行われる歩行訓練。その様子を眺めながら俺が呆れた声を出せば、ハハッと院長が笑った。

「狩宿さん、集中を切らさないで」

主治医は不真面目な患者に注意する一方で、こちらの話題にも興味が惹(ひ)かれたらしく、

「『連続殺人鬼』、『呪(のろ)いの肖像画』と来て、今度は某国のスパイだなんて」と、元カレの顔を一瞥してくる。

「ホント、あんたの人生、派手になったわね」

「派手なもんか」俺は顔を顰め、「ただ厄介な患者を、そこの院長に押し付けられただけだよ」と狩宿を睨みつけた。

院長がベラベラと告げ口するせいで、蛍には俺が奔走している時間外労働の内容が筒抜けとなっている。彼女も解決を手伝った烏丸の事件はもちろん、荒井絵美の相談についても全容を把握しており、それをどこかで吹聴(ふいちょう)しやしないかと、少し心配していた。

「一応、これは主治医と臨時医のコンサルトみたいなもんだから、どっかで面白おかしく話すのだけはやめてくれよ」

元カレに釘(くぎ)を刺され、「はいはい、内緒にしとけってことね」と、蛍は面倒くさそうに了承する。「その代わり、そのスパイとやらの話を、もっと詳しく聞かせてよ」

「なんで、おまえにそこまで話さなきゃいけないんだよ。というか、なんで主治医自らリハビリ指導なんてやってんだ？」

「なによ、その言い方」蛍は眉間(みけん)に皺(しわ)を寄せ、「理学療法士の前じゃ話せないこともある

かなって思って、わざわざ代わってもらったのに」と頰を膨らませた。

押し付けがましい奴だな。どうせ、興味本位で首を突っ込んできているだけだろうに。

俺は呆れたが、狩宿に「いいよ、話してあげて。ここで君が隠したところで、どうせあとで僕が話すんだし」と言われてしまう。

「本人は真剣に悩んでるんだから、できれば最後まで笑わずに聞いてやってくれ」と渋々、神経質なパリジャンの悩みを話し始めた。

祖母の影響で、幼い頃から和菓子に憧れを抱いていたローリス・セロー。

彼は日本移住を機に、念願であった和菓子作りの習得のため教室に通うようになった。そこで今の恋人、藍愛凌と出会ったそうだ。彼女は近くの大学院に通う中国からの留学生で、付き合って半年ほど経つらしい。

こっちはフランス人で、あっちは中国人。中国語の喋れない自分と、フランス語の話せない彼女。仕事も菓子職人に科学者と、正反対の職業に就く二人だったが、その違いこそが二人の仲を加速させていった。

そろそろ同棲でも切り出そうか。セローがそう思っていた矢先、彼はフランス領事館主宰のパーティーに招待され、参加することとなった。

シャンパングラス片手に、知り合いの外交員と談笑していたところ、セローの前をひとりの美しいアジア人女性が横切る。

「アイリーン」

思わず恋人の名を呼んだセローは、彼女の反応に困惑した。無視されたのだ。

首を捻りつつ、今度は彼女の肩を叩き、「アイリーン、どうして君がこのパーティーに?」と問い掛ける。すると不審者を見るような目で睨まれた挙げ句、「人違いでは?」と流暢なフランス語で注意されたらしい。

愛する恋人の顔を見間違えるわけがない。しかし、彼女の態度はまるで別人のようだった。本当なら、そのあとを追いかけてもっと話をするべきだったのだろうが、あまりにショックだったせいで、その場にセローは立ち尽くしてしまった。

動けるようになったあと、パーティー会場を探しまわったが、彼女を見つけることは出来なかった。単なる見間違いだったのだろうか。念のため、後日、恋人にも尋ねてみたが、そんなパーティーには参加していないと言われてしまう。

しかし、彼の奇妙な体験はさらに続いた。

この日以降、友人らによるアイリーンの目撃情報がたくさん入ってくるようになったのだ。「○○でアイリーンを見たよ」と、友人らに言われ、恋人に確認すると「そんな場所には行ってない」と否定される。

もしかして、俺の友人らはみんなアジア人の見分けがつかない差別主義者たちなのか?

いや、そんなわけはない。友人の中には日本人もいるのだ。彼らが、アイリーンの顔を見間違えるわけがない。

脳内を駆け巡る猜疑心が、セローをある結論に導いた。俺の恋人はスパイなんじゃないか、と。領事館で見かけた際も、極秘任務の最中だったからこそ、他人のフリをしたのだ。きっとそうに違いない。

「なんで、そこでスパイなんて考えが出てくるのよ」

話を聞いていた蛍が呆れ声で口を挟んでくる。「普通、疑うなら浮気とかでしょ。スパイだなんて、そんな発想どこから出てくるのかしら」

「まあ、セローくんの父親は国元じゃ、けっこうな立場の人間らしいからね」二本の鉄棒の間で必死に足を踏み出しながら、狩宿が代わりに答えた。「息子の自分が利用されるかもって、考えてしまうのも無理はないよ」

狩宿の言う通り、セローの父親はフランス政府で文化大臣という重役に就いている。その息子が外交に利用される可能性も決して低くはないのだが、どちらかと言えば、俺も蛍と同じく、この説には否定的だ。

「彼女が本当にスパイなら、対応がお粗末過ぎるでしょ。パーティーでばったり会ったところで、他人のフリなんてしたら、怪しまれるに決まってるじゃない」

嘲笑を交えて言う元カノに、「それに、友人らの目撃情報についても、わざわざ否定する意味が分からないしな」と同調する。

少数派となった狩宿が、「たしかにね」と苦笑いで言った。「でも、他になにか理由があるんじゃないのかな。セローくんだって、それくらいで恋人をスパイだと疑わないだろうし」

院長と蛍に見つめられ、「実はもうひとつ、目撃談が」と俺は額を掻く。「つい先日、デートをドタキャンされたセローさんが、喫茶店で時間を潰していると、外をアイリーンさんが通り過ぎたらしくて」

スーツ姿で街を行く恋人。彼女はいま、大学院で実験をしているはずなのに。

その姿を喫茶店のガラス越しに見たセローは、こっそりと彼女のあとを付けることにした。そして、その先である場面を目撃したのだ。

「なによ、その『ある場面』って」

患者の背中を支えながら、蛍が問い掛けてくる。

「なんでも、デッドドロップを目撃したらしい」

「デッドドロップ？」

聞き返した蛍と違って、「へえ、そりゃ凄いな！」と興奮した狩宿が「ほら、スパイ映画なんかでよく見るシーンだよ。二人のスパイがさ、同じ見た目のアタッシュケースを無言で交換するとか、そういうやつ」と、彼女に説明してやった。

「え、そうなの？」

　元カノに尋ねられ、俺は頷く。

「なんでも、バス停で紙袋を他の男と交換したそうだ。デッドドロップが終わると、彼女はバスに乗って、男は徒歩でバス停を去ったんだって」

　これを聞いて、スパイだなんて、とさっきまで呆れていた蛍が「ちょっと、それは怪しいわね」と首を傾(かし)げた。

「まあでも、実際はどうだったのか分からないけどな」俺は言って、「セローさんは尾行に気付かれないよう、遠くにいたらしいし、交換の瞬間は見てないそうだ。確実なのは、アイリーンさんとその男が、同じ紙袋を持ってたってだけで」と続ける。

「じゃあ、勘違いの可能性もあるのね」

「追い込まれた不眠症患者は、見たいものを見るからな。スパイかもスパイかも、って思ってるうちに、在りもしないスパイ行為を目撃したのかもしれない」

　俺は言ってから、足下のチンチラを一瞥した。

「照れ臭いな、相棒」と喜ぶテンが、「オレに会いたかったから、こうやってオレの姿が見えるようになっただなんてさ」と鼻の下を前足で擦(こす)る。

「そんな馬鹿なことがあるか」

　思わず幻覚相手に零してしまった俺を、雇い主と元カノの二人が不思議そうな顔をして見てくる。奇妙な独り言への疑惑を吹き飛ばすように、「とにかく、俺は手伝うつもりだ。

セローさんにとっては大問題なんだからな」と強引に話を続けた。

「でも、スパイかどうかなんて、いったいどうやって見分けるつもり？」

元カノに聞かれ、「とりあえずは、尾行してみようかなって思ってる」と返せば、「素人の尾行なんて、すぐにバレるわよ」と鼻で笑われてしまう。

「いやいや、渡部先生。心配御無用。こう見えても、錦くんは名探偵の器だからね」

何の根拠もない院長のフォローに、俺はハァと、大きな溜め息を落とした。

4

「それにしても、尾行ってのはとてつもなく退屈なんだな」

俺がボヤけば、「そうですか？」と水城は首を傾げる。「わたしはけっこう、ドキドキしっぱなしですけど」

カフェの店内から、窓越しに外を見つめたまま、彼女は言った。道を一本挟んで、向こう側には中国領事館の正面玄関が見えている。

「それに先生だって、尾行した先が領事館だって分かったときは、『まさか、本当にスパイなのか』って、興奮してたじゃないですか」

「まあな」

ドッペルゲンガーの目撃は、水曜日の昼過ぎに集中している。そんなセローの証言を元に、俺たちは朝から藍愛凌のあとを、こっそりと付け回していた。

まあ、尾行と言っても、大したことはしていない。前日の夜、彼氏の自宅に泊まったアイリーンの予定をセローから聞き出して、その通りに彼女が行動するか確かめようと、後を追っただけだ。

大学院に出てきた彼女が、十二時過ぎに研究棟から出てきたときは、外でランチかなと、俺たちも特に思うところはなかった。しかし、アイリーンは飲食店には寄らず、中国領事館の中へ消えていったのだ。

そして、かれこれ一時間は姿を見せていない。

目の前には、二杯目のアイスレモンティー。連続で同じものを注文するんじゃなかったと後悔しつつ、「でも、よくよく考えてみれば、彼女は中国からの留学生なんだから、領事館に用事があってもおかしくないんだよな」と、ストローを口に咥える。

「でも、こんなに長く留まります？」

「領事館だろうと、公務員の仕事の遅さは変わらないさ。ビザ関連の手続きとか、けっこう時間がかかるって聞くし」

「ホントかな。セローさんは、なにも聞かされてないって言ってますよ」

スマホを顔の前でゆらゆら揺らす水城に、「わざわざ聞いたの？」とこちらが顔を顰めれば、「向こうから、状況のアップデートを求められたんで」と彼女はカフェオレを啜る。

肝心の依頼人であるセローは、朝から職場の厨房にこもりっぱなしだ。当初は、彼も尾行に参加したがったのだが、いくら国際色豊かになった現代の日本といえど、セローの外見は目立つ。そこで、「その日は新作スイーツの開発で忙しいねん」と言った彼に、むしろ好都合だと説得したのだ。

事情はどうあれ、パーティーでの邂逅と友人らの目撃証言のせいで、アイリーンは恋人の目を気にして行動しているはず。ならば、「今日は一日、厨房に缶詰だ」と伝えておいた方が、尻尾を出しやすいんじゃないか、と。

関西弁のパリジャンとはあとで合流し、まとめて報告する予定だった。なのに、水城へ逐一、状況報告を求めていたなんて。

「まさか、アイリーンの方にも『いま、なにしてるの？』みたいなメッセージを送ってるんじゃないだろうな」

こちらが眉間へ皺を寄せれば、「さすがに、そんな馬鹿な真似は」と水城は笑う。「でも、事前に聞き出した予定では、『今日は一日、研究漬けなの』って言ってたみたいだし、彼女が隠し事をしてるのは確定ですね」

「だからって、スパイと断定するのは時期尚早だよ」

俺は短く嘆息してから、残りのアイスティーをストローから吸い込んだ。次は別のものを注文しようと決め、テーブル上のメニューを手に取ったところで「あっ」と水城が声を上げる。

領事館の方を見れば、アイリーンらしき女性が出てきたところだった。しかし、その装いは、さっきとはまったくの別人。入館時はシャツにジーパンとラフな恰好をしていたはずなのに、今はかっちりとスーツ姿となっていた。

「あれって、アイリーンさんだよな？」

俺が確かめると、「髪型も服も、顔以外は別人ですね」と水城も不思議そうな表情を浮かべる。

「とにかく、あとを追おう」

急いで喫茶店を出た俺たちの目の前で、アイリーンはタクシーを拾った。来るときは、電車移動だったのに。このままでは置いてけぼりにされてしまうぞ、と焦っていたところ、

「先生、こっちこっち！」と水城が呼びつける。

彼女の前には、天井に個人タクシーの提灯が設えられた旧式のサーブが停まっていた。タクシーに乗り込み、「運転手さん、あの前を走ってる黒いボックスタイプのタクシーを追っかけてください」と早口で告げれば、「は？」と運転手は首を傾げる。

そりゃそうだ。こんな注文、ドラマでしか聞いたことがない。

なかなかアクセルを踏もうとしない運転手にこちらがやきもきしていると、「いいから、

早く追って！」と隣の水城が身を乗り出した。

　興奮気味な彼女の言葉に衝き動かされる形で、やっとタクシーが前進をはじめる。アイリーンの乗り込んだ車は、まだ視界の中にあった。これで、なんとかなりそうだ。

「長いこと運転手をしてるけど、『前の車を追え』って、そんなテレビドラマみたいなことを言われたのは、これが初めてだよ」

　優しそうな声で言われ、「すみません、偉そうなもの言いをしてしまって。こちらも焦ってたので」と謝れば、「あれ、錦先生？」と返ってくる。

　ルームミラー越しに見た顔には、たしかに見覚えがあった。まだ診療は担当してないが、彼はノクターナル・カフェの常連で、俺が「ナイスミドル」と渾名をつけていた男だ。

「なんだ、小森さんじゃないですか」

　水城は言い、「こんな偶然もあるんですね」と続ける。

　たしか、フルネームは小森卓也と言って、狩宿クリニックの中でも古株の患者だったはず。俺は予習として読んだカルテの内容を思い返しながら、「たしかに、凄い偶然だな」と頷いた。

「お二人が揃ってるってことは、もしかして例の時間外診療ってやつかい？」

　小森に尋ねられ、俺は「なんですか、それ」と首を傾げる。

「ほら、先生に寄せられる相談事のことですよ。錦先生は、どんな変な悩み事でも体当たりで解決してくれるってことで、我々、通院患者の間じゃ、『時間外診療』って呼ばれてるんだ」

「なるほど」と、溜め息を落とす。

料金を受け取っているわけではないので、どちらかと言えば「時間外奉仕」と呼んだ方が響きは合うのだが、まあ、探偵扱いされるよりはマシか。

「それで、このカーチェイスもやっぱり、時間外診療の一環ですか？」

「ええ、そんなところです」

「じゃあ、狩宿クリニックの患者として、見失うわけにはいかないな」

小森は言い、タクシーは加速する。

ドライバーから協力を約束され、安心した俺は「ふう」と後部座席にもたれ掛かった。そのまま何とはなしに車内を見回し、「あれ？」と首を捻る。

フロアマットの柄にボックスティッシュの位置、座席の後ろに掛けられた宣伝の文言。そのすべてに、既視感を覚えた。

タクシーなんて、どれも車内の景色は似たようなものだが、個人タクシーならではの個性が記憶を刺激してくる。なにより、車内に漂う甘い匂い。このお香を焚いたような香りに、俺は嗅ぎ覚えがあった。

このタクシーに乗るのは初めてじゃない。そう確信して「以前にも、小森さんの運転するタクシーに乗ったことがあるような気がする」と呟けば、「へえ、御縁があるんですね」と水城が相槌を打つ。

しかし、それがいつのことだったかまでは思い出せない。俺はモヤモヤしつつ、運転手がノクターナル・カフェの常連なら、その場で認識できたはずなので、少なくとも通院を始める前の話だろうと予測した。

「なにか、飲みますか？」

唐突にドライバーから投げかけられ、「はい？」と水城が聞き返す。

「飲み物ですよ、喉は渇いてないですか？」

小森は尋ねつつ、通常より二回りほど大きなフロントコンソールを開けてみせた。中には３００㎖サイズのペットボトルがビッチリと、隙間なく詰め込まれている。

「え、なんですか、それ。こんなの、初めて見ますよ」

興奮気味に前を覗き込む水城に、「タクシー業界も、競争が激しいからね」と、小森が照れ臭そうに笑った。「差別化を図ろうと、お客さんにドリンクをサービスしてるんですよ。こうやって、冷蔵できるようコンソールを改造して」

十本ほどペットボトルの詰まった改造クーラーボックスを見て、「ああ、やっぱりそうだ」と手を叩く。タクシーに乗った記憶は数えきれないほどあるが、乗車中にドリンクを勧められたことはほとんどない。そのおかげで、このタクシーの雰囲気が脳に刻まれていたのだ。

「やっぱり、前にも乗ったことがあるよ。たしか、その時はジャスミンティーを貰ったような記憶がある」

「ああ、先生はリピーターでしたか」

運転席で小森が顎を引く。

「たしか、ドリンクは十種類あって、その中から選んだ記憶が」

「ええ、ええ、その通り。今もシステムは一緒ですよ。ラインナップは、日によって変わりますけど」

俺がドライバーと会話を交わしているところへ、「今日はなにがあるんですか？」と水城が横入りしてきた。

「オレンジジュース、パイナップルジュース、アップルジュース、ミルクティー、ブラック珈琲、カフェオレ、緑茶、麦茶、ウーロン茶。それとジャスミンティーだね」

「えー、どれにしようかな」

両手を頬に添え、迷う水城に「冗談だろ？」と俺は眉をひそめた。

「なんでですか？」

「だって、さっきカフェオレを二杯も飲んだところじゃないか。喉なんて、渇いてる訳ない」

「でも、サービスしてくれるって言われてるのに、断るなんて失礼ですよ」

「それでも、やめておけ」溜め息まじりに言い、「あくまで、俺たちは尾行中なんだぞ？」と俺は続けた。

「そのことと、わたしがこれからパイナップルジュースを飲むのと、どう関係があるんですか」

もう、どの飲み物を頼むのかまで決めていたのか。同行人の欲深さに呆れつつ、「トイレに寄る暇なんてないからなって、忠告してるんだよ。その間にアイリーンさんを見失ったなんて、セローさんに言い訳が立たないだろ？」と腕を組む。

「じゃあ、あとで飲みます」

そう言い、彼女は小森からパイナップルジュースのペットボトルを受け取った。まったく、がめつい奴だ。

「先生はどうします？」

小森に訊かれ、「俺は大丈夫です」と断る。

しかし、ドライバーは「気が張りつめているようだし、どうですか。ジャスミンティーでも飲めば、リラックスできますよ？」と食い下がってきた。

「じゃあ、すみません。あとで飲みます」

俺がペットボトルを受け取ったところで、車は減速を始める。前方を見れば、追っていたタクシーが路肩に寄っていた。どうやら、ここでアイリーンは下車するようだ。

不自然に思われないくらいの距離で、小森もタクシーを停めた。代金は１３００円程度だったが、「おつりは大丈夫です」と二千円を渡し、俺たちはタクシーを降りる。

目の前には、小型のショッピングモールのような複合ビルが建っており、その中にスーツ姿のアイリーンが消えていった。領事館では入り口で阻まれてしまったがここなら、と俺たちもあとを追う。

「遅めのランチですかね」

水城に訊かれ、「さあな」と首を捻りつつ、俺はわくわくしていた。相変わらず、探偵業などに興味はないが、こうして街中で美女を尾行していれば、誰だって映画の主人公にでもなったような気分になるだろう。

「あんまり、ジロジロ見ちゃダメだぞ」

ウインドウショッピングをするフリをしながら、水城に注意する。直接、視線は向けずに、ガラスの反射でアイリーンの挙動をチェックしていた。すると、彼女は一階中央のベンチに座る。

「待ち合わせですかね」

「たしかに、あそこならあまりひとの目も引かないだろうし」

俺は相槌を打ちつつ、カムフラージュに使えそうな店を探した。アイリーンの座るベンチに程よく近い場所で本屋を見つけ「あそこに移動しよう」と水城を先導する。

「それはいいですけど、先生、ちょっと動きが固いですよ」

彼女は言い、おもむろに腕を組んできた。距離がグッと縮まったせいで、俺は思わず「えっ、おい」と声を漏らしてしまう。

「ここはデート中のカップルを装った方が怪しまれません。そうでしょ？」

強引に説得され、俺たちはそのまま本屋へ向かった。右肘に触れる柔らかさのせいで、気が滅入る。なんだか、尾行中であることを利用して、水城の身体を弄っているような罪悪感を覚えた。

書店に入ると、店頭の雑誌コーナーに陣取り、俺たちは立ち読みを始める。もちろん、雑誌の内容などは、どうでもよかった。視線は常にアイリーンに向けられており、その横から雑誌を覗き込むフリをして、水城もドッペルゲンガーの監視を続ける。

アイリーンはベンチに座ったまま、動かない。

スマホを弄る彼女の様子を眺めながら「やっぱり、待ち合わせっぽいですね」と水城が小声で囁いてくる。

「彼氏に嘘をついて、平日の昼間にショッピングモールで待ち合わせ。となると、やっぱりスパイじゃなくて、浮気してるだけなのかもな」

「もしそうなら、セローさんへの報告はどうします？」

「どうって？」

「安心してください。あなたの恋人はスパイじゃなく、ただの浮気女でしたよって、バカ正直に伝えるつもりですか？」

「そりゃあ、まあ、そうなるだろう。スパイじゃない確証は得ました。でも、詳しい理由は告げられません、だなんて言えないし」と俺は顔を顰めた。

果たして、彼にとって、どちらがショックだろうか。

同棲まで考えている相手が、こっそり浮気をしていただけ。それとも、はじめから恋心などなく、父親の情報を探るためだけに接近してきたファム・ファタールだった。

もし自分がセローの立場なら、と想像してみたが、途端に吐き気が込み上げてくる。いずれにせよ、あのパリジャンはこれからけっこうな女性不信に陥るだろう。

不眠症も悪化するのは目に見えているので、せめて医者としてその辺りのケアだけは、ちゃんとしてやろう。そんなことを考えていた俺の視線の先で、アイリーンの挙動に変化があった。

ベンチに座る彼女が右隣に置いていた、小さな紙袋。それが今、目の前で別のものと取り替えられたのだ。

取り替えたのは、アイリーンの隣に座ったサラリーマン風の男性で、彼は取り替えた紙袋を手に、ツカツカとモールの外へ去っていく。

「おい、今の見たか？」

こちらが声を潜めながら尋ねれば、「見たどころか、決定的瞬間を記録してやりましたよ」と返ってくる。

「記録って？」と隣を見れば、水城が胸元でスマホを構えていた。どうやら、一連の出来事を動画で撮影していたらしい。

「いつの間に？」

「いや、なんかあのスーツ姿の男が怪しいなって思って」彼女は言い、「ほら、ベンチに空きはいっぱいあるのに、わざわざアイリーンさんの隣に座ってたし」と続ける。

「なんにしても、素晴らしい行動力だ」

俺は手放しに誉め称え、動画を自分にも送ってくれとお願いした。

メッセージアプリに送られてきた動画を見て、「これは、まさにデッドドロップだ」と、目を瞬かせる。

「あっ、アイリーンさんが動くようですよ。どうします？」

水城に言われ、俺はスマホをポケットに仕舞った。限りなくそれっぽい行動は映像に納めることが出来たが、これでもまだ、アイリーンがスパイだと決まったわけではない。

「行こう」

決定的な証拠を押さえようと、俺たちは尾行を継続することにした。

5

デッドドロップを交わした男と別れ、ショッピングモールを出たアイリーン。彼女は、そのまま徒歩で街中を進んでいく。

タクシーを拾うものと予測していた俺たちは、不安に駆られながらも、その背中を追った。車とは違い、徒歩での追跡は目立つ。そのうえ、モールのあった繁華街から、彼女は通行人の少ない住宅街へと足を踏み入れてしまったのだ。おかげで、紛れ込む先がない。

怪しまれないように行動しなければいけないのに、と俺はイライラしていた。さっきからブーブーブーブーと、水城のスマホが鳴り止まないのだ。

「いい加減にしてくれよ。振り返られたら、一発アウトなんだぞ」

小声ながらもドスの利いた声で、俺は同僚を注意した。

「全部、セローさんからの着信ですよ」

スマホを見た水城が、呆れた様子で言う。

「報告しろってことか」俺は短く嘆息し、「もう、出ちゃった方が良いかもな。事情を説明して『見つかるからヤメロ』って言わないと、たぶん、着信攻めは終わらないよ」と続ける。

俺たちは電柱の陰に隠れ、アイリーンとの距離が開くのを待った。尾行対象が二十メートルほど離れたところで、「はい」と水城が電話に出る。

「いまどこなん！」

スマホを耳に付けていない俺にまで聞こえる大声で、セローが開口一番、訊いてくる。

慌てて電話口を押さえ、「セローさん、落ち着いて。まだ尾行中なんですよ」と説明を始めた水城が「え、なんでそれを？」と聞き返した。

「あちゃあ、それはこっちの手違いで——ええ、送るつもりは——たしかに心配でしょうけど——」

釈明めいた口調で答えていた水城が、観念したように現在地を彼に教えてしまう。

なぜ、と不思議に思いながらも、俺は「早く行かないと、見失うぞ」と電柱の陰を出た。視線の先で、路地に入り込むアイリーン。撒かれまいと、俺たちは小走りでその路地を目指した。

「で、セローはなんだって？」

走りながら隣に問い掛ければ、「実はさっきのデッドドロップの動画、間違ってグループメッセージに送っちゃったみたいで」と水城が申し訳なさそうに答える。

「つまり、セローも例の動画を見たってことか」

それは心配にもなるな、と納得したところで、アイリーンを見失った路地の入り口に到着した。足を止め、路地の中を覗き込む。しかし、彼女の姿は見当たらなかった。

「行き止まりっぽいけど、どこか脇路にでも繋がってるのかな」

首を傾げつつ、路地へと足を踏み入れる。住宅と住宅に挟まれた細い道を進んでいくが、案の定、行き止まりだった。

「どこに消えたんだ」

「わたしは見てないですけど、ここへ入ったのは間違いないんですよね？」

水城に尋ねられ、「ああ、間違いない」と頷く。その瞬間、後ろから「動くな」と声が聞こえてきた。

驚いて振り向けば、アイリーンが路地へ蓋をするように立っている。いつの間に回り込んだのか。俺は疑問に思ったが、それ以上に気になるものを彼女は手に構えていた。

「なにそれ、拳銃？」

震える声で問い掛ける。

「動くなと言っている」

銃口を向けたまま、再度、警告を飛ばすアイリーンに、身が凍り付いた。銃社会の米国などとは違い、この平和な日本でまさか、銃口を向けられる日が来るとは。

一気に渇いていく喉から、「落ち着いて」と絞り出す。両手を挙げ、「こっちに害意はない」と告げれば、アイリーンが「ハッ」と鼻で笑った。

「コソコソあとを付けてたくせに、いまさらそんなことを言われてもね」

「いや、違うんだ。こっちにも事情があって――」

そんな釈明を「所属はどこ？」と、アイリーンが切り裂く。公安、もしくは他国のエージェントとでも思われているのだろうか？

俺は困惑しつつ、助かる道を模索する。路地は袋小路で、唯一の出口にはガンマン。塀は越えられそうな高さではあるが、もちろん、よじ登るような隙は与えてもらえないだろう。体当たりを試みるにも、アイリーンとの間にはそれなりに距離があるので、彼女のもとへ辿り着く前に、あの銃口が火を噴くはずだ。

八方塞がり。せめて、木刀の一本でもあればチャンスはあったのに。

撃退、もしくは逃亡という機会がないことを覚り、俺はジリジリと水城の前へ移動を始めた。せめて、彼女だけでも助けなければ。

動くなと言ったアイリーンだが、同行人の盾になることは許してくれた。両手を挙げたまま、水城の前に立ち、「最初に言っておくが、俺たちはエージェントとかスパイじゃないからな」と最後の賭けに出た。

「じゃあ、なんで尾行なんてしてたのかしら」

欠片も信じていないといった風に、アイリーンは眉間へ皺を寄せる。

「そのことを証明するのに、スマホが必要なんだ。あるファイルが中に入ってて、それを見てさえもらえれば、信用するはずだよ」

俺は唾を飲み込み、「スマホを出してもいいかな?」とガンマンに問い掛けた。

「スマホはどこに?」

「ジャケットの懐の中」

「分かった、出していいわよ」

アイリーンに許可を貰い、俺は胸元に手を入れようとしたが、「ゆっくり!」と注意され、右手の速度を落とす。

さあ、ここが勝負所だ。俺はスマホを取り出し、ファイルを探すフリをして素早く指を動かす。動画の送信準備を終えたところで、親指を送信ボタンにかけたまま、アイリーンに画面を見せてやった。

「なによ、それ」

「あんたがさっきやった、デッドドロップの証拠映像さ」

ギョッと彼女の目が開く。そのまま近づいてこようとするアイリーンに「動くな」と、今度はこっちが警告を飛ばしてやった。

「この動画の送信先は、捜査一課の刑事だ。文面が白紙でも、こんな怪しい動画を送った上で俺たちが行方不明となれば、あいつは徹底的に調べるぞ」

脅迫による交渉。それが、こちらの最終手段だった。

「まだメールは送ってない。でも、俺の親指が画面に触れれば、もう終わりだ。いくら銃を振りかざそうと、止められないよ」

チッと舌打ちの音が、路地へ響き渡る。銃とスマホが対峙したまま、時間だけが過ぎていった。

彼女はおいそれと引き金を引けなくなったが、だからと言ってこのまま、こちらを解放してくれるわけでもない。この状況を打破しようと、俺は口を開いた。

「このまま、見逃してくれるのなら、さっきの動画は消すよ」

「コピーは？」

「ない」と間髪容れずに、嘘を吐く。「まだ、誰にも送ってないからな」

銃口の向きは一切変わらないが、どうやらアイリーンは迷っているようだ。それほど、さっきのデッドドロップは秘しておきたい行為だったのだろう。

「せめて彼女だけでも」と、俺は説得を続ける。

「自分の命はどうでもいいのか？」

スパイの足下で、チンチラが呟いた。

「相棒だって、こんな路地裏で死にたくはないだろう。なのに、なんで自分も助かろうって気持ちが湧き上がってこないんだよ」

責めるようなもの言いに、思わず頭を振る。

「俺はどうなってもいい。この女性だけでも解放してくれれば、交渉成立だ」

後ろから「そんな」と声が聞こえてきたが、それを打ち消すように「さあ、どうする？」と、俺は答えを求めた。

フウ、と路地にアイリーンの溜め息が落ちる。

「たとえ、動画を消したところで、不安の芽は残るわ」

その静かな声に、彼女の覚悟が滲（にじ）んでいた。

「なら、この場であなたたちを殺して、わたしは逃げる。その隙くらいはあるはずよ。バックにどんな組織があるのか分からないけど、何の説明もなしに動画を刑事に送ったところで、こっちの素性が判明するまでは、それなりに時間がかかるでしょうからね」

アイリーンは言い終わると、チャッと銃口を動かした。

これで終わりか。俺が覚悟を決め、瞳（ひとみ）を閉じたところで、「アイリーン！」と大きな声が聞こえてきた。

目を開けると、見覚えのある白人男性がガンマンの向こうに立っている。セローだ。

驚いて振り返ったアイリーンの腰目がけて、俺は突進した。タックルは成功し、彼女の手から拳銃が零（こぼ）れ落ちる。

やったぞ、これで助かったんだ。

そう思った瞬間、首に腕が巻き付き、小柄な女性とは思えない力で、再び路地の方へ身体ごとぶん投げられる。転がってきた俺の身体を水城が受け止め、その間にアイリーンは拳銃を拾った。

万事休す。スマホも落としてしまったし、もう状況打開の策は残されていない。

「そのひとらは、俺に頼まれて尾行してただけなんや。そんな物騒なもん、向けんといたってくれ」

悲痛な顔をして訴えかけるセローに、「それ以上、こっちに来ないで」とアイリーンは警告を飛ばす。銃口は、こちらに向けられたままだ。

しかし、忠告に構わず、パリジャンは歩み寄ってくる。

「こんなバカなこと、もうやめてくれ、アイリーン」セローは言い、顔に似合わない関西弁で「スパイでも暗殺者でも、構わん。俺は君を、海の底よりも深く愛してるんや」と恋人に訴えかけた。

躙(にじ)り寄ってくるパリジャンに痺(しび)れを切らし、アイリーンは銃口を彼に向ける。その隙に、俺は先ほど落としたスマホを拾おうと手を伸ばした。しかし、アイリーンにひと睨みされ、両手を上げる。再度、ガンマンに突進するような勇気はなかった。

男二人に挟まれる形となったアイリーンの顔には、多少の焦りが見える。本来なら、三人を一カ所にまとめたいところだろうが、ひとりが通るのもやっとな細い一本道では、それも難しい。

攻め倦ねる彼女に「ほら、昨日の夜は、こんなに楽しそうにしてたやん」と、セローがスマホを見せてくる。アイリーンの後ろでうずくまっていた俺たちにも、その画面が見えた。表示されていたのは写真で、笑顔のカップルが不味そうな料理を囲んでいた。

「なっ」とガンマンが声を漏らす。

「君が故郷の料理を作ろうとして失敗して、じゃあ俺がって手を加えて、さらに不味い料理になってもうて。でも、なんだかんだ楽しかったなって、大失敗記念に写真を撮ろうって、そうやって笑い合ってた恋人に、なんで銃なんて向けられなアカンねん」

涙を滲ませながら言うセローに、どうやらアイリーンは気圧されたようだ。こちらへ後退りしてくる。

拳銃も、愛の力には勝てなかったか。そんなつまらない考えが、頭に浮かぶ。

「なあ、アイリーン。もっと話し合おう。話せば分かるはずや」

ついにパリジャンの想いが通じたのか、アイリーンは銃をバッグの中に仕舞った。それを見て、「アイリーン！」と、涙でグチャグチャのセローが彼女へ抱きつこうと駆け寄ったが、彼女はその腕を取り、こちらへ投げた。

目の前で尻餅をついたパリジャンを見て、「あっ、終わった」と思う。ついに三人が一カ所に集まってしまった。このまま、銃口を向けられれば、もう抗う手段はない。

しかし、そんな無念の向こうで、アイリーンがバッグから取り出したのは、煙草の箱だった。外国産のものなのか、見たことのない銘柄の箱から一本、煙草を抜き出し、彼女は火を点ける。

拳銃が出てこなかったことにホッと胸を撫で下ろす、俺。ハグしようとして、ぶん投げられてしまったセロー。展開の変化に目を輝かせている、水城。

そんな面々を見下ろしたまま、「ねえ、アイリーンって誰？」と、煙草を吸う女。

この質問は誰も予期しておらず、俺たち三人はそれぞれ、顔を見合わせた。

「だれでもいいから、さっさと説明して」

銃口はもう向けられていないものの、その優位性は変わっていない。彼女はいつでも、俺たちを殺せるのだ。それを重々理解していた俺は、「ほら、セローさん」とパリジャンの背中を叩くが、彼は答えようとしない。

よっぽど、ハグを拒否されたのがショックだったのだろう。抜け殻と化した患者を前に、「実は」と、代わりに事情を説明する。

中国からの留学生、アイリーンと交際を始めたパティシエ。フランス領事館で恋人を見かけ、話しかけたが無視されてしまった。その夜に生じた疑念が、友人らによる数々の目撃証言と、偶然見かけたデッドドロップによって、「俺の恋人は某国のスパイなんじゃ？」という、不安に変わっていく物語。

不眠症とか、その辺りの事情は割愛し、自分たちはその不安を解消するため、恋人の尾行を頼まれたセローの友人、ということにしておいた。

「そして、この有り様ってわけだ」

こちらが説明を終えると、女は落とした煙草を踏み潰し、二本目に火を点ける。

「そういうことね」

納得したように呟く女の足下に、「全部、嘘やったんか？」とセローが縋り付いた。「はじめっから、全部、俺の親父に近づくための演技で、愛なんてなかった。そういうことなんか、アイリーン？」

そんなパリジャンを鬱陶しそうに見下ろしながら、彼女は「その愛しの彼女とやらに、電話してみればいいじゃない。いちいち、説明するのも面倒だから」と冷たく脚を振り払う。

困惑するセローに代わり、水城が「いいですか？」と彼のスマホを手に取った。着信履歴からアイリーンの名を見つけ、フェイスタイムでかけてみる。すると、すぐに応答があった。

「どうしたの？」

呑気な声で画面に映った女性は、驚いたことに、目の前で煙草をふかしている女と同じ顔をしていた。

水城からスマホを奪い取り、「えっ、アイリーン？」とセローが画面を覗き込んだ。

画面に映ったグチャグチャの彼氏の顔を見て、「ちょっと、泣いてるの？」と心配そうな声が路地裏に響く。

「君は、君はいまどこに？」

「研究室だよ。ちょっと、領事館での用事が伸びちゃって、研究が押してるの」

グシッと腕で涙を拭ったパリジャンが、諸々の説明をすっ飛ばして「アイリーン、君は俺を愛してるんか？」と問い掛けた。

一瞬、アイリーンは困った表情を浮かべたが、「当たり前じゃない」と笑顔を見せる。

「そろそろ、いいかしら」

咥え煙草でスマホを奪うと、彼女は電話を切った。画面の暗くなったスマホが、セローのもとへ投げ返される。

一気に静まり返る、路地裏。その奥で、「別人ってことか？」と、俺は問い掛けた。

「ええ」

「偶々、アイリーンさんが寄った領事館で、入れ替わりにあなたが出てきてしまった」

「そうね」

「アイリーンさんを追ってたつもりで、俺たちはあなたの見られたくない現場を目撃してしまった」

「まったく忌々しいけど、その通りよ」

短い会話で、なんとなくピースが集まってきた。しかし、一番の疑問がまだ未解決のまま、俺の頭に留まっている。

「あなたは、アイリーンさんの姉妹なのか？」

俺が訊いた瞬間、「そんなわけあらへん。彼女は一人っ子なんやから」と、セローが反応した。

「黒孩子（ヘイハイツ）なんて言われても、あなたたちは知らないでしょうね」

6

「それで、どうなったんですか？」

身を乗り出し、訊いてくる烏丸に「そこで終わりだよ。解放されて、現地解散」と答えてやれば、「なんだか、アンチクライマックスだな」と溜め息をつかれた。

「悪いな、俺の九死に一生話が盛り上がりに欠けて」

皮肉を言い、「でも、しょうがないだろ？　つまるところ、現実なんてがっかりの連続なんだから」と笑う。

「スパイを尾行して、怪しげな行為を目撃して、路地裏で拳銃を突きつけられてって、これのどこがリアルなんですか」

小説家は呆れ口調で言うが、彼の手元はさっきから忙しそうだ。俺から聞いた話を、必死にメモっているのだろう。

「それで、執筆の方は上手くいってるの？」

「そうですね、意外に筆は乗ってます。患者の悩みに奔走する睡眠医って設定が、けっこういいプロットラインですし、事件も個性的で面白い」

彼はそう言うが、ネタにされてる側としては、あまりいい気分ではなかった。

熱湯珈琲を浴びせた賠償として、小説のネタを提供する。そんな約束がなければ、絶対、話していない。

「ちゃんと、他の患者さんたちから許可は取ってるんだよな？」

不安に思い、そう訊けば、「ええ、名称を変えてくれればいいって、みんな言ってくれてますよ」と青年は頷く。「むしろ、小説の登場人物になれて嬉しいってひとが大半です」

「ああ、そう。ならいいけど」

短く嘆息し、俺は店内を見回した。

まだ時間が浅いこともあって、ノクターナル・カフェの客はまばらだが、周囲から視線を感じる。最近の探偵紛いの行動と、それを烏丸が喧伝するせいで、すっかり注目の的だ。

狩宿さえ、戻ってきてくれれば。

そう願いつつ、蛍からは、彼のリハビリが上手くいっていないと告げられていた。術後の経過はいいものの、院長が自由に歩き回れるようになるには、まだ時間が必要とのことだ。

「最初は一ヶ月って話だったのにな」

俺が呟くと、「はい?」と烏丸が聞き返してくる。

「ただの独り言だよ。気にするな」

「そうですか」適当に相槌を打った烏丸が、「で、さっきのヘイハイツって何ですか?」

と問い掛けてきた。

ナプキンを一枚手に取り、〈黒孩子〉と書いて、彼に渡す。

「中国で2014年まで行われていた、『一人っ子政策』は知ってるか?」

「人口削減のため、各家庭に子供はひとりまでって政策ですよね」

「そう。これを破って二人目を儲けた夫婦には、優遇措置の廃止に加え、厳しい罰則まで与えられたそうだ」

俺はジャスミンティーを一口飲んでから、「しかし、ひとの営みなんて、完全に統制できるもんじゃない」と続けた。「二人目、三人目と子を産んだ夫婦に残された手段は、世間から隠して育てるか、捨てるか、売るか。そうやって戸籍のない人間が生まれ、彼らのことを中国では、黒孩子って呼ぶらしい」

「もしかして、それって双子でも?」

勘のいい烏丸は、もう絡繰りに気付いたようだ。

「ああ、双子にも適用される。あっちの政府は、単純に人数で判断を下していたようだからな」と頷き、「だから、双子が生まれた夫婦は、出生届に嘘をつく」と、俺はテーブル上のナプキンをトントンッと指先で小突いた。

「双子の妊娠なんてコントロールできるものじゃないのに、なんとも遣(や)る瀬無い話ですね」

「その子と、その子の家族にとってはそうかもしれない。でも、戸籍の存在しない人間を、有効に活用する世界もある」

「それがエスピオナージ、つまりは諜報(ちょうほう)の世界ですか」

俺は首肯したものの、それ以上の詳しい説明は控えた。

銃口を突きつけてきた女性、彼女の名前は白美玲(ハクミンレイ)というそうだ。表の顔は中国領事館に勤める外交員で、つい一ヶ月前に日本へ派遣されてきたのだと彼女は言う。

スパイだ何だというのは、あくまでこちらの推測でしかないが、あの手慣れたデッドドロップや銃を携帯していたあたり、工作員であるのは間違いないと思う。日本国民としては、外務省なり公安なりに通報するべきなのかもしれないけど、俺にそのつもりはなかった。

ミンレイが語った黒孩子の生い立ちの悲惨さ、そして、勘違いだったとは言え、俺たちを解放してくれた寛容さを思えば、彼女のことは黙認しておいたほうがいいと思う。

「そう思うんなら、小説家にネタを提供するべきじゃなかったんじゃないか、相棒?」

テーブルの上から、チンチラが語りかけてくる。

たしかに、テンの言う通りだ。こんな話、あまりベラベラと漏らすべきではないのかもしれない。

アイリーンやセローにとっては、誤解が解けて良かったと、その程度の結末だったが、現役のスパイであるミンレイにとっては、こんな話が外に漏れれば、致命傷となりうる。

「フィクションという形でぼかしてでも、彼女の哀しい生い立ちは、残すべきだと思ったんだ。隣国に、生まれたときからとんでもないハンデを背負った人間たちがいるって、もっと日本国民も知るべきだと思った」

テンに返した言葉に、「なるほど、そういう想いがあったんですね」と、烏丸が神妙な顔で言ってくる。「分かりました。色々と設定を誤魔化した上で、必ず、このストーリーを世に出します」

「ありがとう」

「でも、凄い偶然ですよね。生き別れた双子の姉妹が、異国で再会するなんて」

「まあな」

「アイリーンさんに、このことは?」

俺は頭を振り、「いや、伝えてない。家族を恨むことになるからって、彼女の片割れに止められたからな」と、目を瞑った。

珍しく、強い睡気を感じる。先ほど飲んだ、ジャスミンティーのリラックス効果のせいだろうか？

「それにしても、ひとに歴史ありですね」烏丸は言い、「あっ、そうだ」と手を叩いた。「実はそのことで、先生に相談があったんですよ」

「なんだよ、まだ自分が殺人鬼かもしれないって疑ってるのか？」

揶揄われた小説家は、「そうじゃなくて、もっと錦先生のバックグラウンドのことを教えてほしいと思って」と、こちらを見る。

「俺のことを？」

「ええ、特になんで睡眠医をやっているのかって、その辺の事情を」

強い睡気も手伝って、イラッとした。

土足でプライバシーを侵害してくるな。そう叫びそうになったところで、遠くから「先生」と呼びかけられる。水城がこちらを手招きしていた。

「どうやら、予約の患者さんが来たようだ」

立ち上がろうとして、思わず蹌踉ける。

「大丈夫ですか」と心配する烏丸に、「大丈夫大丈夫、ただの立ちくらみだから」と嘘をついて、席を離れた。

せっかくの睡魔なのに。俺は自分の不運を呪いつつ、診察室へ向かった。

第五章　組長の憂鬱

1

「あ痛たた」

ベッドの上に横たわり、狩宿が腰を擦る。もう、この光景も見慣れたものだ。

「やっぱり、まだ復帰の日は遠そうですか？」

俺が尋ねれば、「出歩くどころか、ちょっと座っただけでこのザマだからね」と、院長は苦笑する。

「大丈夫ですよ。クリニックのことはこちらに任せて、しっかりと治してください」

リハビリでつまずいているせいか、気弱な彼を激励してから、俺は窓の外に目を向けた。

今日は、朝からずっと雨が降り注いでいる。夏に熱し過ぎた街を、急激に冷やしていく秋雨。ガラスの向こうに広がった霧の海は、眺めているだけでむせそうになる。

「すまないねえ、錦くん。もう少し迷惑をかけるよ」

院長に言われ、「迷惑だなんて思ってません。どうせ、まだまだ外科医には戻れなさそうですし」と、自分の手を見下ろした。

いったいいつになったら、この手は再びメスを握れるのだろうか。関節の内側に残る、浅い肉刺に触れながら、俺はオペに臨む自分の姿を想像してみた。

皮膚を切って、筋膜を切って、腹膜を切って、腹腔内へ入る。これまで何十、何百と繰り返してきた手技に、自然と手が動いた。イメージの自分は、あの悪夢のことなど気にせず、道具を揮っている。

しかし、これならなんとかなりそうだと、そう思った瞬間、身体が凍り付いた。頭皮からドバッと汗が溢れてきて、視界が眩む。床に落とした鉗子が、キーンと音叉のような悲鳴を上げ、切開部からは血が溢れ出し、心電図はフラットになった。

必死で心臓マッサージを施す麻酔科医に、「先生！　先生！」とすがり付いてくるオペスタッフ。それでも、俺は棒立ちのままで、患者の身体はゆっくりと冷たくなっていく。

イメージトレーニングは、いつもこうやって悲劇に終わっていた。想像しただけでこの有り様。まだまだ、復帰なんて考えられるわけがない。

「迷惑ついでに、ひとつ、相談があるんだけど」

狩宿の問いかけで、俺は阿鼻叫喚の手術室から現実へと引き戻される。

「なんでしょう?」

額の汗をハンカチで拭いつつ尋ねれば、ある初診患者を診てほしい、と院長に告げられた。通院患者のみ、という当初の約束を、彼は破ろうとしているのだ。

治療方針の定まった再診患者らの世話をするのと違い、初診患者を診るには、相応の経験が求められる。なんと言っても、まずは困難な不眠症の診断から入らなければいけない。

「ちょっと、自信ないですね」

弱気に返せば、「錦くんなら大丈夫。分からないことがあったら、いつでも僕に電話してくれればいいし」と、狩宿は言う。

「なぜ急に初診患者を?」

「昔からの知り合いで、ちょっと断りきれなかったんだ」院長は苦笑いで言い、「それに、先方は君をご指名でね」とこちらを見た。

「俺を指名?」

「ああ、どこでどう聞きつけたのか、君の噂を耳にして『どうしても、その臨時医に診てほしい』と頼まれた」

となると、また厄介な悩み事を抱えた患者ということか。俺は短く嘆息し、「院長の知り合いで初診ということは、相手は友達ですか?」と問い掛ける。

「いや、友達ではないかな」

肩をすくませて、困ったように笑う狩宿。彼から視線を外し、俺は「雇用時の約束を破ってでも、診てほしい患者ですか」と呟いた。

あまり気乗りはしないが、主治医であり、恩人でもある院長の頼み事を断る気にはなれない。

「今夜、予約を入れてるみたいだから、まあ、気楽に診てあげてよ」

ダメ押しでお願いされ、「分かりました」と頷いた。

どうやら狩宿は、その患者の情報を話す気がないようだ。俺は見舞いを切り上げ、病院をあとにした。

いったん家に帰って、眠れそうなら仮眠をとろう。そんなことを考えながら歩いていると、ポケットの中でスマホが鳴った。画面に表示された発信者の名を見て、俺は足を止めてしまう。

こんな平日の午後に、父さんから電話がかかってきたことなどなかった。外科医の日常は忙しいのだ、こんな時間にかけても出られるわけがない。用事があっても、メールで済ませるはずだ。

それをしないということは、もしかして、父さんは知ってるのか？

不安を燃料に、俺の動悸は加速していく。心臓の拍動が腕まで伝わり、スマホの画面が細かく揺れていた。

もう外科医じゃないと知っているから、こんな時間にかけてきたんじゃ？

日陰に入り、深呼吸を繰り返すうち、心が落ち着いてくる。まだバレたと決まったわけじゃない。父さんがルーティンを破ったところで、まだそうと決まったわけじゃないんだ。もしかしたら、なにか緊急事態なのかもしれないし、ただ留守電にメッセージを残しておこうと電話をかけてきただけなのかも。

ウンッと喉(のど)の詰まりを払ってから、「もしもし」と電話に出た。

「おう、治人。いま、時間あるか？」

「うん、まあ、少しなら」

「ちょっと、今度の学会のことで相談があってな」

呑気(のんき)な父の声が続く。自分の病気や、あの悪夢の夜とは無縁の話を聞き流しながら、俺はホッと胸を撫(な)で下ろした。

2

院長から相談された患者が、狩宿クリニックにやってきた。

記入された問診票には絹田(きぬた)大悟(だいご)六十二歳、自由業と書かれている。不眠を発症したのは約一ヶ月前で、〈考えられる契機〉の欄は空白のままだ。

「これが例の初診患者か」

俺が呟けば、「けっこう重症そうですよね」と水城がカルテを覗き込んでくる。

彼女の言っているのは症状のチェック項目のことで、〈疲労〉、〈脱力感〉、〈幻聴〉に〈幻覚〉、〈記憶の無い空白の時間〉と、かなり深刻そうな項目が丸で囲まれていた。

「重い精神科疾患の可能性も否定できないし、年齢的にも他に基礎疾患があるかもな。念のため、今日の診察が終わったら、睡眠センターでの検査を勧めてみよう」

「そうですね、ネットであっちの予約状況をチェックしておきます」と、水城が診察室のパソコンに向かう。

都心から少し離れた郊外にある星都睡眠センターでは、不眠症患者に対し、様々な検査を実施している。目玉となるのは睡眠時のバイタルや脳波測定を行う、睡眠時モニタリングだが、その他にも血液や尿の検査に、心電図や頭部ＣＴ撮影まで実施可能な、言うなれば総合施設だ。

料金はそれなりにかかるので、患者の懐事情によっては断られるかもしれない。しかし、包括的な診断のためには一度、睡眠センターで診てもらうのが一番だ。正確な診断を下すためにも、何とかして説得しなければ。

そう肝に銘じてから、俺は次の患者を呼び込むよう、水城に指示を飛ばした。

診察室に入ってきたのは、上質なスーツ姿の初老の男性で、厳めしい顔はしているものの、入室してすぐに「お願いします」と頭を下げるあたり、好感が持てた。問題は、その付き添いの男だ。

深いVネックの黒シャツに、金のネックレス。蟹股でポケットに手を突っ込み、こちらを睨んでくる様は、チンピラと呼ぶ以外に、形容しがたい。

「おう、随分待たせやがったな。夜食でも食ってたのか？」

ドスの利いた声でこちらを威嚇してくるチンピラの頭を、バコッと初老の男が拳で殴りつけた。

「てめえは黙ってろ」

これで一気に、年嵩の男も怖くなる。俺は水城と顔を見合わせ、「大丈夫？」とアイコンタクトで問い掛けるが、彼女の目は爛々と見開かれていた。

「もしかして、ヤクザの組長とかですかね？」

小声で耳打ちしてくる看護師に、「なんで、嬉しそうなんだよ」と文句を言えば、「だって、面白そうじゃないですか。不眠症のヤクザなんて」と、呑気な答えが返ってくる。

相変わらず、危機意識の低い女だ。俺が呆れたところで、正面の椅子に患者である絹田大悟が腰を下ろした。付き添いのチンピラはその後ろに立ち、こちらへガンを飛ばしている。

なんだよ、この患者は。恨むぞ、院長。

そんな台詞を胸の裡で吐き、俺は深く息を吸い込んだ。相手は、明らかに堅気の人間じゃない。問診票の職業欄にも〈自由業〉と書かれていたし、対峙しているだけで、その圧力に屈してしまいそうだった。

しかし、ヤクザだからといって、追い返すわけにもいかない。どんな人間にも、診療を受ける権利はあるのだ。

俺は職務を全うしようと「はじめまして、絹田さん。臨時医の錦です」と会釈した。

「ああ、よろしく頼むよ」

問診票の挟まれたクリップボードを盾のように持ち、「眠れなくなったのは、一ヶ月前とのことですが」と、診察を始める。

眉間に皺を寄せた背後のチンピラはともかくとして、絹田は素直だった。こちらの質問には、すべて丁寧に答えてくれる。おかげで、彼の病状が中途覚醒タイプだと分かった。入眠に問題は無いものの、三十分と続けて眠れない夜が続いているそうだ。

「それは、大変ですね」

相槌を打ちつつ、頭の中で診断を進めていく。しかし、「なにか、キッカケのような出来事はありましたか？」と尋ねたところで、親分は黙り込んでしまった。

静まり返った診察室に、「原因なんてどうでもいいだろうが！」とチンピラの声が轟く。

「オヤジは眠れねえって言ってんだから、てめえはさっさと薬でも出せや」

わざわざ俺を指名しておいて、薬を出せだと？

思わずイラッとしたが、「診断が確定するまで、処方箋は書けませんね」と落ち着いて返答した。

「なんだと、てめえっ」

牙を剝くチンピラに、「大牧」と絹田が呼びかける。

「へい」

「さっきから、ごちゃごちゃうるせえんだよ。ちょっと、外の喫茶店で待ってろ」

「でも、オヤジ」

「いいから、早く出ていけ。おまえがいると、話が進まねえんだ」

親分に怒られたのがショックだったのか、「へい」とチンピラは肩を落とした。そして、俺と水城を睨みつけつつ、診察室を出ていく。

「すまないな、先生。悪い奴じゃないんだが、いかんせん、まだ若い」

「いえ、大丈夫です」

俺は言いつつ、変な言い訳だな、と思った。若いからって、皆が皆、あんな態度になるわけじゃない。

「実は、さっき先生が言ってた、眠れなくなるキッカケってのがあってね」

絹田が言い辛そうに、額を掻く。その原因とやらを部下に聞かせたくなくて、診察室から追い出したのだろうか。

「で、そのキッカケとは？」

「幽霊のせいなんだ」

予想外の答えに、「え？」と俺は聞き返す。

「幽霊だよ、幽霊。先生はそんなの信じない質かい？」

馬鹿馬鹿しい、と溜め息を漏らしそうになった。しかし、そんな態度を見せれば、いくら温厚そうな親分であっても、ブチ切れるかもしれない。そう思って、「絹田さんには、霊感があるんですか？」と俺は答えを誤魔化した。

「いや、この歳になるまで、そんなもんは見たこともなかった」親分は喉元をさすり、「だが、一ヶ月前くらいから、誰かに見られているような気配を感じるようになったんだ」と続ける。

「その頃はまだ、睡眠には支障を来してなかったんですね？」

「ああ」と頷き、絹田は背を丸めた。「でも、次第に声が聞こえるようになって、それから眠れなくなった」

「どんな声が聞こえるんですか？」

「それが、よく分からないんだよ。子供か女の声だと思うんだが、水の中にでもいるようなくぐもった声で、ハッキリとは聞き取れない」

「なんだか不気味ですね」と、水城が口を挟んでくる。発言内容とは裏腹に、彼女の表情は生き生きとしていた。以前、ホラー映画を見るのが趣味だと言っていたし、ヤクザの目撃した幽霊とやらに興味津々なのだろう。

同僚へ「仕事に集中しろ」と、念を飛ばしているところで、「フッ」と自嘲気味に親分が笑う。

「最近じゃ、遠くからこっちを見つめてる奴と目が合うことも増えちまって、ひとりで外を出歩けないんだ。どこへ行くにも、舎弟と一緒さ。情けないだろ？」

「誰だって、そんな経験をすれば怖くなりますよ」

俺は同情心たっぷりに言ったが、内心では少し馬鹿にしていた。こんな厳つい顔をした男が、幽霊に怯えて外を出歩けなくなるなんて、と。

しかし、医師としては放っておけない症状でもある。幻聴に幻覚、それに〈記憶の無い空白の時間〉、つまりはブラックアウトまでしているようなので、やはり病状は深刻だ。不眠症患者によく見られる、ただの鬱症状とも思えない。

年齢的に希有ではあるが、統合失調症の発症まで考慮しないと。そう思ったところで、足下のチンチラと目が合った。

テンはなにも言わず、「ヘッ」と笑う。おそらくは、自分のことは棚に上げて、といった意味の嘲笑だろう。

俺はそれを無視して、「星都睡眠センターという施設がありまして」と、診察を続けた。

3

「幽霊なんて存在しない」

仮眠室で目覚め、覚醒（かくせい）の瞬間に、俺はそう呟いた。

汗でぐっしょりと濡（ぬ）れた身体をタオルで拭きながら、「はあ」と溜め息を落とす。よく見る悪夢の内容だったが、絹田の影響か、エンディングだけが少し変わっていた。殺した患者の亡霊に追い回され、その冷たい手に捕らえられたところで目を覚ましたのだ。

「幽霊なんて、この世にいないんだ」

再び呟いたところで、「本当にそう思うか？」と、チンチラが話しかけてきた。

「どういう意味だよ」

「ゴーストなんて存在しない。そうやって否定するのは簡単だが、現に相棒、おまえは亡霊に取り憑（つ）かれてるじゃないか」

「あんなの、ただの悪夢だ」

「夢のことを言ってるんじゃないさ」

枕の上で寝転がり、テンは「メスを握るたび、あの患者の顔が浮かんで、身体が動かなくなる。言ってみれば、それは金縛りみたいなもんだろ？」と続けた。

「それはＰＴＳＤにパニック発作、れっきとした病気だ。心霊なんて、非科学的な現象じゃないよ」

幻覚へ返答し、ハンガーにかけていたシャツを羽織る。

こんな喋る チンチラの戯言なんて、無視してしまえばいい。なのに、「死人の記憶こそが、幽霊の正体だとでも言いたいのか？」と、俺は問い掛けてしまう。

「その通りだよ、相棒」テンは嬉しそうに頷き、「残された者の罪悪感。それがゴーストの元凶なのさ」と渋い声で続けた。

「俺の場合はそうかもしれないが、絹田さんはどうなんだ？」

そう尋ねつつ、「彼が見る幽霊は、その姿も声も曖昧だ。はっきりと、誰かの記憶に振り回されているような感じはしないぞ？」と、シャツのボタンを閉じていく。

「やくざ者の人生に、後悔がないわけないだろ。完全なサイコパスでもない限り、傷つけた人間の念ってのは、身体に溜まっていくもんだ」

「たしかに、そうかもしれないな」

シャツを着終え、俺は充電中のスマホを手に取った。ネットに繋げば、寝る前に見ていたニュースサイトが表示される。記事はヤクザの代替わりに触れたものだが、問題はその内容ではなく、記事に載せられた一枚の写真だった。その中に、絹田大悟の姿があったのだ。写真の下には〈絹田組組長〉とキャプションが付けられている。

会合のため、高級ホテルに入っていく裏社会の住人たち。その中に、絹田大悟の姿があったのだ。


つまり、このクリニックで俺が初めて受け持った初診患者は、ヤクザの大物だと確定したわけだ。

「どうするんだ、相棒？」

チンチラに訊かれ、「どうするもなにも、このまま診療を続ける他ないだろ。『ヤクザなんて診れません』なんて言ったら、それこそなにをされるか分かったもんじゃない」と、自嘲気味に笑う。

てっきり「ヤメておけ」とでも言われるかと思ったが、テンは「それは良かった」と寝転んだまま、頷いた。

「相棒にとっても、いいキッカケになるかもしれないしな」

勝手に納得した小動物の幻覚を部屋に残して、俺は仮眠室をあとにした。ノクターナル・カフェへ降りると、「あ、先生！」と客のひとりに呼びかけられる。烏丸だ。

予約客の少ない夜。この時間には珍しく睡魔に襲われ、俺は仮眠室へ上がったわけだが、その間に小説家は来店していたらしい。

「なんでも、今度の相談者はヤクザの組長らしいですね」

対面の席にこちらが腰を下ろすと同時に、烏丸が言った。

なんだ、コイツ。もしかして、診察室に盗聴器でも仕込んでいるのか？

眉間に皺を寄せ、怪訝そうな顔で見ていると、「ああ、いやいや、情報元は荒井さんですよ」と言い訳でもするように小説家は言う。

「なんで荒井さんが、常連でもない初診患者の素性を知ってるんだよ」

「このクリニックを組長に紹介したのが、彼女だからです」

「彼は院長の知り合いって話だったけど」と、俺は小首を捻った。しかし、「君をご指名でね」と、狩宿に言われたのを思い出す。なるほど、探偵もどきの臨時医がいると、絹田に教えたのが彼女だったというわけか。

納得はすれども、詳細を打ち明けるわけにはいかない。目を輝かせてメモ帳を構えていた烏丸にそう伝えれば、「えー、なんでですか」と彼は顔を歪ませた。

「どうせ、患者の了解はとってないんだろ？」俺は目を細め、「本人の了承もなく、小説のネタにはさせられないよ」と、きっぱり断る。

「こっそり教えてくれてもいいじゃないですか。どうせ、文章にするときに、内容はぼかすんだし」

「だめだめ。患者のプライバシーを何だと思ってるんだ」

こちらが憤ったところで、「じゃあ代わりに、先生の話を聞かせてくださいよ」と烏丸が切り返してきた。

「俺の話？」

「先生のバックグラウンドですよ。前に聞こうとして、中断されたじゃないですか」

しつこい奴だ。俺は顔を顰めつつ、助けを求めて、診察室の方を見る。今夜もタイミング良く、水城が呼んでくれないかと思ったが、いくら待っても、彼女は姿を現さなかった。

「先生は、元外科医なんですよね」

烏丸の問いかけに、ドキッとする。

「まさか、関係者に聞き込みでもしたのか？」

咎めるように言えば、「そんな面倒なこと、しませんって。ネットで調べれば、大抵のことは分かりますから」と、小説家は困ったように笑った。

この様子だと、まだ例の事故のことまでは知らないようだ。しかし、調べ続ければそのうち、どこかの掲示板かなにかで、こちらの秘事はヒットしてしまうだろう。

ざわつく胸元を右手で押さえながら、「で、聞きたいことっていうのは？」と、ぶっきらぼうに問い掛ける。

「なんで、睡眠医に転向したのかなって」

ここはある程度、正直に話した方が良いかもしれない。そう思って、「たしかに、キッカケはある」と眉間の皺を解いた。

「でも、それは俺のプライバシーに関わることだ。おいそれと他人に話すようなことじゃない」

「なにか、重い事情でも？」

「ああ、メガトン級のやつがな」俺はゆっくりと頷き、「できれば、だれにも言いたくない」と俯いた。

「じゃあ、いいです」

あっさりと引いた小説家に、「えらく素直だな」とこちらが驚けば、「灼熱の珈琲を浴びせられたとはいえ、先生は俺の恩人ですからね」と烏丸は肩を竦める。

不思議そうな顔で見つめる臨時医に「そんなに驚くことですか？」と、患者が苦笑した。

「常日頃から、作品のリアリティーがどうとか、散々言ってたからな。てっきり、秘密にしようとすればするほど、暴こうとしてくるんじゃないかって思ってたよ」

「あのね、錦先生。俺は記者じゃなく、小説家なんです。手元の情報が足りないのなら、想像で補えば済む話だ。主人公のバックグラウンドくらい、適当に捏造しますよ」

烏丸に言われ、スッと胸が軽くなる。

「でも、悩んでいるんなら、誰かに話した方がスッキリすると思いますけどね。相手が俺じゃなくてもいいんで」

「溜め込むなって？」

患者からの助言にクスッと笑えば、「なにが可笑しいんですか」と、真面目な顔で言われてしまう。

「自分が殺人鬼かもしれない。そんな想いを抱えて生きる日々から、救ってくれたのは先生と水城さんなんですよ」

「そんな大げさな。俺たちは少しばかり自分の時間を削って、監視に当てただけで」

「それも確かに助かりましたけど、違うんです」烏丸は軽く頭を振り、「あなたたちが、馬鹿っぽい話を馬鹿にせず、真剣に聞いてくれたから、俺は自分の問題と向き合えたんだ」と続けた。

「自分の問題？」

「ええ」疲れたように笑い、烏丸はメモ帳に視線を落とす。

「どうやって人が殺されれば面白いのか。そんなことを日夜考えてるのは、殺人鬼と小説家くらいのものです。そして、その境界線は予想外に脆い。エンターテイメントと惨劇の違いは、想像主が行動に移すか否か、たったそれだけのことなんですよ」

罪の告白でも聞かされているようで、俺は居心地が悪かった。しかし、黙って烏丸の話に耳を傾ける。

「眠れない夜。時折、襲ってくる強烈な睡魔。記憶のない時間。そんな不安材料が揃っただけで、俺は自分のモラリティーが信頼できなくなった。ついに境界線を越えてしまったかって、あっさり納得してしまうほど、快楽殺人を犯し得る人間だって自覚があったんです」

そこまで追い込まれていたのかと、俺は不思議に思った。傍から見ていれば、烏丸は多少、想像力が豊かではあるものの、普通の青年だ。殺人を夢見る危ない奴だ、と告白されたところで、素直に「はいそうですか」とは受け入れられない。

「シリアルキラーの素質があっても、皆が皆、人を殺すわけじゃない」

そう言ってから、変な相槌を打ってしまったなと思って、「君は、人殺しをするような人間じゃないよ」と言い直した。

苦笑した烏丸が「ありがとう、先生」と頭を下げる。

「危ない思想を抱えていたって、人並みに罪悪感はあるし、牢獄になんか行きたくない。なにより、もっと小説を書きたかった。だから藁にもすがる想いで、先生たちに相談したんです。どうか否定してくれって感じで」

「なら、良かったじゃないか。疑いは完全否定されたんだから」

「はい。先生が『めんどくせえ患者だな、コイツ』って目をしつつも、時間を割いてくれたおかげです」

「なんだよ、それ」

笑った俺に「だからこそ、見てられない」と、小説家が前のめりになる。「先生、酷い顔してますよ」

言われて傍らの窓を覗き込んでみれば、たしかに窶れた男がこちらを見返していた。自信に満ち溢れていた外科医の頃の自分は、見る影も無い。

「本当にメガトン級の過去があるのなら、逃げてばかりもいられないでしょう。誰かに相談してみては？」

「決めつけて、ものを言うのは良くないよ」

俺は溜め息まじりに言い、呼ばれてもいないのに診察室へ向かった。その道すがら、

「これじゃあ、どっちが医者か分からないな」とぼやく。

4

診察室の扉が弾けるように開かれ、「おい！」と怒鳴り込んできた男が、胸ぐらを摑んできた。

相手は大牧、絹田の初診に付き添っていたチンピラだ。

「ちょっと、放してください」

俺は腕力をフル稼働させ、襟を締め上げる大牧の手を振り払った。咳き込みつつ、「何なんですか、急に」と尋ねれば「オヤジをどこへやった！」と、チンピラに胸を小突かれ

る。

「絹田さんなら診察を終えて、もう随分前に帰りましたよ」

「嘘つくなコラッ、オヤジはここへ戻ってきたはずだ」

鼻息荒く喚き散らす大牧から、「じゃあ、なんですか、うちで絹田さんを監禁してるとでも？」と、俺は距離を取る。その間に、水城が診ていた患者を外へ逃がした。

「てめえが関わってんのは分かってんだよ。オヤジをどこへやった？」

喚き散らす大牧を横目に、「そんなことして、こっちに何のメリットが」と時間を稼ぐ。その間に俺は、机の脇に置いていたポシェットから特殊警棒を取り出した。路地裏で某国のスパイに銃口を向けられてから、せめて武器くらいは、とずっと携帯していたものだ。

「ごちゃごちゃうるせえんだよ！」

再び、こちらへ距離を詰めてくるチンピラ。その眼前に、俺は伸ばした警棒の切っ先を突きつけた。

俺が剣道有段者とも知らず、大牧は「なんだ、やんのか？」と馬鹿にしたような笑みを浮かべる。そのまま警棒を掴もうとしたので、切っ先を回して、籠手を打ち込んでやった。

「いってえな！」

手首を押さえ、叫ぶチンピラに「いい加減にしろよ」と警棒を上段に構える。「それとも、今度は面打ちでも食らってみるか？」

「やれるもんなら、やってみろや」

迫ってくるやくざ者に、こちらが覚悟を決めた次の瞬間、バシャッと大量の水を浴びせられた。大牧も同様にずぶ濡れだ。

俺たちは顔を見合わせ、水の飛んできた方向を見る。青いポリバケツを抱えていたのは、水城だった。

「二人とも、ちょっとは落ち着きました？」

俺はびしょ濡れになった顔を手で拭い、「水城さん、この水って？」と問い掛ける。

「掃除用に貯めてたやつですけど」

「それって、あんまり綺麗な水じゃないよね」

「でも、使う前のやつだから、そこまで汚れてないと思いますよ」

「うん、それはそうなんだけど、普段、掃除に使ってるバケツに貯めた時点で、ただの水道水よりは汚いと思うんだ」

「そうですか？」と水城はバケツの中を覗き込んだ。「たしかに、飲もうとは思わないですけど、身体に浴びる分にはそう変わらないと思いますけど」

「じゃあ、水城さんも浴びてみるかい？」

「あ、それは絶対嫌です」

そんな会話を経て、静かになる水浸しの診察室。ポタポタと水滴の垂れる音がするなか、ブフッとチンピラが噴き出した。

「なんだよ、おまえら。変な奴らだな」

てっきりブチ切れると思った大牧が笑い始めたので、つられて俺も笑ってしまう。水城に渡されたハンドタオルで警棒を拭き、携帯用サイズに戻した。

「事情を話してもらえますか、大牧さん」

汚水の被害を免れた患者用の椅子を示しつつ、こちらが言えば、「ああ、そうだな。そっちの話も聞かせてくれよ」とチンピラが腰を下ろす。俺も顔をタオルで拭きつつ、自分の椅子に座った。

「診察を終えたあとから、オヤジの様子はおかしかったんだ」と大牧は言う。「まるで新しい宗教にでもハマっちまったみたいに、『先生の言う通りだ』なんて、ブツブツ独りで言っててさ。こっちがなにを聞いても教えてくれねえし、何かに取り憑かれたみたいに怯えてた」

取り憑かれたと聞いて、俺は今夜のカウンセリングの様子を思い返す。

睡眠センターでの検査を終え、二度目の診察に訪れたヤクザの親分。やはり眠れていないのか、彼の顔は初診時よりも酷く窶れていた。

「今日はひとりですか？」

こちらが問い掛けると、「大牧か」と絹田は溜め息を落とした。「あいつは色々とうるせえもんで、今日は車で留守番させてます」

「まあ、本来、家族以外の付き添いは珍しいですし、それで良かったのかもしれませんね」

居心地悪そうに返せば、「すまないね、先生。気を使わせて」と親分は軽く頭を下げる。礼儀正しく、憔悴しきった男。親分を励まそうと、センターからの返事を手に、「特に悪いものは見つからなかったみたいですね」と、俺は彼に告げた。

頭部ＣＴの結果も含め、器質的な疾患を示すような数値は見当たらない。血圧なんかも、年齢にしては低く、睡眠パターンは典型的な中途覚醒型を示している。

結果を丁寧に説明してやれば、絹田は「そいつは良かった」と、笑みを浮かべた。ジャケットの懐からスマホを出して、その待ち受けをこちらに見せてくる。

浴衣姿の小さな男の子と花火をする絹田の写真。それを見て、「お孫さんですか？」と尋ねれば、「そうなんだ。可愛いだろ？」と、孫自慢が続いた。

写真を散々見せたあと、スマホを仕舞った親分が「馬鹿みてえな話だよな」と自嘲気味に笑う。

「切った張ったの世界だ、いつ死んだって構わない。そんな信条でここまでやってきたのに、孫が出来たぐらいで死ぬのが怖くなっちまった。センターであれこれ検査されてるときもさ、お守りなんか握りしめて、『頼むから助けてくれ』って、仏さんにすがる有り様だよ」

まるで、嵐は過ぎ去ったとでも言うような雰囲気に「絹田さん、まだ安心するには早いですよ」と俺は水を差す。

親分には悪いが、器質的な疾患が見つからなかったからと言って、まだ安心はできない。幻覚に幻聴、ブラックアウトに不眠と、不気味な材料は揃ったままなのだ。

精神障害を二十二のカテゴリーに分けて診断する、精神疾患統計マニュアル第五版、通称ＤＳＭ－５に準ずるチェックシートの結果が、俺の手元にはあった。これも睡眠センターで行われた検査のひとつだ。

その結論を示す最後のページには、〈統合失調症を含めた重篤な精神疾患の可能性〉と記されている。幻覚や幻聴を自覚出来ている分、症状は軽いと思われるが、いずれにせよ、素人に毛が生えた程度の元外科医の手に負えるような患者ではない、ということだ。

さて、どうやって精神科医のもとへ向かわせようか。

こちらが頭を悩ませていると、親分が「ついにね、見てしまったんですよ」と語りかけてくる。

「見たって、例の幽霊ですか？」

「ええ。やっぱり、子供でした」と、絹田は怯えた様子で頷いた。「顔に酷い傷を負った男の子が、じっとこっちを見つめてくるんです」

「その子供に見覚えは？」

「あるような気もするんですけど、分からない。ビビっちまって、すぐに顔を逸らしちまいましたから」

「元々、子供のオバケなんかに苦手意識はあったんですか？」

「いや、特に」

不毛なやり取りの最中に、机上の小動物と目が合う。

俺も最初は、いる筈もないチンチラの影に怯えていた。他の人間には見えないし、やたらとダンディな声で喋るし、なにより、重篤な精神疾患の予兆だったからだ。しかし、無視するのをやめて、話しかけたことで、随分と恐怖感はマシになった。

本来、精神科の治療では、幻覚に構ってはいけないとされている。それを分かった上で、「絹田さんに、何かを伝えたがっているのかもしれませんね」と、声に出してしまった。

「幽霊が、ですか？」

「以前からあった恐怖のイメージじゃないのなら、なにか理由があるような気がするんです。子供にまつわる記憶、もしくは絹田さんが幼少期に抱えたトラウマなど、なにか心当たりは？」

親分はなにも思いつかないのか、答えようとしない。代わりに、「もし、その子供の幽霊がなにか伝えたいことがあるのなら、耳を貸した方がいいと、そういうことですか？」と問い掛けてきた。

「ただ取り憑かれているよりは、なぜ取り憑かれているのか理由が知れた方が、安心できそうじゃないですか？」

そこで会話は止み、とりあえず、睡眠剤を始めることとして、絹田の診察は終わる。その視界の端で「言っとくけどな、相棒。オレは別に幽霊なんかじゃねえぞ」とテンが不貞腐れていた。

診察の様子をかいつまんで伝えると、大牧は「うーん」と唸った。

「オヤジが眠れなくて悩んでることは知ってたけど、まさかガキの霊に取り憑かれてたとはなあ」

呆れているというよりは、幽霊に取り憑かれて心配といった口調に、「いやいや、大牧さん。本当に取り憑かれてるわけじゃないですよ。そういう幻覚を見たっていうだけで」と俺が口を挟めば、「じゃあ、なんでそんな空想の産物と向き合うよう、アンタは指示したんだよ？」と訊かれてしまう。

「え？」

「自分にしか聞こえない声が聞こえても、相手しちゃいけねえって、昔、聞いたことがあるぞ。そのガキの霊がオヤジの見た幻覚なら、無視して薬でも飲んでた方が良かったんじゃないのか？」

思わぬ指摘に、「それもケースバイケースです」と、誤魔化した。「そんなことより、その後の絹田さんの行動を教えてください」

「その後って言われてもなあ」チンピラはガシガシと金髪頭を掻き、「ブツブツ言ってるオヤジを家まで送り届けたんだが、車を停めてる間に、屋敷から居なくなってたんだ」と続ける。

「じゃあ、帰宅後、すぐに失踪したってことですか？」

「そうなるな」と、大牧は顰めっ面で頷いた。「近所のコンビニにでも行ってるのかと思って、そのまま屋敷で一時間くらい待ってたけど、オヤジは帰ってこなかった。電話しても出ねえし、どんどん心配になってきて」

「で、うちに突っ込んできたと」

「あの様子だし、てっきり診察中に何かあったと思ったんだ。でも、ここにもいないとなると、本当、どこに行っちまったんだろうな」

嘆息するチンピラと、答えを持ち合わせていない主治医。そんな二人が黙って考え込んでいるところへ、「あの」と水城が声をかけてきた。

「なんだよ、ネエちゃん。オヤジの行き先に心当たりでもあんのか？」

「いや、そういうわけじゃないんですけど、組長さんはその幽霊の正体に気が付いて、対決しにいったんじゃないかなって」

「なんでそう思うんだ？」

俺が訊けば、「だって、先生が診察中に言ったことって、要するに『答えを握ってるのは幻覚なんだから、怖がってないで向き合え』ってことですよね？」と聞き返される。

「なら、組長さんは向き合いに行ったんじゃないですか、その男の子の幽霊と」

「いやいや、幽霊は絹田さんの幻覚なんだから、特定の場所に向かうのは変だろ」

「でも、先生の言ったように、幻覚の源が組長さんの記憶にあるのなら、きっと、それにまつわる現場があるはずですすよ」

一理あるな。そう思って「子供にまつわる事件の記憶、もしくは幼少期に抱えたトラウマか」と俺は呟く。そして、試しに「絹田さんの出身は？」と大牧に訊いてみた。

「たしか、富山だよ。それも、けっこう田舎の方だって言ってた」

「じゃあ、この時間から向かうわけはないですよね。電車だって動いてないだろうし」

水城の意見に「そうだね」と同意しつつ、「では、子供が関わっていた事件などに、心当たりはありませんか？」とチンピラに問い掛ける。「特に、絹田さんが罪悪感を抱えるキッカケとなるようなものがあれば」

「いや、急にそんなこと言われても」と唸る大牧。「たしかに、オレたちは世間の食み出し者だが、ああ見えて、オヤジは子供好きだし、思い当たる節なんてねえよ」

「じゃあ、キッカケは？」

水城がポリバケツを床に置いて、訊いてくる。

「だから、そんな話をオヤジから聞いたことはねえって」

「そうじゃなくて、不眠症のキッカケの方ですよ。組長さんは二ヶ月前から、幽霊の声を聞くようになったって言ってました。その時期に、なにかキッカケとなるようなことが起きたんじゃないかなって思って」

看護師は多少興奮気味に言い、「絶対、なにか見てるはずですよ。だって、大牧さんはずっと組長さんの傍にいたわけでしょう？」とチンピラに迫った。

「二ヶ月前か」

目を瞑り、記憶を探る大牧。俺たちは他の予約患者を待たせていることなど忘れて、チンピラがなにか思い出すのを待った。

特段、あの親分のことが心配というわけではない。しかし、自分のいい加減なアドバイスのせいで行方をくらませた、などと噂が立つのは避けたかった。そのためにも、このチンピラには、なにか手掛かりになるような記憶を思い出してもらわないと。

固唾(かたず)を飲んで見守っていると、「そういえば」と大牧が手を叩(たた)く。「オヤジは毎朝、朝刊を読むんだが、二ヶ月くらい前に、いきなり読んでた新聞を引き裂いたことがあったんだ」

「スクラップブックを作るためですね」

的外れな相槌を打った看護師に対し「んなわけねえだろ」と噛(か)み付くチンピラ。「新聞を開いて一分もしないうちに、縦に破ったんだよ、真っ二つにな」

「絹田さんは、普段から新聞を破くようなひとなんですか？」

「いや、あんなことしてんのは初めて見たな。オヤジは、リサイクルとか口うるせえから、読んだ後の新聞はちゃんと畳んで縛って、ゴミに出してたよ」

子供好きでエコフレンドリーなヤクザの組長か。ならもっと真面目な職に就けよ、と胸の裡でこぼしつつ、「それで、その新聞の内容は？」と俺は話を前に進めた。

「知らねえよ。オレは新聞なんて読まねえし、第一、ビリビリに破かれちまったからな」

溜め息まじりに言ったチンピラが「でも、オヤジがあんなに取り乱してるのは初めて見たよ。どうしたのか聞いても、『なんでもねえ』って言われるし」と続ける。

「じゃあ、せめて日付と新聞社の名前だけでも、思い出せないですか？」

水城は質問を飛ばしつつ、診察室に置いてある予約用のノートパソコンを開いた。

「詳しい日付なんて」大牧はそう言いかけて、「いや、待てよ？」と目を細める。「そういや、あの日は代わりにスポーツ新聞を買いに行かされたな。たしか、その見出しに『阪神が三連勝』って書いてあった気がする」

カチャカチャとキーボードを打つ音が続き、「となると、多分八月二十九日の朝刊ですね」とネット検索の結果を水城が告げてきた。

「オヤジがとってんのは、夕日（ゆうひ）新聞だ」

チンピラの情報提供を元に、再びキーボードを叩く看護師。

「これですね」パソコンの画面を指しながら、水城がこちらを振り返る。「って言っても、ネットで見れるのは一面記事だけみたいですけど」

「いやいや、充分だ。新聞を開いてすぐに破ったんだから、たぶんキッカケになったのは一面の記事だよ」

俺は彼女を労（ねぎら）いつつ、画面を覗き見る。八月二十九日の紙面を飾ったのは、ある火事のニュースだった。その記事を隣で見ていた大牧が「まさか、そういうことか」と呟き、勢いよく立ち上がる。

「ちょっと、どこへ行くんですか」

「決まってんだろ、オヤジを迎えにいくんだよ」

そう言い残し、診察室を出ていったチンピラ。こちらが呆気（あっけ）にとられていると、水城はナース服の上に薄手のカーディガンを羽織りつつ、「先生はどうします?」と問い掛けてくる。

「どうするって、予約の患者さんもいるしな」

迷う俺に「大丈夫ですよ。どうせ、みんな眠れないんだし、待っててくれますって」と、彼女が手を引いてきた。

「行きましょう、先生。幽霊に取り憑かれた組長の捜索なんて、二度と出来ない貴重な経験ですよ」

5

俺たちが慌てて外に出れば、大牧はまだ駐車場にいて、車のエンジンをかけたところだった。

今にも走り出さんとしている旧式のベンツへ駆け寄り、「我々も同行します」と窓をノックする。乗車に難色を示すチンピラへ、「応急処置が必要な状況かもしれないし」と、俺は診察室から持ち出したオレンジ色のバッグを掲げた。

これは有事に備えて狩宿が常備していたもので、表に〈救急セット〉と書かれている。

その文字を見て、観念したように大牧が「乗れ」とドアを解錠した。俺は助手席に、水城は後部座席へと乗り込む。

シートベルトを締める暇も与えず、唸りを上げて発車したベンツが、駐車場を飛び出していった。

「いったい、なにを思い出したんだ？」

身体を押し付けるGに抗いつつ問い掛ければ、「ああ？」とチンピラに凄まれる。

「さっきの会話で何か思い出したから、アンタは飛び出していったんだろ？」

アクセルを踏み込んだまま、「隣町のショッピングモールだ」と大牧は言う。

なぜ、とこちらが訊く前に「あっ、記事にあった火事の現場ですね」と後ろから水城の声が飛んできた。

そうか、例の八月二十九日の朝刊。その誌面を飾った火災の現場が、たしか隣町だった。

「まさか、あの火事と絹田さんに関わりが？」

放火でもしたんじゃないだろうなと、そんなニュアンスが滲み出てしまったんだろう。

「うちの本業は金貸しだ。モールなんて焼いても、何の得にもならねえよ」と大牧に鼻で笑われる。

「じゃあ、なんでその火災現場に？」

こちらが不思議そうに尋ねれば、「オヤジはあのモールの火事に関わっちゃいない。関わっちゃいないが、その住所で火事が起きたってのがな」と、チンピラは歯切れ悪く答えた。

「ちゃんと教えてくださいよ。治療に関わる情報かもしれないんだし」

深夜の空いた道を法廷速度は度外視で飛ばしつつ、「オヤジの背中にはな、でっけえ火傷の痕があるんだ」と、大牧は語りはじめる。

なんでも、この火傷の話は親分の十八番だそうだ。酒に酔うと、いつもその所以を語りはじめるらしい。

時はまだ絹田が組に入りたての、下っ端構成員だった頃まで戻る。当時から組は闇金を生業としており、彼はそこの徴収係、つまりは借金の取り立てを担当していた。

期日になっても金を返そうとしない顧客の家を訪れた絹田。妻と息子の三人で暮らしていた債務者に「金を返さねえんなら、家に火を点けるぞ」と彼は脅した。本当に放火などするつもりはなく、当時良く使っていた、ただの脅し文句だそうだ。

この常套句が効いて、顧客の男は命懸けの遠洋漁船に乗ることを決めた。入船時にまとめて支払われる給金を、借金の返済に当てるためだ。そうすれば、顧客にも生存のチャンスが与えられるし、家族にも手出ししないと絹田は約束した。

当時はこのやり方が組のスタンダードだったそうで、一見、非道にも思えるが、それが嫌なら最初から闇金で金など借りるなと、そういう理屈だそうだ。

「それで、マグロ漁船に乗せられた後で、その借金まみれの一家が火事になったんですか？」

堪えきれなくなった水城が尋ねたが、運転手のチンピラはゆっくりと頭を振る。

「客が漁船に乗る準備を済ませる間、オヤジは近くの喫茶店で時間を潰してたんだ。家族にとって、最後になるかもしれない時間だからな。別れを言う時間をくれてやったと、そういうわけだ」

「優しいんだな」

俺は皮肉のつもりで言ったが、「言っただろ、オヤジは子供好きだって」と、チンピラは満更でも無さそうな顔をしている。

「だが、家に戻ると煙が上がってた」

「え、本当に放火したんですか？」

驚いて聞き返す水城に「馬鹿なことを言うな。保険もかけてねえのに一家皆殺しにして、組に何の得があるんだよ」と大牧は呆れた。

保険金がかかっていれば、焼き殺すことも厭わない。そう言われたような気がして、無意識にシートベルトを掴んでしまう。

「一家心中を図ったんだよ。逃げ切れないと踏んだ父親が家に灯油を撒いて、火を放ったんだ」

大牧の言葉で車中が静まり返る。

　奇妙な話だ。家族ごと焼くぞと脅され、それが嫌だから父親自ら火を放っただなんて、意味が分からない。

　まともな思考が出来ないほど、追い詰められていたということだろうか。それとも、借金取りの言葉にヒントを得ただけか？

　いずれにせよ、幼い我が子ごと焼け死のうなんて、健常な人間が辿り着く結論じゃない。

「組長さんの背中に火傷の痕があるのは、その火事の中に入っていったってことですよね？」

　後部座席の水城に訊かれ、「ああ」とチンピラは首肯する。

「ガキの泣き声が聞こえて、オヤジは家の中に飛び込んだそうだ。火の海のなか、そのガキは泣きながら歌を唄ってたらしい。母親に『唄っていれば怖くないから』って言われてな」

　これにはさすがのチンピラも気分が悪かったようで、「チッ」と舌を鳴らしつつ、「救えねえ話だよ」と顔を顰めた。

「それで、どうなったんですか？」

「歌を頼りに火の中を進んでいったオヤジは、ついに三人を見つけた。でも、両親はすでに事切れてて、息があるのはガキひとりだったそうだ。それも顔に火傷を負って、気を失ってたから、オヤジはガキを担いで、家の外へ向かった」

「良かった」と水城が安堵の息を吐く。「子供だけでも助かったんですね」

「ああ、オヤジも『ヤクザ者の人生の中で、あれが唯一の善行だった』って言ってたよ」

心酔している大牧を見て、そもそもおまえらが追い詰めなければ、そこまで事態は悪化しなかったんじゃないのか、とは言わなかった。その代わりに「でも、なんだか違和感があるな」と呟く。

「今の話のどこに違和感なんてあんだよ？」

「事実はどうあれ、その話だと絹田さんは子供を助けたヒーローじゃないか。なのに、その子の幽霊に追いかけ回されるような幻覚を見ている」

この疑問にチンピラは答えを持ち合わせておらず、「そう言われると、なんか矛盾してんな」とハンドルを回した。

「じゃあ、幽霊とその助けた子供は、別人なんじゃないですか？」

水城に訊かれ、「その割には『顔に酷い傷があった』とか、幻覚と共通する部分がある」と俺は返す。

「それに、例の火事になったっていうモールは、オヤジがガキを救った場所の跡地に建てられたものだ。オヤジの昔話は、いつも『隣町にショッピングモールがあるだろ。あそこは昔、ボロい家が並んでいてな』ってところから始まるからな」

チンピラの補足によって、俺の猜疑心は高まった。やっぱり、絹田の過去には、なにかが隠されているような気がする。

見せかけの美談で覆い隠された、真っ暗な闇。そんなイメージを俺が頭へ浮かべたところで、「着いたぞ」とチンピラがブレーキを踏んだ。

閉ざされたゲートの向こうで、煤(すす)けた建物が闇を纏(まと)っていた。

6

二ヶ月前に焼け落ちたショッピングモール。その駐車場にぽつりと一台、車を停め、俺たちは建物の中へ向かった。

溶けたマネキンに黒焦げの商品、砕けたガラス。端に避(よ)けられたそれらの残骸(ざんがい)が、火災規模の大きさを物語っている。

「ちゃんとした防火設備のあるビルで、ここまで火が広まるもんなんですかね？」

辺りをキョロキョロと見回しながら、水城が言った。

「たしかに、ただのボヤ騒ぎってわけじゃないみたいだな」

瓦礫(がれき)を踏みつつ返せば、「静かにしろよ、誰かに見つかったらどうするつもりだ」と先導するチンピラに叱(しか)られる。

たしかに、と俺は口を噤(つぐ)む。行方不明の人間を探しているとは言え、俺たちがしていることは、立派な不法侵入だ。チンピラはさっき、ゲートに掛けられていたチェーンの南京錠をボルトクリッパーで切ってしまったし、建物のあちこちに貼られている〈立ち入り禁止〉のサインも無視して進んでいる。

警備員にでも見つかれば、言い訳なんて聞いて貰えないだろう。

「水城さん、会話は最小限にしておこう」

小声で提案すると、彼女はコクリと頷いた。

立ち話を終えたところで、「シッ」とチンピラが人差し指を立てる。「なんか、聞こえないか？」

言われて耳を澄ませれば、どこからか声のようなものが聞こえてきた。

「二階かな」

囁いてから、水城が天井を見上げる。すると、今度はガチャンッとなにかが割れるような音がした。

「どうやら、誰かが上にいるみたいだ」

俺は言ってから、二人の顔を交互に見る。覚悟を決めたように顎を引くチンピラとナース。

「よし、二階へ上がる階段を探そう」

そこから俺たちは、忍び足で行動を再開した。

ヤクザの親分がいま、どんな精神状態なのか分からないし、まだ上階にいるのが絹田と決まったわけでもない。相手が面白半分に忍び込んだヤンチャな若者とかなら、出来る限りエンカウントは避けたいところだ。

階段を見つけた大牧が「こっちだ」と、ついてくるよう顎をしゃくる。火の手を免れたのか、思いの外綺麗な階段を上がり、俺たちはショッピングモールの二階部分に到着した。

階段を上がる間も例の声は聞こえており、二階に近づくにつれ、より鮮明になっていく。

「やめろ」とか「出来ることはしたはずだ」と、言い訳のように叫びを上げる男。その声には聞き覚えがあった。

「勘弁してくれよ」

縋り付くような絹田大悟の声に、緊張感が高まる。

廊下を先行していた大牧が急に足を止め、こちらを振り向いた。

「見つけた。オヤジだ」

彼の前方左には曲がり角があり、どうやらその向こうに絹田の姿を確認したらしい。

「誰と話してるんですかね？」

尋ねつつ、水城が角を覗き込んだ。

「うわ、ひとりだ」

引き攣る顔で漏らした彼女に、「おそらく、幻覚と話してるんだろうな」と俺も覗き込んでみる。十メートルほど離れた辺りで、「どうしろって言うんだ！」と、一人の男が喚き散らしていた。

気になるのは、その体勢だ。絹田は両手で持ったなにかを、前方に構えている。

「まさか」と俺は呟き、チンピラの方を見た。「絹田さんが持ってるのってあれ、拳銃じゃないよな？」

問い掛けられた大牧が、「え？」と曲がり角の向こうに首を出す。戻ってきた彼の顔は、酷く歪んでいた。

「屋敷にあったトカレフだ。まさか、持ち出してたとは思わなかった」

言い訳のように言うチンピラを置き去りにして、俺たち二人は六歩ほど後退する。

「なんで、この平和な日本で、同じ月に二度も拳銃を目撃するんだよ」

嘆く俺の肩に手を置き、「この国の平和なんて、すべて幻想だったんですよ」と水城が言ってくる。「一枚皮をむけば、『銃刀法上等！』な人間がうじゃうじゃ潜んでるんです」

達観した様子で言う彼女に、腹が立つ。

「なに馬鹿なこと言ってんだよ。そんなわけないだろ」と肩の手を振り払い、「うちのクリニックに来る患者がおかしいだけだ」と俺は断言してやった。

「それもそっか」クスリと笑った水城が「なんだか、相当に追い詰められてますね、絹田さん」と話を元に戻す。

俺たちが距離を置いてからも、絹田の錯乱した声は聞こえていた。

許してくれ。どうしようもなかったんだ。俺が死ねば満足なのか。

そんな不穏な言葉ばかり聞こえてきて、こちらの不安を煽ってくる。そんな中、「あれはダメだ」と大牧が漏らした。

「どうした？」

「オヤジが、銃を自分の顳顬に当ててるんだ」

取り乱した様子で言ったチンピラが、次の瞬間、「オヤジ！」と角の向こうへ飛び出していく。

舎弟の叫びを打ち消すように轟く、銃声。

まさか、自分の頭を撃ち抜いたのか？

俺の困惑を否定するかのように、目の前のチンピラが膝から崩れ落ちた。大牧の白いシャツが、腹の辺りから真っ赤に染まっていく。

撃たれたのは親分ではなく、子分の方だった。

俺は呆気にとられて、声が出ない。銃口を向けられたことはあっても、人が撃たれたのを見るのはこれがはじめてだった。

大牧の呻き声の向こうから、「そこにいるのは誰だ！」と、錯乱した親分の声が聞こえてくる。

どうしよう？　逃げるか？　でも、大牧はまだ生きている。

モラルと生存本能が綱引きを始めたところで、隣にいた水城が前へ出ていこうとした。

おそらくは大牧を助けようとしたのだろうが、俺はその腕を摑んで彼女を引き止める。

「君は隠れてろ」

そう言われ、「でも、あんなに苦しんでいるのに、放っとけないですよ」と抗う水城。

「二人とも動けなくなったら終わりだ。ここは俺に任せて、君はどこかに身を隠せ」

困惑する彼女を「早くしろ！」と追い払ってから、俺は「絹田さん」と、角の向こうへ呼びかけた。

「なんだ、まだ誰かいるのか！」

叫び声を追いかけるように、パンッと銃声が鳴り響く。

二メートル程離れた場所で、横たわるチンピラ。その隣に、テンが立っていた。

「おい、相棒。そろそろ手当しないと危ないぞ」

「んなことは、おまえに言われなくても分かってるよ」

幻覚との会話に反応した絹田が「出てこい！」と、三発目の銃弾を放つ。モール内をチュンチュンッと銃弾が跳ねていった。

「錦ですっ、狩宿クリニックで、あなたを担当している医師の錦治人です！」

裏返る声で叫べば、「先生？」と困惑した問いかけが返ってくる。

「そうですよ、先生です。大牧さんにあなたが行方不明になったと聞いて、探しにきたんです」

「大牧だって？」親分は聞き返し、「まさか、そこに倒れてるのは」と息を荒らげた。

やっと、さきほど自分が撃った相手の正体に気付いたようだ。まだ絹田は曲がり角の向こうにいるので、その姿こそ見えないものの、「そんな、なんてことを」という声だけで彼方（あちら）の焦燥（しょうそう）は伝わってくる。

「大牧さんは、まだ生きてます。でも、早く治療しないと手遅れになる。銃を下ろして、一緒に病院へ行きましょう」

俺は角越しに提案するが、彼がこちらへ近づいてくるような気配はない。

「絹田さん？」

「すまないが、先生。俺はここを動けない」

「どうして？」

「コイツを、コイツから目を離すわけにはいかないんだ！」

言ってすぐに、本日四発目の銃声が轟いた。

コイツ、というのはおそらく幻覚のことだろう。絹田はいま、子供の幽霊に銃口を向けているのだ。

すべて幻だよ、と否定したい気持ちを飲み込み、「分かりました」と返す。今は人命救助が優先だ。

「大牧さんの応急処置のため、出ていきますから、撃たないでくださいね」

少し間を空けて、「俺が先生を傷つけるわけないだろ」と返ってくる。

じゃあ、目の前で苦しんでる舎弟は何なんだ。俺は胸の裡で吐露しつつ、後ろを振り返った。瓦礫の向こうで、マネキンの陰に隠れていた水城が心配そうにこちらを見ている。

彼女だけに伝わるよう手を振ってから、俺は腹を決めて角の向こうへ出ていった。

降参と伝わるよう、両手を挙げて姿を現した主治医に「本当に、先生だったんだな」と、絹田が安堵の声をかけてくる。

信じてなかったのか。呆れつつ、俺は苦しむ外傷患者のもとへゆっくり近づいていった。

腹を押さえ、血を垂れ流している大牧に「大丈夫ですか」と声をかければ、「んなわけねえだろ！」とキレられる。

「だよな」

苦笑しつつ顔を上げると、十メートルほど向こうで立っている絹田と目が合った。

「どうだ、先生。大牧は助かりそうか？」

心配そうに問い掛けてくるが、彼はまだ銃を握ったままだ。俺は「撃たないでくれよ」と呟いてから、患部の確認をするため、大牧のシャツのボタンを外していく。肌着を捲れば、右下腹部に銃創を見つけた。

黒い穴から、じくじくと血が漏れ出てくる。

身体を軽く浮かせて背中の方も確認してみたが、他に傷は見当たらなかった。撃ち込まれた銃弾の脱出口がない。つまり、銃弾は貫通しなかったということだ。

これはまずい。身体の中に銃弾が残っている限り、幾ら止血しようが敗血症のリスクが付きまとう。早急な、銃弾の摘出術が必要だ。

とは言え、目下の問題は出血であり、銃弾については担ぎ込まれる先の病院に任せればいい。大牧の着ているランニングの端で血を拭き取りつつ、俺は視診を済ませていった。

銃創の位置的に一番危ないのは腸類と右の腎臓だろうが、もし腎臓を弾丸が撃ち抜いていれば、こんな出血量で済むはずがない。少なくとも、主要な動脈や臓器は無事のようだ。

「まだ断言はできないけど、弾の当たり所は悪くない」

端的に説明し、「急いで病院へ向かえば、まだなんとかなるよ」と言ったところで、「病院はダメだ」と、患者が手首の辺りを摑んできた。

「は？」

「銃で撃たれて病院なんかに行けば、警察に通報されちまうだろ」

血と汗と灰に塗(まみ)れた真剣な顔で、チンピラがこちらを見つめてくる。

「応急処置だけでいい。この場でアンタが出来ることをやってくれ。じゃないと、オヤジが——」

そう言って、大牧は気絶した。

こんな死の間際でも、親分の心配か。呑気なものだ。

しかし、そんなことを言われたところで、要求に応えられるとは思えない。元外科医とはいえ、銃創の処置など初めてなのだ。何の画像診断情報も無しに、鉛玉の摘出手術を想像だけでやれと言っているのか？

「どうなんだ、先生？」

この状況を招いた本人に問い掛けられ、「どうやら、野戦治療をするはめになりそうです」と返した。

「手伝ってもらえると、ありがたいんですが」

こちらの提案に「すまねえ」と親分が銃を構えたまま、顔を背ける。手を貸すつもりはないと、そういうことか。

俺が深く溜め息を落としたところで、「介助なら、わたしが」と水城が飛び出してきた。

「誰だ！」

興奮する絹田を「水城さんですよっ、クリニックの看護師の！」となだめる。「一緒に捜索してくれてたんです」

銃を持った錯乱状態の男に説明しつつ、「なにやってんだよ。隠れてろって言っただろ」と、小声で水城を叱る。

「でも、さっき手伝いが必要だって」

「それは、絹田さんを武装解除するための方便だよ。君が騙されてどうする？」

「すみません」

意気消沈気味に顔を伏せる彼女へ「でもまあ、ひとりで外科処置をするよりはマシか」と励ましてやれば、すぐにその大きな瞳に光が戻った。絹田の方を見ても、こちらへ銃口を向ける様子はない。

さらに小さな声で「警察か救急車は呼んだ？」と俺は尋ねたが、「いいえ、状況がまだ分からなかったので」と彼女は頭を振る。

「助けは来ないってことか」

不潔な火災跡地に重傷の患者。錯乱状態のガンマンの前で、生まれて初めて施す処置。呆れた状況ではあるが、不思議と頭は冴え渡っていた。

肩に掛けていたオレンジ色のバッグを床に置き、中身を確認する。皮肉なものだ。この救急バッグは大牧に同行する言い訳として持ってきただけで、本当に使うことになるとは夢にも思っていなかった。

どうせ、ガーゼや消毒液、バンドエイドくらいしか入っていないのだろう。期待せずバッグの中を弄れば、驚くほどその内容は充実していた。これはいわゆるトラウマキットと呼ばれるもので、縫合セットや抗生剤、生理食塩水の点滴まであった。

なぜ、睡眠障害を治療する施設で、こんなものを常備していたんだ？

不思議に思いつつ、必要な道具を取り出していった。マスクをし、準備をしている間にも、じわじわと大牧は失血している。意識消失の原因が、出血性ショックだろうが、痛みによる迷走神経反射だろうが、一秒も時間を無駄には出来ない。

大量の生理食塩水で患部を洗い、最後に消毒用アルコールをぶっかけてから、「絹田さん」と俺は呼びかけた。

「なんだ？」

「その銃口を向けてる相手は、例の子供ですか？」

過度な刺激は避けるべきだが、ガンマンに見張られながらの野戦治療なんて、冗談じゃない。俺は外科治療の傍ら、絹田のカウンセリングも並行することにした。

「やっぱり、先生にも見えてるのか？」

少し安心したように言うヤクザの親分。霊感がどうのという言及を避け、俺は「ここへ来る途中、大牧さんに例の火事の話を聞かせてもらったんですよ」と返す。

患部の周りをドレーピングし、水城に開封してもらった滅菌済みの手袋を手に嵌める。

これで、俺は清潔なものしか触れなくなった。

「絹田さんが酔っぱらったときに、背中の火傷の所以を話してくれたって、彼は言ってました」

局所麻酔薬を注射器で吸い、傷の近くへ打ち込んでいく。出来れば全身麻酔でやりたいところだが、呼吸器も麻酔医もいないこの現場では、局所麻酔が関の山だ。

「それは、本当か？」

聞き返してくる親分に「若い頃、借金の取り立てで向かった家が火事になったと、そんな話でした。絹田さんがその家のお子さんを火の手から救い出したって、大牧さんは誇らしげに言ってましたよ」と返す。

患者の意識が途絶えているので、麻酔が効いたか確かめる方法はない。まあ、痛ければ目も覚めるだろうと、俺は水城に「メス」と指示する。開封されたメスを手に取り、銃創を中心として、傷を広げてやった。

チンピラは軽く呻いたぐらいで、起き上がりまではしない。どうやら麻酔は効いているようだ。溢れ出る血液をガーゼで拭きつつ、「でも、その話を聞かされたとき、俺は違和感を覚えたんです」と、錯乱状態の親分と会話を続けた。

「助け出したはずの子供が、なぜ幽霊に？」俺は問い、さらに「そして、なぜ恩人であるはずの絹田さんを苦しめるのかなって」と質問を重ねる。

親分はどちらの問いかけにも、答えようとしなかった。

十センチほど開いた傷口へ、水城に頼んでスマホの照明を当ててもらう。すると、視界の真中で、キラリと光を反射するものがあった。どうやら、銃弾は腹腔内までは到達しておらず、筋層にめり込んだ辺りで止まったようだ。

弾が腹膜を破って、腸などを引っ掛けていれば、処置は困難だっただろう。しかし、これくらいなら、何とかなる。破れた筋層から血はどばどば出ているものの、見た目よりダメージは少なそうだ。

銃弾を摘出すれば、出血量は一気に増えるだろう。少しでも体液を補わなければ。

水城に点滴の準備を進めさせつつ、「本当はあの日、なにがあったんですか？」と俺は親分に問い掛けた。

「俺がガキを助けたって、大牧はそう言ったんだろ？」

絹田の沈んだ声が、半ば廃墟と化したショッピングモールの廊下を揺らす。

「ええ、両親は手遅れだったけど、子供だけは顔に火傷ができたものの、なんとか助け出したって」

空気の抜けた点滴ラインが点滴針の根元に接続され、生理食塩水がチンピラの静脈へ供給されていく。これで、最低限の準備は整った。

「でも、真実は違うんですよね？」

開封された鉗子を受け取り、俺はへしゃげた銃弾の根元へその切っ先を沈めていく。かちりと音がした。銃弾をしっかりと把持できたことを確認しつつ、ゆっくり摘出を始める。

「ちゃんと向き合ってください、絹田さん。いくら銃を振りかざそうと、過去からは逃げられませんよ」

　弾に周りの筋肉組織が引っかかり、出血量が増えていく。まるで癒着でもしているようだが、まだ撃たれてそこまで時間も経っていないので、組織の癒着は起こりようがない。おそらく、放たれた銃弾の熱で周囲の組織と焼き付いたのだろう。

　予想以上の抵抗を手元に感じてはいたが、いまさら動きを止めることも出来ない。ブチブチと組織が千切れる嫌な感触を指先に感じつつ、俺は心を鬼にして弾丸を引き抜いた。

　摘出した弾丸を床へ落とし、ガーゼで圧迫止血を施すが、やはり出血が酷い。普段、筋層へメスを入れても、ここまで血が出ることはなかった。これが銃創か。

「酔って話したことは覚えてない」

　唐突に親分が口を開く。

「だが、確かに俺は、そういう話をよくした」

　ガーゼを外せば、筋層はズタズタだった。ウージング――毛細血管性出血――が止まる気配はない。電気メスがあれば、焼いて止血でも試みるところだが、残念ながら、そんな都合のいいものはこの廃墟に転がっていなかった。血管を縫合しようにも、出血源となる太い血管があるわけでもない。

　俺はさらに力を込め、患部をガーゼ越しに圧迫した。

「本当はな、救えなかったんだよ」

向こうでひとり語りを続ける絹田に、「え？」と聞き返す。

「返済から逃げようとした家族を脅し、父親にマグロ漁船へ乗る約束をさせた。でも、その時のガキの顔が哀れでな、俺は別れの時間ぐらい家族水入らずでって、その場を離れたんだ。珈琲片手に、煙草を三本。それくらいの時間だった」

こちらへ説明していたはずの親分の顔が正面を向き、「まさか、家に火を放つなんて思わなかったんだよ」と、徐々に言い訳のような雰囲気を纏いはじめる。

「なんで一家心中なんて、しちまったんだ。漁船に乗れば借金だって返せたんだし、少なくとも嫁さんやガキは助かったんだよ。なのに、なんで――」

泣き始めた絹田を後目に、「自分は男の子を救ったヒーローだって、組長さんは嘘をついてたってことですかね？」と水城が訊いてくる。

「火傷もあるんだし、助けようと火の中へ飛び込んだのは本当だろう。でも、救えなかったんじゃないかな」

咽び泣いていた親分が、カチャリと己の顳顬に銃を構えた。

「そうだよな。いくらおまえの親父さんを責めようと、俺の罪は変わらない。『家に火を点けるぞ』って脅したのは俺だし、友人の借金を肩代わりしただけだと知っていたのに、あそこまで追い込んだのも俺なんだ」

今にも引き金を引きそうな雰囲気に、「でも、絹田さんは助けようとしたんですよね」

と俺は慌てて声をかける。

「ああ、燃え盛るボロ屋の奥から、子守唄が聞こえてきたからな。母親と子供が、涙声で唄ってたんだ。あんなの聞かされちゃ、誰だってそうするよ」

「そんなことありませんよ。火の海へ飛び込んでいくなんて、少なくとも俺には無理です」

「小さい家だったんだ。二階もない、狭い平屋。なのに、火が邪魔で、なかなか奥まで行けなくて、その間にもどんどん歌は弱っていくんだよ。こっちがいくら呼びかけても応えようとしないし、そのうち子守唄は悲鳴に変わった。『熱いよ、助けてよ』ってな」

まさに地獄だなと、俺は唾を飲み込んだ。しかし、それにしても悪いのはその父親だと思う。借金の背景に同情はするが、家族を焼き殺した事実は変わらない。

「結局、誰ひとり助け出せず、三人の死に顔だけ確認した俺は、外に逃げて救急車で運ばれた。病院のベッドで目覚めてからしばらくは、あの子の顔が頭から離れなかったよ。頬に酷い火傷が出来ているのに、眠り続けるこの子の顔が、毎晩のように悪夢を見せた」

いま、彼の目にはその子の幽霊が見えているのだろう。諦めたような声のトーンに焦り、俺は「でも、もう何年も前の話でしょう?」と会話を引き延ばした。

「ああ、人間ってのは自分勝手な生き物だからな。あんなにショックだったはずの記憶を、俺は必死で忘れようとした。だが、ダメなんだ。俺の身体には、あの忌まわしい火事の証捌が焼き付いちまってるから」

「背中の火傷のことですか？」

銃口を顳顬に当てたまま、コクリと親分は頷く。

「この火傷のことを誰かに聞かれるたび、俺は悪夢にうなされるようになった」

絹田の言葉を聞いて、もしかして狩宿と知り合ったのはその頃だろうか、と思った。もしそうなら、引き継ぎ不足もいいところだ。その過去を事前に聞かされていれば、もっと対応も変えられたのに。

「そのうち、悪夢から逃げるように、俺は嘘をつくようになったんだ。息子に、部下に、愛人に、火傷のことを聞かれるたび、『ガキを火事から救った名誉の傷だ』なんて、うそぶくようになった。保身のためというより、心の防衛機制みたいなもんだろう」

自殺寸前の男にしては冷静な分析だな、と感心する。そして、その足下でオスのチンチラが「なあ、相棒」と呼びかけてきた。

いつの間にあんなところへ。呆れつつ、なんだよ、と睨みつける。すると、テンは絹田の前方に積まれた瓦礫の山を指しながら「この子、笑ってるぞ」と言ってくる。

この子、とは、絹田の見ている幻覚のことだろうか？

「たぶん、この子はオッサンを恨んでなんかねえよ」テンは言い、親分の顔を見上げた。

「でも、オッサンにはそのことが伝わってない。ちっとも顔を見ようとしないからな」

いったい、なにを言い始めたんだ、この獣は？　自分が幻覚だからといって、他人の見ている幻覚まで見えるなんてことはないだろう。

御伽噺（おとぎばなし）のような展開に首を捻りつつ、でも、と思う。もし、この小動物が言っていることが正しいのなら、それが現状打破のキッカケになるような気がした。

それに、他にこの状況を脱する道も見えない。俺は嫌々ながらも、テンを信じることに決めた。

あとは、この血が止まっていれば。願いを込めて圧迫を解除し、ガーゼを捲れば、ウージングはほとんど見られなくなっていた。この程度の出血なら、創部を縫うことで完全に止まるだろう。

俺は水城に指示を出し、傷付いた筋膜の縫合を始めた。

「自分でも、どっちの記憶が正しいのか分からなくなるくらい時間が経った頃、この子の霊が見えるようになった。でも認めたくなかった。過去と向き合いたくなくて、俺は先生のもとを訪ねたんだよ」

そこを、主治医に「過去と向き合え」と言われたせいで、こんな状況になったのか。自分の軽率なアドバイスを悔やみつつ、「いい加減、許してあげませんか」と、俺は声をかけた。

「許すだって？」

呆れたように聞き返してくる親分へ向かって、「もう、見てられないですよ」と俺は溜め息まじりに続ける。「あなたを責めてるのは、いったい誰なんですか？」

「それは、この子が──」

「あのね、幽霊なんてこの世に存在しないものに、罪をなすり付けないでください。それは、絹田さんの見ている幻覚です」

「幻覚？」

「ええ、罪悪感が見せている、ただの幻です。あなたを責めているのは他でもない、絹田さんご自身なんですよ」

パニック気味の絹田が、銃口を顳顬から外した。筋膜の縫合を終え、俺は糸を変えて表皮の処置へ移る。

「そもそも、あなたはその子を殺しましたか？」

問い掛けられたヤクザの親分は、「いや、直接は手をかけてない」と答えた。

「じゃあ、もうこりゃ無理だなって感じで、燃え盛る家の外から見殺しにしたんですか？」

「いや、助けに入った」

「そうですね。背中に大火傷まで負って、救出を試みました」

リズム良く持針器を回しながら、俺は「じゃあ、逆に訊きますけど、他になにが出来たんですか？」と絹田に問い掛ける。

無言が続き、その間に皮膚の縫合が終わる。俺は最後にもう一度、消毒用アルコールを浴びせてから、清潔なガーゼで創部を覆った。これで、抗生剤が効果を発揮すれば、少なくとも命の危険はないだろう。

俺は立ち上がってマスクを取り、「絹田さん」と親分に呼びかけた。「まだ、子供の幽霊は見えてますか？」

「ああ、ここにいるよ」

「じゃあ、その子の顔をよく見てみてください」

血塗れの手袋を外しながら、俺は患者のすぐ隣まで歩み寄った。彼の右手に握られていた拳銃を取り上げ、「恨めしそうにしてますか？」と尋ねる。

絹田が答える前に、足下でテンがブンブンと頭を振った。そして、それを肯定するかのように「いいや、笑ってるよ」と親分が言う。

「ずっと、火傷の痕が気になって直視できなかったが、こんなに優しい顔をしてたんだな」

そう言って、むせび泣く絹田の背中をさすると、指先に大きな凹凸を感じた。大牧の説明以上に酷い火傷の痕が、布一枚を隔てた向こうにあるのだろう。

「そろそろ、出ましょう。こんなところにいるのは、大牧さんの傷にもよくない」

「でも、コイツをここに置いていくわけには」

「心配しなくとも、過去の亡霊から逃げることなんて出来ませんよ。彼との対話は、ここじゃなくとも続けられます」

俺が言ったところで、「どうなった?」と大牧が目を覚ました。

「ほら、行きますよ」

意識を取り戻したチンピラの肩を水城と二人で支えつつ、俺たちは無人の廃墟から出ていく。その途中、「おめでとうございます」と水城が声をかけてきた。

「なんだよ、いきなり」

「だって先生、トラウマを克服できたじゃないですか」

言われて数秒、なんのことか分からなかった。こちらが惚けた顔をしていると、「久しぶりのオペが成功して、よかったですね」と彼女は笑みを浮かべる。

そこまで言われて、やっと相手の意図が通じた。そういえば、俺はメスの握れない外科医だったな。

「そうか、俺はオペをしてたのか」

ちょうど、建物から出たところで噛み締めるように呟く。夜空には綺麗な満月が浮かんでいた。

もう術場に立つことはない。そう諦めていたはずの未来がゆっくりと動き始める。嬉しいような、怖いような期待が胸を満たし始めたところで、何かが聞こえて俺は足を止めた。

「どうしました？」

水城に訊かれ、「なんか聞こえないか？」と耳を澄ましてみる。すると、廃墟の方から唄のようなものが微(かす)かに聞こえてきた。

「ほら、この鼻歌みたいなやつ。まだ誰か、ビルに残ってるのかな」

俺が言うと、「なにも聞こえませんよ」と、水城は不思議そうに後ろを振り返る。どうやら、彼女には聞こえないようだ。

二つの声が重なる、物悲しい調べ。そんな幻聴をしっかりと鼓膜で捉(とら)えながら、俺は「ごめん、気のせいだ」と笑って誤魔化した。

ねんねこ、しゃっしゃりませ
寝た子の可愛さ、起きてなく子のつら憎さ
ねんころろん、ねんころろん

真夜中の駐車場を渡るあいだも、ずっと聞こえてくる子守唄。燃え盛る火の中、どんな気持ちで母は我が子にこの歌を唄ったのだろうか。

第六章　メスの握れない外科医

1

「なるほど、過去の亡霊か」

院内の喫茶店でしみじみと言って、狩宿はカフェオレを啜る。

どうやら腰のリハビリは順調なようで、こうやって座っていても、腰を痛がるような素振りは見せない。彼の復帰は秒読み段階、つまりは俺の奇妙な臨時医生活も、そろそろ終わりを迎えるということだ。

「それにしても、錦くんは厄介ごとばかりに巻き込まれるね。呪いでも掛けられてるんじゃないの？」

同情半分、冷やかし半分といった様子で笑う院長に、「冗談じゃないですよ」と俺は眉根を寄せた。

「呪われてるのは、あのクリニックの方です」

きっぱりと断言してから、「それに、例の火事の話を院長が事前にしてくれていたら、あそこまで酷い状況にはならなかった」と恨みをこめて、雇い主へ視線を飛ばす。

「おいおい、まさか、僕が知ってて君を泳がせたとでも言うのかい？」

「違うんですか？」

「そんな意地悪なことはしないって」狩宿は苦笑し、「僕が診ていたのは奥さんの方で、絹田さん本人を診察したことなんてないんだ。火事のことは、これが初耳だよ」と続けた。

狩宿クリニックを開業する前、鬱病に悩む彼の妻を治療していたことで、絹田と縁が出来たと院長は言う。それもう、十年以上前の話で、まさかそんな十字架を親分が背負っていたとは、と言い訳は続いた。

「いいですよ、もう終わった話なんですし」

「それで、絹田さんの経過はどうなんだい？」

「歪ながらも過去と向き合えたおかげで、あれ以来、錯乱することはなくなったようです。不眠症も随分マシになって、今度、あの火事の犠牲となった家族の墓参りに行くって言ってました」

押し付けた患者の近況を聞いて、「それはよかった」と院長は笑みを浮かべた。

「いやはや、過去の亡霊っていうのは怖いもんだね。罪悪感を誤魔化そうと己の記憶を改竄までして、何十年も直視を避けたのに、それでも逃げ切れないんだから」

狩宿の言葉が重く伸し掛かる。俺が「ちゃんと向き合わない限り、ずっとこのままだ」と呟けば、「どうしたの？」と心配そうに問い掛けられた。

「俺も逃げ続けているんです。一年前の、あの夜から」

「それって、例の事故の話かい？」

「ええ、『事故』とか『不運』とか、色々と言葉を変えて誤魔化してきましたが、そうやって逃げているとああなるって有り様を、絹田さんに見せつけられましたからね。そろそろ俺も、向き合わないと」

説明口調の覚悟。それを聞かされ、「錦くんの事故については軽く耳にしたけど、あれって君の落ち度なのかな」と、狩宿が首を捻った。

そこで俺のスマホが鳴る。マナーモードにしていたつもりだったので、慌ててポケットから取り出せば、〈渡部兜〉と画面に表示されていた。

手元を覗き込んできた院長が「ああ、渡部先生のお兄ちゃんか。たしか、捜査一課の刑事さんなんだよね？」と訊いてくる。

「ええ、自分ひとりじゃ向き合えそうもないので、彼に応援を頼んだんです。どうやら、あっちも手伝ってほしいことがあるようなので」

口早に説明し、スマホを片手に席を立つ。

電話に出てすぐ、「どうですか？　調べられそうですか？」と問い掛ければ、「ああ」と短い返事が返ってきた。

「じゃあ、お願いします」

「交換条件だってことを忘れるなよ」

釘を刺した刑事が、「明日の昼に、前の店で」とだけ言い、電話を切る。その口調から、乗り気じゃないことがひしひしと伝わってきたが、それでもこちらの提案に乗ってくれるようで、安心した。

渡部兜は、刑事のコネを使って俺が死なせた患者について調べてくれる。そして、俺は連続殺人鬼、メカクシの捜査に協力。それが、こちらの提案した交換条件だ。

俺は院長に別れを告げ、病院をあとにした。

今日はクリニックの定休日で、他に予定もない。家でどうやって暇をつぶそうかと考えていたところ、珍しく睡気に襲われた。帰宅までこの睡魔が持続するのであれば、久しぶりにグッスリと眠れるかもしれないな。

そんな期待を胸に、俺は自宅マンションに到着した。

着替えもそこそこに、ベッドへ潜り込む。久しぶりに満たされる睡眠欲。しかし、眠る間際に考えていたことが悪かった。

意識を手放すと同時に、開演される悪夢のロードショー。俺はまた、この悪夢を見る羽目になるのか。

2

五年目の外科医にとって、皮膚の縫合など、単なる雑用に過ぎなかった。

腹腔鏡手術であろうが開腹手術であろうが、消化器外科医として腕の見せ所は腹腔内の処置にある。開腹、病巣の切除、止血、癒着防止。これらの処置を終えれば、オペは99%終了したも同然だ。

最後の縫合なんて、ただの雑用。料理人でいうところの皿洗いみたいなもので、俺はその時間が億劫でしかたがなかった。後輩がオペに参加していれば、彼らに任せてさっさと術場をあとにすることも少なくない。

腹膜を閉じたところで、もう俺の仕事は終わっているのだ。そう思うと、いくら綺麗な傷跡を患者が望んでいると知っていても、身が入らなかった。

なので、深夜の二時過ぎに叩き起こされた理由が、「前腕部の切創」だと知ったとき、俺は思わず溜息を漏らした。しかも、ウォークイン――患者が事前連絡なく、救急外来へ受診すること――だというのだから、呆れる。

「こっちが緊急オペの最中なら、いったいどうするつもりだったんだ?」

俺は不満をこぼしつつ、救急外来の診察室に到着した。

患者は若い男性で、左腕が血で真っ赤に染まっている。もうずいぶんと血を流した後なのか、顔色も悪い。

サラッと問診票へ目を通してから、看護師に点滴と採血の指示を出し、傷周りの洗浄を始める。生理食塩水が傷に染みたのか、男は悲鳴を上げた。

こびり付いた血の下から現れたのは、左前腕部を斜めに走る、十五センチほどの切創。切り口は鋭利だが、筋層に至るほど傷は深くない。カッターナイフ、もしくは包丁で刻まれた傷だろう。問診票を確認すれば、〈料理中の事故〉と書かれていた。

なにが〈料理中の事故〉だ。指先ならともかく、腕のこんな肘に近い位置を切る馬鹿がどこにいる?

とは言え、この男を問い詰めたところで真実を語るとは思えなかった。救急車を呼ばなかったのも、おそらくはことを公にしたくないからで、そんな厄介な事情に深入りなどしたくはない。

「これは縫合が必要ですね。準備するんで、その間に同意書へサインをお願いできますか」

「はい」

さっさと縫って、追い出してしまおう。雑用は早めに終わらせるに限る。俺は採血結果を待たずに、縫合の準備を進めた。

抗生剤の投与開始、傷周りのイソジン消毒、ドレーピング、清潔手袋の着用、縫合セットの開封。流れるように準備を進め、「チクッとしますよ」と言うやいなや、局所麻酔の針を刺した。返事を待つ間も惜しい。

もう一度、しっかりと傷の洗浄をしてから、俺は持針器を構えた。モノフィラメントの吸収糸が照明を反射し、紫に光る。表皮の縫合、とくに救急診療の現場で使われるのは、抜糸の必要な非吸収糸がほとんどで、そうした方が炎症は少なく、コストも安く済む。なにより、縫うのが楽だ。

しかし、俺はあえて手間のかかる埋没縫合で、真皮をきっちり閉じていった。こっちのほうが傷は綺麗になる。単なる雑用仕事とはいえ、病院からは当直医として安くないバイト料を頂いているのだ。手を抜くわけにはいかない。

ササッと持針器を振るっているうちに、看護師が声をかけてきた。さきほどオーダーした採血の結果が出たようだ。

手は止めず、気になる数値だけをナースに読み上げさせる。思った通り、ある程度の貧血は見られたが、輸血するほどじゃない。

縫合が終わると、傷の表層をしっかりテーピングし、処置は一段落する。

血の付いた手袋を外しつつ、俺は看護師の方を見た。

「オーダーは出しとくから、点滴が終わったらラインそのままで採血。その結果が出たらコールしてください」

患者の方を一瞥し、会釈してから診察室を出る。多少、無愛想だったかもしれないが、変な四方山話を始められるよりはマシだ。

それに、俺の頭は、明日のオペのことでいっぱいだった。

明日、常勤先である大学病院では、かなり大掛かりな手術が予定されている。食道癌患者に対する、頸部食道切除術と遊離空腸移植術。平たく言えば、患者から小腸の一部を取り出し、切除した食道の代わりに移植するという、大手術だ。

他科の医師も出入りするような現場で、情けない姿は見せられない。なので、今夜くらいはしっかりと休息を取りたかったのだが、その願いは叶えられそうにないな。

病院の廊下で、俺は大きな溜め息を落とした。

基本給が安く、こうやって関連病院で当直バイトをこなさないと、食っていけない。それが大学医局に属する医師の定めだ。教授でさえも、この呪縛からは逃れられない。

皮肉なものだ。厄介な症例、慎重を要する手術。そんな患者を担当する大学病院は安月給が当たり前なのに、地方病院の勤務医や開業医は、比べ物にならないほどの高給取りだと言うのだから、まったく労力と賃金が釣り合っていない。

大学病院でしか得られない経験値と指導体制。これがなければ、俺だってとっくの昔に辞めている。

現状への不満、明日のオペに対する胸の昂り。そんなものを抱えながら眠れるわけがないと思っていたが、疲れが溜まっていたのか、ベッドへ寝そべった瞬間に微睡み始めた。出来れば、明日のシミュレーションをもっとやっておきたかったのに。まあ、寝坊するよりはマシか。

あっさりと睡魔に負けた言い訳が、暗い瞼の裏に吸い込まれていく。

静かで深い、真っ暗な海に沈んでいくような感覚。そんな心地の良い闇が、突如鳴り響いたけたたましい電子音によって、切り裂かれる。

目覚まし用のアラームか。そう思って、枕元のスマホを弄くるが、電子音はいっこうに鳴り止まない。

それもそのはずで、鳴っていたのは当直医用のＰＨＳだった。そういえば、採血結果が出たら教えるようにと、ナースに指示していたな。

俺は重い身体を起こし、「はい」と電話に出た。

その瞬間、受話器から女性の悲鳴じみた声が聞こえてくる。相手はさっきの、救急外来の看護師だ。

「ちょっと、落ち着いて」

「いいから先生っ、早く来てください！」

一方的に捲し立てられ、電話が切れる。

ベッドに座ったまま、どんどんと自分の鼓動が大きく、速くなっていくのを感じた。なにが起こったか、ナースは明言していない。しかし、あのパニックに塗れた声を聞いただけで、それが緊急事態だと伝わってきた。

あの患者に、なにかあったのか？

頭上へ浮かぶ巨大な暗雲に押し潰されそうになりながら、俺は当直室を飛び出していった。

3

ランチ客でごった返す店の奥、衝立により半個室となっている席で待っていると、渡部兜が現れた。約束の時間から、もう十五分ほど過ぎている。

「悪いな、待たせたか」

表面上の気遣いを見せた刑事に、「いいえ」と俺は嘘をつく。もうかれこれ、三十分以上はこの椅子に座っていた。

上着を脱いでホット珈琲を頼んだ渡部が、「さて」と対面の席に腰を下ろす。「例の交換条件を進める前に、いくつか聞いておきたいことがある」

「なんでしょう？」

「なぜ、この件を調べている？」

訊くと同時に、渡部の鞄から三、四センチほどの厚さの書類が出てくる。その表紙には俺が一年前に死なせた患者、神田優輝の名前が記されていた。

「報告書によれば、アンタはこの事件の関係者。その場にいたはずだ。なのに、なんで一年も経った今、たいして知りもしない刑事に頼ってまで、調べ始めたんだ？」

直球で疑問を投げかけてくる刑事から、俺は目を逸らす。

「多少の過失はあったのかもしれないが、無罪放免で済まされたんだ。なのに、なんで寝た子を起こすような真似をする？」

終わらない尋問に、「彼の死因は読みましたか？」と俺は質問で返した。

「ああ」書類を手にとり、そのページを捲りながら「たしか、アナフィラキシーショックで死んだと書いてあったな」と刑事は言う。

「遅効性のアレルギー反応。その原因は、傷口に入っていたアレルゲンでした」俺は氷の溶けたアイスレモンティーを口に含み、「散々洗浄したはずなのに、傷口に埋まっていたピーナッツの粉末を取りきれていなかったせいで、その青年は死んだんです」と続けた。

「もっと丁寧にやっておけばよかったって、後悔してるわけか。でも、後の調査で過失がなかったと認められたわけだろ？」

「ええ。外傷と、傷に入り込んだ雑菌が起こした炎症反応のせいで、アレルギーの症状がマスクされていた。しかも急性反応じゃなく、遅効性なのも珍しかったので、『誤診もやむなし』と、そんな感じで」

「じゃあ、なんで今さら？」

俺は刑事から視線を離し、テーブルの上でシュガーポットの隣に寝そべるオスのチンチラへ目を向けた。そう、俺があの悪夢の夜と向き合おうと思ったキッカケには、このテンの存在も含まれている。

ずっと、疑問だった。幻覚を見るまで追い込まれたのだとして、なぜ、コイツが現れたのだ？

その理由に、絹田の亡霊の正体を知ったことで俺は気が付いた。

ヤクザの親分が記憶の奥底へと閉じ込めた、長年の罪悪感。あの子供の霊は、それを解放するために生まれた幻覚なのだと思う。少年の顔が直視できず、その微笑(ほほえ)みに気付けなかった絹田は錯乱してしまったが、結果的にはもう自分を許してやろうと思うことが出来た。

このチンチラもそうなんじゃないか？

そう考えた俺はテンについての記憶を辿(たど)ったが、思い当たる節はない。なので、妹に電話して聞いてみたのだ。

昔、飼ってたチンチラのことって覚えてるか。

そんな兄の問いかけに、奈癒は「ああ、テンのことね」と付き合ってくれた。懐かしそうに彼女が語る幼少期のエピソードを聞き流しつつ、「俺が庭へ逃がそうとして、鷹に捕まったんだよな」とこちらが言えば、「なに言ってるの？」と聞き返される。

哀れに思った妹のペットを庭に逃がしたが、鳥に捕まった挙げ句、上空から落とされて死んだ。そう記憶していたはずが、妹の記憶とはけっこうな齟齬があった。

まず、庭に放したのは奈癒で、俺はそれを止めようとしたらしい。しかし、幼い妹は兄の忠告など聞こうとしなかった。

外を散歩させる、と家を飛び出した奈癒。その手を離れ、庭を走り回ったテン。俺は二階の窓から、その様子を眺めていた。すると、目の前を急降下していった鷹が、その鋭い爪でチンチラを捕まえる。テンは暴れ、奈癒の目の前に落ちた。

ほら見たことか。そう思いつつ、庭に出ればわんわんと泣く妹がいて、「ごめんなさい、ごめんなさい」と、テンの亡骸に謝っていた。

鷹の存在は予想外だったとはいえ、先が読めていた年長者の俺は、泣きじゃくる妹を前に、罪悪感でいっぱいになった。もっと本気で止めれば良かったな、と。

その想いを肯定するかの如く、帰宅した両親に散々怒られたのは、兄である俺だけだった。

「お兄ちゃんが付いていて、なんでこんなことになったの」

「おまえが止めなかったせいで、奈癒は泣いてるんだぞ」

慰めのアイスクリームを舐める妹。叱られ、部屋で泣きながら鷹の生態について図鑑で調べる兄。

それこそが、錦兄妹の夏の思い出だった。

あまりの罪悪感で、記憶をねじ曲げていたことに気が付き、俺は妹との電話を切る。

たしかに、幼い妹を野放しにしたのは良くなかったが、俺だって、当時はまだ小学校低学年の子供だった。いま思えば、親の怒りはけっこう理不尽なものだったと思う。

真実が分かると、テンの幻覚に意味があるような気がした。俺の責任のように思えて、俺のせいじゃない。そんなことを伝えるために、具現化したのではないか。

そこで、俺は一年前の悪夢と向き合うことを決めた。あの事故も、俺の責任じゃないかもしれないと、希望を胸に。

回想に耽っていると、「なあ、どうなんだ？」と刑事が責付いてくる。

不眠症に伴って見え始めたチンチラの幻覚が、などと言うわけにもいかず、俺はなにを言うか決めてから顔を上げた。

「ずっと、自分の凡ミスのせいで患者を殺してしまったと、そう思ってきました」

「しかし、そうではないと？」

「ええ。病院で事情聴取を受けていたときは、心が麻痺してたせいで、その因果関係にまでは頭が回ってなかったけど、やっぱり奇妙だと思うんです。神田さんの問診票にはアレルギーの欄に『ナッツ類』と書かれていましたから」

「それがどうした。現にピーナッツアレルギーで死んだんだから、なにも不思議じゃないだろ?」

「でも、来院のキッカケとなった腕の切創は『料理中の事故』だったんですよ。ナッツアレルギーだって自覚してるひとが、ピーナッツを刻んだ包丁で、自分を切りつけてしまった。もしそれが本当なら、担当した医師に伝えるはずでしょう?」

　こちらが問い返せば、刑事は「ほう」と腕を組む。「そもそも、そんな奴がナッツ類の料理に挑戦した時点で異常だしな」

「ですよね、俺もそう思います」食い入るように頷き、「どうも辻褄が合わない。なにか、裏があるような気がして」と続けた。

「しかし、調査をしているときは、誰も疑問に思わなかったのか?」

「病院としては、裁判沙汰を避けるのに必死だったんでしょうね。神田さんには家族もいなかったようなので、結局、病院の責任を問う人たちは現れませんでしたけど」

「なるほど、騒ぎ立てる人間がいなかったんだな」と、渡部が運ばれてきた珈琲を啜り、俺も間を埋めようとレモンティーに手を伸ばす。

これで、こちらの熱意は伝わったはずだ。テンのことまでは話さなかったが、このままでいいと思う。幻覚など見ていると知られたら、いくら神田の死が怪しくても話なんて聞いてもらえなかっただろうから。

「分かった。じゃあ、この件については、もうちょっと調べてみる」

テーブルに置かれた報告書を鞄に仕舞いつつ、渡部は言った。そして、また別の書類を出してくる。

「次は、こっちの番だ」

「ってことは、それは」

「ああ、メカクシ事件の捜査資料だ」

電話で交換条件と言われていたので、この展開にも驚きはしないが、やはり疑問には思う。本当に、俺の意見など参考になるのだろうか？

「アンタは以前、『メカクシの正体は不眠症患者かもしれない』と言ったな？」

「ええ、そう思う事情があったので」

「じゃあ早速、その根拠を話してもらおうか」

前のめりになった刑事に気圧（けお）され、軽くのけぞる。しかし、約束は約束だ。俺は自分なりの推理を包み隠さず話した。

4

山のように積まれたカルテを前に、「それで？」と水城が訊いてくる。

俺はノートパソコンに向かいながら、「それでって、なんだよ」と聞き返した。開いたカルテに〈ハルシオン〉の名を見つけ、作成していたリストにその患者名を追加する。

「素人の推理を聞かせただけで、刑事さんは満足したんですか？」

「いや、『なんだ、その程度か』って感じで、テンション下げてたな。たぶん、もっと連続殺人事件の核心に迫るような情報を持ってると思われていたんだろう」

こちらが言えば、「そりゃそうですよ」と彼女は溜め息を落とした。「あっちは、担当もしていない事件を調べてくれてるっていうのに、先生のは『被害者にアイマスクさせて、目を縫い合わせてるんだし、おそらく不眠症患者なんじゃないの？』程度の、ただの予測。それじゃ、交換条件の天秤が釣り合ってません」

たしかに、水城の言う通りだ。だからこそ、その埋め合わせにこうやってカルテを引っくり返しているわけだが、それさえも「被害者はみな、殺される前に同じ睡眠剤を飲まされていた」という渡部兜からの情報を後追いしているだけ。

俺だって、とてもじゃないが、あの交換条件が釣り合っているとは思っていない。

「それに、ハルシオンを処方されてる患者なんて、うち以外にも山ほどいるんですから、こんなの無意味ですよ」

またも、痛い所を突いてくる。

ハルシオンとは、トリアゾラムを主成分としたベンゾジアゼピン系の睡眠薬で、作用時間が短いことで知られている。つまりは、即効性の眠剤というわけだが、その歴史は古く、愛用している患者も珍しくない。

「でも、一昔前と比べれば、大分と少なくなった方だよ。ベンゾジアゼピン系は効きが良過ぎて危ないから、オレキシン系やトラゾドンを試してからっていうのが、最近の主流だし」

「それは、うちが専門施設だからですよ。不眠症を専門としていない他の病院じゃ、デパスとかハルシオンとか、切れ味の鋭いベンゾジアゼピン系が今でも主流です」

つまりは、対象者が多過ぎて絞りきれるわけがない、と彼女は言っているのだ。

「でもさ、あっちはここまでやってくれてるんだ」と、俺は水城にデスクの上に置いていたファイルを渡す。

「なんですか、これ」

「神田優輝の検死結果、そのコピーだよ」

「よくこんなもの、持ち出してくれましたね」と言いながら、水城はファイルのページを捲った。「あっちは、協力してくれる気満々というわけですか」

「そうなんだよ。なのに、こっちは俺のショボい推理だけって、申し訳なさ過ぎてさ。せめて、うちのクリニックでハルシオンを処方されてる患者だけでもリストアップしとこうと思って」

「でも、それを刑事さんに渡すのは、立派な倫理違反ですよ？」

「分かってるよ」俺はぶっきらぼうに言い返す。「分かってるけど、なにかしないと、気が治まらないんだ」

それ以上、水城はなにも言い返してこなかった。黙って、司法解剖の報告書へ目を通している。俺はそれを横目に、リストの作成を続けた。

しばらく無言だった診察室で、「ピーナッツオイルですか」と、唐突に彼女の声が響く。

「ああ、創部のスワブから、そのオイルの成分が見つかったそうだ」

そう、ピーナッツオイルこそが神田を殺した凶器だった。包丁にナッツの破片が付着していたわけじゃない。おそらくは料理に使った際に、包丁へ付着したのだろうというのが、検視官の推測だった。

「でも、先生は傷の洗浄を徹底的にやる方ですよね？」

看護師に尋ねられ、「そうかな」と首を傾げる。「普通だと思うけど」

「いや、あの大牧さんが撃たれたときの治療で、そう思った覚えがあるんですよ。限られた量しかない生食の点滴を、洗浄だけでこんなに使っちゃうんだって」

「いくら抗生剤を使うといっても、菌血症は怖いからな」

外傷部の洗浄は思った倍はやれ、というのが研修医の頃に教えられた掟だった。そうしておかないと、あとで痛い目を見る。ローテーションを担当した救急医に教えられた教訓だが、外科医となってからも守っていた。

「この神田っていうひとが病院に来たときも、洗浄は過剰なくらいやったんじゃないですか？」

「過剰かどうかは分からないけど、まあ、二リットルくらいは生食を使ったかな。あと、イソジン滅菌も」

「やっぱり変ですよ。そこまでやって、たとえオイルが残っていたとしても、そんなの微量でしょ？」

「ナッツ類のアレルギー反応は強烈だから、たとえアレルゲンが微量であっても、関係ないよ」

「その割には、来院してから一時間以上も症状はなかった。そんなことあります？」

遅効性で発症した、急性アレルギー反応。たしかに、矛盾だらけの言葉だ。しかし、症例数は少ないものの、発症例が何件か報告されているようなので、検視官も病院の審議会も、「運が悪かったね」と、俺を許してくれたのだ。

「じゃあ、水城さんはなにが起こったと思うんだ？　治療後の点滴中に、患者が中華料理の出前でも頼んで、自らピーナッツオイルを傷口に塗り込んだとでも？」

俺が問い掛けたところで、卓上のスマホがブルブルと震え始めた。渡部兜からの着信だ。出ると、「いま暇か？」といきなり訊かれる。

机上へ広げたカルテの山を一瞥し、「暇と言われるとアレですけど、まあ、動けます」と返せば、「じゃあ、すぐにこっちへ来てくれ」と刑事は言った。

「こっちってどこですか」

告げられた病院の名前に「え？」と聞き返すが、「わかったな。早く来いよ」と、招集の理由も告げず、電話が切られる。

なにか、進展があったのだろうか。俺が呆気にとられていると、会話を盗み聞きしていたであろう水城に「ほら、早く準備して」と急かされた。

「水城さんも来るつもり？」

「当たり前じゃないですか。こんな面白そうな展開、探偵助手として見逃せません」

生き生きとした様子で言い、水城は着替えるために診察室を出ていった。

「いつの間に俺は探偵になったんだ？」

ひとりぼやいて、立ち上がる。その傍らで、カルテの山に囲まれたチンチラが「そろそろ、クライマックスだな」と渋い声で呟いた。

5

狩宿の入院先であり、俺の悪夢の舞台でもある安藤記念病院。その玄関口で、捜査一課の刑事が待ち構えていた。

タクシーを降りて、駆け寄った俺たちに「そのひとは？」と渡部が訊いてくる。

「彼女は、クリニックの同僚です」

探偵助手だと紹介しなかったのが不満なのか、彼女は少し頰(ほお)を膨らませて、「水城です。いつも先生がお世話になっています」と会釈した。

「まあいい。ちょっとこっちに来てくれ」

てっきり建物内へ入るものと思っていた刑事が、駐車場に向かって歩きはじめる。

「妹に会いにきたついでに、病院の事務員と世間話をしていてな」

その世間話の相手が、「ずっと駐車違反をしている車が駐車場にあって」と、渡部に相談を持ちかけたそうだ。彼が刑事だと知って、「もう一年近く停(と)めっぱなしなもんで、困ってるんですよ。警察に言えば、レッカーとかしてもらえるんですかね？」と訊かれた渡部は、一年前っていえば、と神田優輝の事件を思い出した。

「それが、この車だ」

窓にスモークのかかった軽自動車の前で足を止め、刑事は続ける。「もう鍵は開けてある。ドアを開けて、中を覗いてみろ」

奇妙な展開に俺が二の足を踏んでいると、「どうやって鍵を開けたんですか？」と水城が尋ねた。

「神田優輝に、遺体を引き取りにくる親族はいなかった。埋葬は市が行ったが、その遺品はまだこの病院に預けられていたんだ」

刑事は言い、「その中に、これがあった」と、ビニール袋をポケットから取り出す。中には三つほど鍵の付いたキーチェーンが入っていた。そのひとつが、この車のキーらしい。

「じゃあ、これは神田さんの車ってこと？」

震える声で問い掛ければ、刑事がグッと顎を引く。渡部からハンカチを一枚手渡され、指紋をつけないよう、それを挟んで銀色のドアノブを引いた。モワッと車内の生温い空気が漏れ出てくる。

日が沈む直前、その夕日を受けて、軽自動車の車内がオレンジ色に染まった。なんてことはない、普通のインテリア。しかし、「よく見てみろ」と刑事が懐中電灯で中を照らしたことで、異変が見つかった。

「あの黒いのは、まさか血の跡ですか？」

俺が尋ねると、「おそらくな」と渡部が首肯する。モスグリーンの助手席、そのあちこちに赤黒い染みが出来ていた。ハンドルにも少し付着している。

俺は車内に突っ込んでいた頭を抜き、刑事と顔を見合わせた。その様子を見ていた水城が「その神田ってひとが運転してきたんだから、血の跡くらい残っていても、不思議じゃないでしょ？」と訊いてくる。

「どうなんだ、先生？」

質問を重ねてきた刑事に、「いや、不可能とまでは言わないけど、現実的じゃないと思う。あの傷と貧血具合で、まともな運転が出来たとは思えない。それに、血痕が助手席側に集中してるのも変だし」

「となれば、誰か同行者がいたことになるな」

「でも、病院の記録には単身で来院したとありました。もし、同伴した人間がいれば、事情くらい聞くでしょうし」

「違和感はそれだけじゃない」渡部は言い、「この車の存在だ」と、軽自動車のボンネットを軽く叩いた。

「あっ、そうか」

すぐに納得した俺に「どういうことですか？」と水城が訊いてくる。

「もし神田さんが自分で運転してきたのなら、遺品の中に駐車券があったはずなんだ。そして、死亡が確認されたと同時に、車の存在も明らかになり、処分されていたはず」

「なるほど。その車が今まで放置されていたってことは、その神田ってひとが駐車券を持っていなかったと」

名探偵よろしく、顎をさすりながら言った水城が、「でも、なんで院内まで付き添わなかったんですかね。せっかく駐車場まで連れて来たのなら、一緒に中まで行けばいいのに」と首を傾げた。

「なにか、自分の存在を公にしたくない事情があったんだろうな」

「もしかして、包丁で切りつけたのがそのひとってことですか？」

ワクワクした様子で尋ねた看護師を無視して、渡部が「アンタはその晩、ここにいたんだ。なにか見てないか？」と俺に問い掛けてくる。

「いや、そもそも来院したとき、俺はまだ当直室にいたので。知っているとしたら、救急外来の受付か、当直の看護師が——」

話しているうちにあることを思い出し「あっ」と大声を出す。そんな俺に「なんだ？」「なになに？」と他の二人が顔を近づけてきた。

「たしか、ここの救急外来の玄関口には監視カメラがあったはずだ。もしその映像が残っていれば、だれか写ってるかもしれない」

この発言で、刑事が弾むように動き出した。まだ軽自動車の隣で立ちすくんでいる俺たちふたりに「ぼやっとすんな。さっきの事務員を捕まえて、その監視カメラの映像を確認するぞ」と呼びかけてくる。

どうやら、刑事は最後まで俺の頼み事に付き合ってくれるようだ。

「ほら、先生。行きますよ」

水城に背中を叩かれ、俺は車のドアを閉じる。

さっきまで、真っ赤な西日に照らされていた安藤記念病院。その最後の光が近くの山間（やまあい）に阻まれ、フッと消える。

一気に暗くなった駐車場を、俺たちは駆け抜けた。

6

渡部に違法駐車の相談を寄せていた病院事務員は、俺の顔を一目見て、眉（まゆ）をひそめた。疫病神（やくびょうがみ）、と声に出さずとも思っているのが伝わってくる。

神田優輝が死んだことで、病院側は雇ったスタッフの過失の有無を調べるため、何度も当事者への聞き取りを実施した。こいつはその際、いつも書記係を買って出ていた男だ。言葉を交わした数は少ないが、顔を合わせる度に忌まわしそうな視線をこちらに飛ばしていたので、忘れようがない。

「なんで錦先生がここに？」

俺と水城を無視して、刑事に問い掛けた事務員。そのトーンはやはり、迷惑そうだった。

「彼らは協力者ですので、気にしないで」

男の疑心を軽く往なし、防犯カメラの映像が見たいと伝える渡部。事務員の男は訝しそうにしながらも、「じゃあ、こちらへ」と俺たちを誘導する。もし尋ねた相手が俺ならば、こうスムーズにことは運ばなかっただろう。

監視カメラの映像は、警備室にあるらしい。そこへ向かう道中、撮影した映像の保存期間を刑事が尋ねれば、「特に消したりはしないですよ。昔はＶＨＳを使い回しにしていましたけど、最近はハードディスクですから、場所も取らないですし」と事務員は言う。

ならば、一年前の録画も残っているはずだ。希望を胸に、俺たちは警備室に到着する。

扉の外には〈巡回中〉と書かれた札がかかっており、それを見た事務員の男は「なんだ、いないのか」と愚痴をこぼしつつ、ポケットから取り出した鍵で扉を開けた。

警備室の中は十畳ほどの広さで、部屋の左側にはシングルサイズのベッドと、小型の冷蔵庫が置かれている。ここだけ見れば、当直室とほぼ変わらない間取りだったが、右手にはいくつもモニターが並んでいた。

映し出されているのは、院内に設置されている監視カメラによる生の映像だ。そのうちの一つを指差し、「このアングルのやつですね」と俺が言えば、何でおまえが仕切ってんだよ、といった視線を事務員に向けられた。

「去年の九月八日、その早朝の映像を探してください」

渡部に言われ、「え、それってもしかして」と男はこちらを見た。

勘の鈍い奴だ。当事者である俺の存在と曰く付きの日付、それが揃って初めて、俺たちが神田優輝の死について調べていると気が付いたのだろう。もしかすると、神田の遺品である車の鍵を取りに行かせたのは、別の職員なのかもしれないな。

「さあ、早く」

刑事に急かされ、渋々といった様子で事務員の男はモニターの壁の前に座った。机上のキーボードを彼が叩けば、モニターの一つがパソコンのＯＳ画面に切り替わる。

デスクトップにズラッと並んだファイル。その名称は〈2013〉や〈2014〉と記されており、年度ごとに分けられているようだ。ファイルを一つずつ開いていき、ついに渡部が指示した〈2013.09.08〉のファイルに辿り着く。

「二十四時間ごとに保存される仕組みなので、多分この中に」

事務員は言って、渡部に席を譲った。九つほど並んだ動画ファイルの中から、刑事が〈救急外来出入り口前〉と記された動画を開く。

表示された一年前の映像を見て、「このアングルで間違いない。俺が呼ばれたのはたしか、深夜の二時過ぎだから、その三十分くらい前から早送りで見てみましょう」と、俺は刑事に提案した。

動画の下にあるシークバーを操作し、渡部が俺の指示した時間帯を表示させる。再生は四倍速の早送りで行われたが、特にひとの出入りもなかったせいで、ほとんど静止画のように代わり映えしない映像が続いた。

「あっ」と水城が声を漏らす。それを合図に、渡部が早送りを解いた。

画面の右端からフレームインしてくる人影。ひとりの女性が、足下の覚束無い男性の肩を支えながら、院内に入っていく後ろ姿をカメラが捉えていた。男の顔までは確認できないが、間違いない。あの背格好は、神田のものだ。

二人して自動ドアを潜って行ったのも束の間、すぐに女性だけが逃げるように外へ出てきた。女の顔が映ったところで、画像をストップした刑事が「これって、アップには出来ないのか？」と事務員に問い掛ける。

「たしか、できるはずですよ」

そう言った事務員がマウスを操作すれば、女性の顔が画面いっぱいに広がった。二十歳そこそこといった、若い女性の泣き顔。長い髪を後ろで纏め、その手には赤く汚れたハンドタオルが握られていた。

「これが、神田さんの同行者か」

俺は呟き、まじまじと画面を見てみる。どこかで見た顔のような気もするが、それがどこだったかは思い出せなかった。それにしても、なぜこの女性は、最後まで神田の治療に付き合わず、逃げるようにして病院を出たのだろうか。

「ほとんどメイクはしてないみたいですけど、綺麗なひとですね」

水城に言われ、「ああ、そうだな」と俺は頷く。しかし頭の中は、この女をどうやって見つけるか、ということでいっぱいだった。

彼女なら、神田の不審死についてなにか知っているはずだ。どうやって彼が傷を負ったのか。なぜ、ナッツアレルギーの彼がピーナッツオイルと接触したのか。次々と湧き上がってくる疑問が、「まさか、この女は」と刑事が言ったせいで、すべて吹き飛ぶ。

「彼女を知ってるんですか?」

俺は問い掛けたが、「いや、まさかそんなはずは」と渡部の様子がおかしい。刑事は困惑した表情でスマホを弄り、その画面を卓上のモニターと見比べ始めた。

スマホに映し出されたのは、免許などに使われる証明写真のような画像で、表示されていた女性の顔は、監視カメラの女性と瓜二つだ。

「どう見ても、同一人物ですよ」と水城が言い、「いったい、彼女は誰なんですか?」と俺は訊いた。

すると、気まずそうに頭を掻いた刑事が「彼女の名前は藁火紗夜。メカクシ事件の最初の犠牲者だ」と答える。

この発言には、俺も水城も、そして、事情の分かっていない事務員でさえも、呆気にとられた表情で絶句してしまう。

たしかに彼女の顔は、報道で見かけた被害者女性のものだ。ノーメイクなので気付くのが遅れたが、こうやって比べてみれば一目瞭然で、見間違えようがない。

しかし、俺たちは神田優輝の死について調べていたはずだ。なのに、何で殺人鬼の名前がここで出てくるんだ？

軽いパニック状態となり、俺は水城と渡部兜の顔を交互に見ることしか出来ない。皆の頭上にハテナマークの幻覚が見えそうになるほど、場は混乱していた。

しかし、そのうちのひとりが変化を見せる。皆と同様に困惑していたはずの刑事の顔が、すっと感情を失くしたように見えた。

「藁火紗夜が死亡したのは九月八日の明朝、三時から四時頃だと考えられている。つまり、この映像が撮られた直後ということだ」

こちらを射るような視線と共に、渡部は言った。

「まさか、まだ俺を疑ってるんですか？」

「前にも言っただろ。刑事は偶然ってものを信じないんだ」

「なんで俺が、会ったこともない女性を？」

「動機なんて、いくらでも思いつくよ。患者を死なせてしまった鬱憤の八つ当たりとか、真実を知る関係者の口封じとかな」

とんだ濡れ衣だ。俺は「冗談じゃない！」と立ち上がった。

「なに、馬鹿なことを言ってるんだ。俺はこのあと、ずっと神田さんの治療に当たっていたんだぞ？　これ以上のアリバイはないだろ」

「遺体の発見が遅れたため、藁火が殺された正確な時刻は分かっていない」

「そんな、さっき早朝の三時から四時頃って言ってたじゃないか」

俺は発言の矛盾を突いたつもりだったが、「それはあくまで推定だ。確定した情報じゃない」と、刑事は折れようとしない。

その頑固さに呆れながらも、「あなたなら、そんなの無理だって分かりますよね？」と事務員の方を見た。

「え、私ですか」

急に水を向けられ慌てる事務員に、「神田さんが亡くなられた後も、俺はずっと院内に拘束されていた。現場検証、事情聴取と、少なくとも翌日の昼過ぎまでは」と訴えかけたが、男はうんともすんとも言わず、目を泳がしている。

イラッとして、こちらが「そうですよね？」と語気を強めたところで、やっと「ええ、錦先生はずっと院内におられました。それは、私が証明します」と男は頷いた。

鉄壁のアリバイ、医師という殺人鬼とは正反対の職歴、それに、さしたる動機だってない。なのに、刑事はまだ疑うことをやめていないようだ。

「院内で彼女を殺し、帰宅する時までどこかに遺体を隠しておいた可能性はある」平静とした様子で渡部は言い、立ち上がる。

「さっさと白状したらどうだ。楽になるぞ？」

これはもしや、蛍との過去を責めているだけの私怨か？

疑惑に満ちた視線に耐えきれなくなり、捜査一課の刑事に殴り掛かる寸前まで、俺は追い込まれた。しかし、そこで後ろから、「これって、わたしが弄っても大丈夫なやつですか？」と呑気な声が聞こえてくる。

顔を突き合わせ、一触即発の状態となっていた俺と渡部が、同時に彼女の方を向いた。

水城はいつの間にか、さっきまで刑事が座っていたモニターの前に鎮座している。

事務員から「ええ、構いませんよ」と許可を貰い、〈救急外来出入り口前〉のウインドウを閉じた彼女が、次々と別のファイルを開いていく。

「いったい、なにを探してるんだ？」

俺が問い掛けると、「いや、ずっと不思議だったんですよ」と水城は言った。

「だって、来る時は車に乗ってたわけでしょ？　でも、車のキーは神田さんに預けてしまったから、乗って帰れない。車で来る距離だと徒歩で帰ったとは思えないし、時間的にバスや電車は動いてないとなると――」

水城が説明の途中で「ああ、これだこれだ」と、ある動画を指差した。すると、「ああ、タクシー乗り場に設置した監視カメラですね」と事務員が言う。

「うちにはタクシー会社へ繋がる直通の電話があるんですけど、それで呼んだタクシーを奪われたってクレームがけっこうあって、ちょうど一年くらい前に設置したんですよ」

男が言ったように、それはタクシー乗り場を写した映像で、画角の真中にタクシーが一台停まっていた。そこへ、ノロノロとワンピース姿の女性が、画面の右端から入ってくる。神田を送り届けたばかりの藁火紗夜だ。

「なるほど、タクシーを呼んだわけか」

呟いた刑事に、俺は「ほら、この時間を見てくださいよ」とモニターを突きながら食ってかかった。カメラの時刻は二時五十分を示している。つまり、俺はまだ院内で患者の治療をしている時間というわけだ。

「藁火さんが病院を離れたのがこの時間なら、俺に彼女を殺すことなんて出来やしない。これでもまだ、犯人扱いを続けるのか？」

やっと、渡部は諦めてくれたようだ。「こっちのミスだ、悪かったな」と、刑事の顔から力が抜ける。

口先ばかりの謝罪を口にした渡部が、電話をかけるため、モニターの前から離れていった。おそらく、これから映像のタクシーを探すのだろう。藁火紗夜がどこで車を降りたのかが分かれば、捜査の前進に繋がる。

その背中を恨めしそうに睨(にら)みつけながら、「助かったよ、水城さん」と、俺は同僚を労(ねぎら)った。彼女がタクシー乗り場の映像を見つけていなければ、いまも尋問は続いていただろう。いや、刑事を殴った罪で連行されていた可能性だってある。

俺は改めて「ありがとうな」と救世主の方を見たが、彼女はなにも答えようとせず、その視線はモニターへ釘付(くぎづ)けとなっていた。

水城の様子に違和感を覚え、「どうした？」と尋ねれば、「このタクシー」と彼女はモニターを指差す。「なんか、見覚えありませんか？」

「タクシーなんて、みんな似たような見た目だろ」

そう言いつつ、画面を良く見てみる。夜のタクシー乗り場は暗く、運転手の顔までは見えない。車の真横から撮っているアングルなので、ナンバーなんかも写っていないし、車体もオーソドックスな黒で、特に目立つような色ではなかった。

しかし、その形には、なにか引っかかるものがある。最近の車にはない、角張った独特のシルエット。それは旧式のサーブのように見えた。

「これって、もしかして」

俺が呟けば、「ええ、わたしもそう思いました。でも、そんな偶然あるんでしょうか？」と水城は首を傾げる。

旧型のサーブを運転する個人タクシー。これに、俺たちは最近乗ったことがあった。ローリス・セローの恋人を追跡している時に乗ったタクシーが、まさにそれだ。その運転手は狩宿クリニックの通院患者で、ノクターナル・カフェの常連客でもある小森卓也なのだが、俄には信じられない。

水城の言った通り、こんな偶然あるのだろうか？

俺の悪夢と対峙するために訪れた病院で、メカクシ事件に関する新情報が得られた。そのうえ、殺される直前に被害者を乗せたタクシー運転手までもが知り合いというのは、いささか出来過ぎであるような気がした。

俺が戸惑っていると、「さっき先生が作っていたハルシオンのリストの中に、小森さんの名前はありましたか？」と水城が問い掛けてくる。

「え？」

驚いて聞き返せば、彼女の大きな瞳がこちらを向いた。その真剣な眼差しに、「まさか」と俺は笑って、茶々を入れる。しかし、彼女は冗談めかしに付き合わず、「ねえ、ありましたか？」と再び、訊いてきた。

多少、気圧されつつも、ポケットに手を突っ込み、二つ折りにされたメモ用紙を中から取り出す。狩宿クリニックでハルシオンを処方されている患者のリストだ。羅列された名前を先頭からなぞっていけば、中央辺りで指が止まった。

「あった」

微かに震えた声で答えれば、水城も「え、マジで?」と顔を歪ませる。

「なんで、そっちが驚くんだよ」

「だって、言ってみただけで、まさか本当に推理が当たるとは思ってなかったんですもん」

二人でそんなやり取りをしているところへ、電話を終えた刑事が帰ってきた。場の空気に異変を感じたのか、「どうした?」と渡部が訊いてくる。

連続殺人事件の犠牲者と、殺害直前の接触。事件に使われていた眠剤の服用歴もある、不眠症患者。

「眠れない夜はここに来るか、客を探して街を徘徊するくらいしか、やることがありませんからね」

昔、小森にノクターナル・カフェでそんなことを言われた記憶まである。不眠症のタクシー運転手なら、深夜の街中をあのサーブが彷徨っていても、怪しまれないだろう。殺害現場近辺を走っていたところで、誰の記憶にも残りやしない。

まさか、本当に連続殺人鬼、メカクシの正体は小森卓也なのか?

全身の肌が粟立ち、俺は水城の方を見た。こんなのただの偶然ですよ、と否定してほしかったのに、彼女の顔も真っ青だ。

「おい、なにか見つけたのなら、早く教えてくれ。これから、あのタクシーを探しに行かなきゃならないんだ」

痺(しび)れを切らした渡部に言われ、俺は腹を決める。

「全部、ただの偶然の可能性もあるんですけど」

そんな前置きをして、小森のことを刑事に話した。彼がハルシオンの愛用者だと伝えれば、渡部の表情が一変する。

「こうしちゃいられない」と言い残して、刑事は警備室を飛び出していった。

部屋に取り残された俺と水城、それに事務員の男はしばらくそのまま動けなかったが、「結局、あの患者さんは錦先生の不手際で亡くなられたんですか?」と彼に訊かれ、一気に気まずくなる。

そういえば、そうだった。俺たちはここへ、メカクシ事件を調べにきたわけじゃない。あの悪夢の夜になにが起こったのか、その真実が知りたかっただけなのだ。

しかし、その謎(なぞ)を解く鍵を握っていた女性、藁火紗夜の死によって、そんな希望も泡と消えた。俺は「ハア」と深い溜め息をひとつ、落とす。

気落ちしたところへ、「ついでに、院長の顔でも見にいきますか」と水城に声をかけられ、それを合図に俺たちも警備室を後にした。

7

「まさに瓢簞から駒って感じの展開ですよね」

元気いっぱいに言った水城が「ちょっと、お花摘みに」と病室から出ていく。

「それにしても凄いな、錦くん」ベッドの上で感心しきりの狩宿が「まさか、シリアルキラーの正体を見破るなんて、名探偵顔負けの活躍じゃないか」と続けた。

「いやいや、推理なんて欠片も披露してないですから」苦笑いで言い、「それに、まだ小森さんがそうと決まったわけじゃないですし」と頭を搔く。

「でも、ここまで怪しい人物も他にいないだろう？」

「まあ、そうですけど」

「じゃあ、凄いことに変わりはないよ。お手柄だ」

どうあっても、院長は俺を探偵扱いしたいようだ。たしかに俺たちは、殺人鬼の逮捕に繫がる新情報を掘り起こしたかもしれない。でも、すべては偶然。なにも、メカクシの正体を暴こうと奔走していたわけじゃない。

本来の目的である、神田優輝の不審死については、まだ謎だらけだ。分かったのは、彼を病院まで運んできた女性が、連続殺人鬼の毒牙にかかってしまったという事実のみ。当然、そんなもので俺のトラウマは晴れようがない。

「それに、名推理というなら、それは院長の方じゃないですか」

俺が自分の苦境から目を逸らすように声をかければ、狩宿は「どういうことだい？」と首を傾げた。

「元々、メカクシの正体が不眠症患者かもしれないって言い出したのは、狩宿先生ですよ。もし本当に小森さんが犯人なら、バッチリ読みが当たってたってことじゃないですか」

「あれ、そうだっけ？」

惚ける院長を、「ええ、ここでたしかに御自分の推理を語っておられました」とさらに持ち上げてやる。「安楽椅子探偵ならぬ、ヘルニアベッド探偵ですね」

「なんだよ、それ。締まらないなあ」

ケラケラと笑った狩宿が、「それにしても、まさか小森さんがねえ」と窓の方へ視線をやる。その寂し気な横顔を見て、俺はハッとした。

当たり前のことだが、小森との付き合いは彼の方が長い。ずっと診ていた古株の患者が、まさかの殺人鬼だったのだ。そのショックたるや、相当なものだろう。

「ほら、凶悪犯が捕まると、周りの人間がワイドショーのインタビューなんかでよく言うじゃないか。『まさか、あのひとが』とか『普段は真面目で、大人しいひとだったのに』とかって」

「ああ、たしかによく見ますね」

「そういうのをテレビで見かけるたび、『見る目のない人たちだな』って馬鹿にしてたんだよ。これでも精神科医の端くれだからね。もし自分がその犯人と接していたら、なにか感じるものはあっただろうって」

「小森さんには、なにも感じなかったんですか？」

「変化はあったよ。それも、錦くんがうちに通いはじめるちょっと前のことだから、いま思えば、ちょうど一年くらい前なんだよね」

「メカクシ事件の、最初の被害者が出た頃というわけですか」

窓の方を向いたまま、頷いた狩宿が「小森さんは昔、会社を経営していてね」と昔話を始めた。

「起業したての頃はトントン拍子で会社が大きくなり、結婚して子供も生まれて、彼の人生は順風満帆だったそうだ。でも、長くは続かなかった。少しずつ、会社の経営が傾き始めると共に、家庭も上手くいかなくなっていく。リストラした社員の恨み言、お子さんのイジメ問題、奥さんの不倫。そんな厄介ごとが、会社の倒産とともに一気に弾(はじ)けた」

「それがきっかけで、小森さんは不眠症を？」

首肯した狩宿が、フウと短く嘆息した。

「愛も未来も失って、借金を返すためにタクシーを運転する日々。離婚した奥さんは、子供のイジメが小森さんの責任だと言って、会わせようともしない。彼の手元に残ったのは、かつての愛車だけ。そりゃあ、眠れなくもなるよ」

しみじみと言った院長を「でも、人を殺す理由にはなりませんよ」と俺は突き放す。どんなに己の人生が悲惨であろうとも、他人を害していい理由にはならない。

しかし、罪を犯したのは狩宿じゃない。ちょっとツンケンし過ぎたかなと思い直し、「でも、なんでいまさら、そんな凶行に走ったんですかね」と話題を現在へ戻した。

「さあ、なにかキッカケになるような出来事があったんだろうけど、僕には話してくれなかったね。でも、明らかに彼の中で何かが変わったのは感じていた。ずっと、『苦しい、辛い』って言ってた眠れない日々を、一年くらい前から急に受け入れ始めたんだ。達観したような雰囲気さえあったよ」

「殺人こそ、不眠症の特効薬だったというわけですか」

呆れたようにこちらが言えば、「どうだろう、睡眠量は変わらないと言っていたけどね」と、院長は苦笑いで返してくる。

「まあ何にせよ、僕は主治医失格だって話だ」狩宿は言い、「可愛い可愛い、夜行性の獣たち。その中に、危険な野獣が混じっていたなんてねぇ」と呟いた。

静まり返った病室で、俺のスマホが震え出す。見れば、水城からメッセージが届いていた。

〈ちょっと、錦先生にお話があります。恥ずかしいから、狩宿さんには内緒で。いますぐ、エレベーター前の非常階段のところまで来れますか？〉

画面を見たまま固まっていた俺に「どうしたの？」と院長が声をかけてくる。

「いや、ちょっと用事を思い出しまして」

そう言って、俺はスマホを仕舞った。「じゃあ、また来ますから」と狩宿の病室をあとにする。頭の中は、さっき見た文面のことでいっぱいだった。

内緒の呼び出し？

なんで、いまさら。神田の事件について、なにか発見があったのだろうか。でも、狩宿から隠そうとする意味が分からない。

それに、さっきの文章には違和感があった。狩宿さん？　彼女は彼のことを「院長」と呼んでいたはずだが。

俺は水城の指示通り、非常階段の扉を開けたところで、もう一度メッセージを読み返そうとスマホを取り出した。

その瞬間、味わったことのない痛みを背中に感じ、意識を失う。

8

「起きろ！」

耳をつんざくようなテンの声で、目を覚ます。眼前に広がる光景は異様だった。

雲に覆われて、暗い夜空。

冷たい外気に、ガラガラと回る車輪の音。

足下を疾走していく、コンクリートの床。

目の前に迫った屋上の縁に、俺は思わず横へ飛び退いた。車椅子ごと横倒しになったが、おかげで夜中のスカイジャンプは免れたようだ。

パニック全開で周りを見回していると、車椅子を押していた女が「ダメじゃない、暴れちゃ」と優しく声をかけてくる。

暗いシルエットに、「三宅さん？」と問い掛ければ、「眠剤の量が足りなかったのかしら」と彼女は首を傾げた。

三宅音美子、俺と悪夢の夜を共有した救急外来の看護師だ。理由は分からないが、彼女は俺を殺そうとしているらしい。

気絶させて、睡眠薬を与えて、車椅子の上で眠る俺を病院の屋上から突き落とす。それが彼女のプランだったのだろう。

「眠剤の類が効き辛い体質でね」

そう言いつつ、体勢を整えようとしたが、上手く身体が動いてくれない。与えられたという眠剤のせいだろうか。背中は痛いし、四肢に力が入らない。

さっきは火事場の馬鹿力でなんとかなったが、再度、あの車椅子に乗せられれば、同じように反抗できる気がしなかった。このピンチをどうにかしなければ、と寝起きの脳が高速回転を始める。

「患者を死なせた外科医が、事故の起きた病院で飛び降り自殺。いい筋書きでしょう?」

三宅が注射器でなにかの溶剤を吸いながら、語りかけてくる。

「たしかに悪くない。でも、なんでこんなことを?」

身体が回復するまで少しでも時間を稼ごうと、俺はマッドナースの戯言に付き合うことにした。すると、「分かってるくせに」と彼女は顔をしかめる。

「馬鹿にしてるのね」

「いや、そんなことは」

「ドクターなんて、みんなそう。ナースの助言なんて、だれも聞きやしない」

よく耳にする看護師の愚痴だが、こんな緊迫した場面でそれを言われるのは堪ったもんじゃない。彼女が過去にどんな仕打ちを医師から受けたのかは知らないが、こんなの、ただの八つ当たりだ。

しかし、文句を言ったところで、三宅は聞く耳を持たないだろう。俺は不毛なやり取りを避け、いま分かっている情報を脳内で組み立てていく。そして、ある結論に達した。

「神田優輝の死に、アンタが関わってるのか?」

注射器を指で弾きながら、「正解」と三宅が笑みを浮かべた。おそらくは、静脈内に空気が入らないよう注射器から抜いているのだろうが、これから殺そうとしている相手にそんな気遣いは不要だ。

俺は恐怖を飲み込みつつ、「洗浄はしっかりしたはずなのに、おかしいと思ったんだ。もしかして、彼の傷にピーナッツオイルでも塗り込んだのか?」と会話を続ける。

その間、相手に気付かれないよう、ゆっくりと右手でジャケットポケットの中身を確認した。三段警棒の固さを指先に感じ、良かった、と息を吐く。

「あれは運命だったのよ」

「運命?」

三宅は溶剤の瓶をナース服のポケットに仕舞いつつ、夜空を見上げた。

「彼と一緒の時には頼めない、中華料理。あのひとは深刻なアレルギー持ちだったからね、当直の時くらいはって思って、あの夜、わたしは中華の出前を取ったの。その中に、ピーナッツオイルのパケットが入ってたんだから、ああするのが宿命だったのよ」

よく分からないけど、もしかして彼女は神田の恋人だったのか？

問い質したい気持ちはあったが、それよりもこの差し迫った事態に対処しなければならなかった。準備の済んだ注射器を構え、看護師がじわじわとこちらへ歩み寄ってくる。

あの中に何の薬が入っているのかは分からないけど、打たれるわけにはいかない。俺は三宅に気付かれないよう、こっそりと三段警棒を取り出した。

「驚いたわ。外傷患者が来たって言うから、受付に問診を取りに行ってみれば、彼が血を流しているんだもん。『なにがあったの？』って聞こうと思ったら、あの女がいたの。こっちに気付いてすぐに逃げ出したけど、前にも見たことがあった」

なるほど、だからあの夜、藁火紗夜は慌てて病院を出ていったのか。ついでに、神田が外傷を負ってから病院に来るまで時間を要した理由にも、なんとなく見当がつく。

この辺りに、外傷を治療する大手の病院なんて、そうない。救急車を呼んだのならともかく、自ら向かうなら、選択肢はこの安藤記念病院一択になる。でも、恋人が勤める病院に、浮気相手を伴って向かうのはキツい。だからこそ、悩みに悩んで、意識が朦朧とし始めてから、仕方なくこちらへ向かったのだろう。

ずっと知りたかった真実だった。それが紐解かれていくのは嬉しかったが、眼前に迫ったピンチのせいで、余韻に浸れない。

三宅は俺のすぐ真横で膝を折り、ジャケットの袖を捲ってくる。その手には注射器の他に、個別にパッケージされたアルコール綿の袋が握られていた。

まさか、これから殺す相手に消毒まで施すつもりなのか？

「彼は勉強仲間だって言ってたけど、絶対嘘よ。あんな時間に、それもわたしの当直中に会ってたんだから」

怨念が染み込んでいるせいか、三宅のトーンが怒気を帯びていく。消毒は終わった。

「なにが『料理中の事故』よ！」

叫んだとともに迫ってくる注射針。俺は三段警棒を振って伸ばし、それをナースの手から弾き飛ばす。

なんとか窮地はしのげたが、弾き飛ばす方向までは選べなかった。注射器は階下へ落ちることなく、屋上の床をカラコロと転げていく。

三宅は警棒での攻撃を恐れて距離を取ったが、まだ立ち上がれるほどこっちの身体が回復していないことを知り、「活きのいい獲物ね」と注射器を拾いにいった。

さあ、第二ラウンドだ。俺は膝立ちの状態で警棒を構える。

こんな情けない姿を、剣道の師範が見たらいったい何と言うだろうか。厳しいひとだったから、こちらの事情などお構いなしに、「しっかり立て！」と怒られるだろうな。

少しでも条件をイーブンにしたくて、「じゃあ、浮気した彼氏にキレて、彼を殺したってわけか。女のヒステリーここに極まれりって感じだな」とマッドナースをあおる。

てっきり、ブチ切れて注射器片手に襲いかかってくると思っていたが、三宅は「ふふん」と余裕たっぷりに笑った。

「あんまり、わたしを怒らせない方がいいわよ」

マッドナースは言って、俺から離れていく。諦めたにしては、不穏な態度だ。

「どうするつもりだ？」

俺は震える膝を伸ばしながら、三宅に問い掛けた。

「ドクターのくせに、頭が悪いのね」彼女は言い、「ここへ、どうやって誘い込まれたのか、もう忘れたのかしら？」と続ける。

「そんなの、スタンガンかなにかで俺を気絶させて、あの車椅子でここまで押してきたんだろ」

「その前の話よ」と三宅が顎で示した方向を見てみれば、床に盛り上がりのような影が見えた。暗くてよく見えないが、そこになにか置かれているようだ。

「『ちょっと、錦先生にお話があります』」

声色を変えて三宅が言った。その文言に背筋が凍る。スマホを盗まれただけかと思っていたが、まさか彼女もここにいるのか？

「水城さん！」

俺は大声で呼び掛けたが、影に動きは見られない。そのすぐ傍まで辿り着いた三宅が、ドンと影を蹴った。

「大声出しても無駄みたいよ」言って、マッドナースは蹴りを追加する。「先生と違って、この子はグッスリ眠ってるわ。眠剤に慣れてないのね」

俺は「クソッ」と、満足に動かせない自分の足を殴った。やっと、なんとか立てるくらいに回復した両足。しかし、まだ走るどころか、歩けるかも怪しいところだ。

ズルズルッ、ズルズルッ。

俺が手をこまねいている間に、三宅が影を引きずってこちらへ向かってくる。水城の寝顔が確認できた辺りでマッドナースは足を止め、彼女の上体を起こした。その背後に回り、水城の首元に注射器の針を刺す。

「中身はケタミンよ。先生も知ってるだろうけど、最近じゃあまり人気のない麻酔薬だからね、結構な量を病院が廃棄処分にしたの。売れないかなって、それをこっそりくすねてたんだけど、まさかこんな使い方をするとはね」

三宅がこちらを見つめながら、軽くシリンジを押し込んだ。

「やめろ！」

ケタミンは扱いの難しい麻酔薬だ。ゆっくり少量ずつ投与しないと、すぐに呼吸抑制を起こす。あのサイズからして、注射器の中身が一気に注入されれば、あっという間に致死量だ。

俺の叫びで投与は一時中断されたが、気は抜けない。まだ針は水城の頸静脈に刺さったままなのだ。

「そんなに慌てるなんて、よっぽどこの子が大事なのね」

馬鹿にするような笑いが夜空を揺らし、俺は「だったら、どうなんだ？」と返す。どうやら、水城と俺が付き合っているとでも思われているようだ。

「ねえ、この子は助けてあげるからさ」

瞬きのない、不気味な視線がこちらを向いた。

「あなたが代わりに死んでよ」

そう言った三宅が、屋上の縁に視線を投げる。水城を救いたければ、屋上から飛び降りろと、そういうことらしい。

俺は警棒を前に構えたまま、後ろを振り返った。欄干もない、剝き出しの崖。その向こうには、神田の車が停めてあった駐車場が広がっていた。あの軽自動車が、ここからだと豆粒大だ。飛び降りれば、確実に死ぬだろう。

他人のために命を捨てる。この一年、死んだように生きてきた身からすれば、別に悪い条件じゃなかった。誰かのためになるのならば、このくだらない人生に終わりを迎えたって構わない。

だが、この女の言いなりになって死ぬのはゴメンだ。

「相棒、時間稼ぎを続けろ」足下でテンが言う。「ケタミンは切れ味のいい麻酔薬だ。投与から数秒で効き始め、その効力は五分から十分で切れる。これ以上の投与を避ければ、そのうち嬢ちゃんは目を覚ますよ」

「いや、彼女の意識を奪っているのは、眠剤の効果だ。ケタミンを投与されたせいじゃない」

「嬢ちゃんはショートスリーパーらしいし、眠剤を飲まされたところで、すぐに目を覚ますさ」

「非科学的なことを言うなよ。ショートスリーパーだって、眠剤の効力は変わらない」

「いやいや、相棒」チンチラは言い、ヘッと笑った。「あの好奇心旺盛(おうせい)な女が、この面白い状況でずっと眠りこけてると思うか？」

遠くに広がる夜景を見ながら、俺も「いや、それはないな」と笑う。

水城との付き合いはそう長くないが、濃い経験を共有してきた仲だ。この短い期間で二回も銃口を向けられ、そのどちらも彼女は悲観することなく、ワクワクしていた。

この窮地だって、きっと後の笑い話になるはずだ。テンのおかげで、そう思うことが出来た。

「さっきから、なにずっとブツブツ言ってるの？」

後ろから、マッドナースが声をかけてくる。

「迷ってないで、早く飛び降りなさいよ。この子の命を助けたいんでしょう?」

「人殺しの口約束なんて、信じられるわけないだろ」

　俺は言って、再びマッドナースの方へ顔を向けた。

「そもそも、彼女を誘拐した時点で計画が破綻してんだよ。俺の自殺はなんとかなっても、水城さんが証言したら全部おじゃんだろうが」

　虚ろな目で「そんなことないわよ」と、三宅は抱えた水城の頭に頬ずりし始める。「この子は、恋人のドクターが自殺したと知って、あとを追うの。同じ屋上から飛び降りてね」

　やっぱり救う気なんてないんじゃないか、と俺は呆れた。

　それに、プランニングの杜撰さにも腹が立つ。どれほど擬装したところで、そんな心中話を信じる奴はいないだろう。

　もう確定だ、コイツは狂っている。

　そう思って、よく見てみれば三宅の顔はボロボロだった。頬はこけ、目の下には深い隈。肌もボロボロで、髪には白髪が混ざっている。

　俺が苦しんだように、彼女もこの一年は地獄にいたのだろう。いくら「運命だ」「宿命だ」などと誤魔化したところで、恋人を殺した事実は変わらない。三宅が完全なサイコパスじゃないのなら、かなりの罪悪感を抱えているはずだ。

それに、事件の露見だって恐れている。だからこそ、こうして俺の口を封じようとしているのだ。恋人を殺した事実。それがいつの日か、暴かれるんじゃなかろうか、と怯えて暮らす一年の心労は想像にたやすい。

そこへ、俺たちが一年前の事件を嗅ぎ回っていると、例の事務員にでも聞かされたのだろう。張りつめた風船が針のひと刺しで弾けるように、三宅音美子は壊れた。それで、この凶行に至ったというわけだ。

彼女の苦労が垣間見えて、俺は時間稼ぎの方針を決めた。構えていた警棒を下ろし、「どうせ、二人とも殺すつもりなんだろう？」と問い掛ける。

「わたしが約束も守れない女だって、そう言ってるの？」

なにをどうしたら、自分が信頼に値する人物だと思えるのだろう。いま自ら殺害計画を明かしたばかりじゃないか。俺は呆れつつ、「そんなことはどうでもいい」と溜め息を落とす。

「あら、どうでもいいだなんて、可哀想に」

再び人質に頬ずりするマッドナースの意識を「大事なのは、俺たちが消えていく人間だって、アンタの中で認識されていることだ」と、惹き付けた。

「どういう意味かしら」

「この世から消えていく人間が相手なら、なにを話したって問題ない。そうは思わないかい？」俺は問い掛けるとともに、目を細める。「こうやってよく見てみれば、随分と苦労してるみたいじゃないか」

みすぼらしい、と暗に言われた三宅が、ムッと顔をしかめた。

「あの事故のせいで、俺はメスを握れなくなってね。最近は、不眠症の専門施設で患者を診てるんだ。だから、その深い隈には馴染みがある」

三宅は人質の頭から左手を離し、自分の目元を触る。隈を指摘されて、思わず触ってしまう。それは、とても人間らしい反応のように思えた。

手応えを感じて、「そりゃそうだ。誰にも相談できない悩み事。そんなのを抱えていちゃ、眠れなくて当然だよ」と、さらに同情心を示す。

カウンセリングの基本は、理解と傾聴だ。どんなに馬鹿げた悩みでも、否定せずに耳を傾けることで、患者らは心を開いていく。

奇妙な状況ではあるが、ここは診察室で、彼女は俺の患者。そう思えば、こんな女に対してだって、親身になれる。この警棒やあの注射器、夜空に浮かぶ薄い三日月のことなど忘れて、俺の想像は加速していった。

ここは診察室で俺は医者、彼女は患者だ。

まだ注射器の針は人質の首筋に刺さったままだが、三宅の表情からは、彼女の話したいという気持ちが伝わってくる。

彼女は患者で、俺は担当医師。そう何度も自分に言い聞かせ、「俺で良かったら、話を聞きますよ？」と、親身に問い掛けた。

「優輝と出会ったのも、こんな夜だったわ」

夜空を見上げた三宅が、彼との馴れ初めを語りはじめる。

退屈な飲み会を抜け出した彼女に、声をかけてきた居酒屋のバイト。その青年が、神田優輝だったそうだ。彼は休憩中で、浮かない顔をして夜空を見上げていた三宅に「人付き合いって、大変ですよね」と、隣に座る。

酔っていた彼女は、赤の他人にも拘わらず、想いを吐露し始め、青年は黙って愚痴を聞いてくれた。そんな有り触れた、男女の出会い。

その場で連絡先を交換した二人は、あっという間に仲を深めていく。彼は弁護士を目指す苦学生で、日々働いてはいても、これといった目標のない三宅は、夢を追いかける青年にどんどんと惹かれていった。

半同棲状態となり、金銭面の支援も含めて神田を支える日々。彼が司法試験に合格した折には、プロポーズされるのだろう。自分も彼も口には出さないが、そうなることは確定事項だ。

これだけ甲斐甲斐しく世話してやってるのだから、そんなの当たり前。子供たちが大きくなって、両親の馴れ初めなんかを聞かれたら、この結婚前の苦労話をしっかりと語ってやろう。お父さんがああやって立派な弁護士先生になれたのも、お母さんが支えたからなのよ、と。

そんな日々にトドメを刺す、深夜の来客。職場に現れた血まみれの恋人を見て、彼女の将来設計は音を立てて崩れていく。

逃げた女には見覚えがあった。ただの友達にしてはちょっと可愛過ぎるなと、以前から警戒していた娘(こ)だ。

こんな時間に二人でなにをしていたの？　あの女が、あなたを傷つけたの？

問い詰めたい衝動はあったが、職場で痴話喧嘩(ちわげんか)なんてしたくない。そんなことをすれば、明日にでも噂(うわさ)は病院中を駆け巡るだろう。それよりも、今は看護師として彼の手当を優先しなければ。

詰問を後回しにし、職務を全うした三宅。当直の外科医が処置を終えたあと、周りにひとがいない隙(すき)を見計らって、彼女はベッドに眠る恋人のもとを訪れた。

「彼の方も、もう言い逃れなんて出来っこないって分かってたのね。わたしがベッドサイドに腰掛けた瞬間、別れを切り出してきたわ」

いつの間にか、水城の首に刺さっていた注射針は抜けていた。でも、まだ油断は出来ない。

「それで？」と、俺はカウンセリングという名の時間稼ぎを続けた。

「『君と別れて、彼女と付き合う』だなんて言い出すもんだから、頭に来たわ」

三宅の声が、怒りで震えはじめる。

「健気で、料理上手な女の子。はかなげで、守ってあげたくなるような女の子。元カレにDVを受けていたトラウマで、急に包丁を振り回しだした彼女に、あんな深手を負わされたっていうのに、それでもわたしより彼女を選ぶんだって」

もう一年も前の話だというのに、怒り冷めやらぬ様子の三宅。まるで八つ当たりのように、彼女は人質の髪を摑んだ。

ブチブチと水城の黒髪を引き抜きながら、「わたしが生活費を稼いでやって、『おかげで勉強に集中できるよ』なんて言ってたくせに」と怒気を吐く。

その様を見て、まずいな、と思った。時間を稼げるのはいいが、このままだと錯乱して、怒りのままに水城を傷つけるかもしれない。

カウンセリングを中止するべきか悩んでいると、足下から「おい、アレを見てみろ、相棒」とテンが声をかけてきた。

その短い前足が指していたのは水城の右手で、「それは、理不尽だな」とマッドナースに相槌を打ちつつ眺めていると、ピクリと指先が跳ねるように動いた。

「どうやら、髪を抜かれた痛みで、嬢ちゃんは目覚めかけてるようだ」

チンチラは言い、「もうちょっとの辛抱だよ、相棒。時間稼ぎを続けろ」と偉そうに指示を飛ばしてくる。

「まさか、彼は手当のお礼も言わなかったのかい？」

俺は彼女が水城の目覚めに気付かないよう、その怒りに油を注いだ。

「そうよっ、『ありがとう』も『ごめんなさい』もなし。あんな奴、殺されたって文句を言う資格もないわ！」

怒り狂う三宅の手の中で、プラスチック製の注射器がミシミシと音を立てた。そのまま割れてくれないかなと願いつつ、「それは酷い」と相槌を打つ。

「こっちは二人の夢のために、冷えた中華弁当食いながら仕事を頑張ってるっていうのに、彼は勉強もせず、浮気相手と手料理ですって」

「なるほど、そこで出前のピーナッツオイルのことを思い出したんだな」

「そうよ」頷いた彼女の手が緩んだ。「でも、殺すつもりはなかったの。ちょっと苦しめてやろうと思っただけで」

三宅の顔に、悲痛の色が浮かぶ。どうやら、本当に殺意はなかったらしい。でも、それもおかしな話だ。

いくらアナフィラキシーショックの反応が速いからと言って、この女はその原因がナッツオイルだと知っていたのだから、治療は簡単だったはずだ。外来にある救急キットのエピネフリンを投与すれば済む話で、それをせず、俺を呼ぶのに時間がかかったところに彼女の闇はある。

「苦しむ様を眺めていたってわけか」

こちらが呟けば、「わたしに助けを求めるのを待ってたの」と、マッドナースが肩を落とした。「でも、彼は『助けてくれ』なんて言わなかった。すぐに意識が混濁し始めて、それであの女の名前を呼んだのよ」

なるほど、それで助ける気が失せたのか。気持ちは分からないでもないが、その所業は殺人犯のものだ。

短期間であったとはいえ、神田の苦しみは相当のものだっただろう。それを、自分に助けを求めなかったからと言って、見殺しにするなど、常軌を逸している。

「藁火紗夜。その神田の浮気相手が殺されたのは、知ってたか？」

「もちろん、知ってたわ。猟奇殺人の被害者だって、ニュースにあの女の顔が出てたもの」

口が裂けたのかと思うほど、大きな笑みを彼女は浮かべた。

「だからこそ、これは運命だと思ったの。彼の死はただの不運な事故として処理されたし、異議を唱えてきそうな邪魔者も、他の誰かが殺してくれた。こんな偶然、神さまがシナリオを書いたとしか思えないでしょう？」

おまえみたいな女のために、神が力を貸すわけないだろ。そう呆れていた俺の目に、ある光景が飛び込んできた。水城が目を開いたのだ。

騒ぎ立てやしないかと恐れたが、大丈夫、と彼女は目配せしてくる。反撃するにも、なにかキッカケが必要なようだ。

そう思った俺は、「ひとつ、気になってることがあるんだ」とマッドナースに呼びかけた。

「なにかしら?」

「そのケタミンのことだよ」と、警棒の切っ先で注射器を指す。「アンタが神田さんを殺した経緯は分かったが、どうにも薬の横流しをするような人物には見えないんだ。いくら廃棄薬だろうと、そんなリスクを冒すとは思えない」

手にした注射器を眺めるも、答えようとしない三宅。その様子を見て、ある疑念が俺の中で確信に変わった。

「医療関係者は、一番楽な死に方を知っている。飛び降りとか、首吊りとか俺も色々と考えてみたが、生き残った場合を考えると、どれも地獄だ。それで結局、薬で眠るように死ねるのが一番だなって結論に達したんだけど」

話しかけつつ、彼女に近づいていく。

「それ以上、こっちに来ないで!」

叫びを上げたマッドナースから、二メートルほどのところで足を止め、「アンタさ、それを使って死のうとでも思ってたんじゃないか?」と問い掛けた。

この距離なら、三宅が再び注射針を水城の首筋へ突き刺そうとしたところで、牽制できるだろう。それどころか、一歩踏み込みさえすれば、綺麗な面打ちをお見舞いしてやれる。

「アンタは恋人を殺した。その罪悪感に押し潰され、死のうかどうかって迷ってる奴がさ、さらに二人も殺めて、生きていけるのか?」

トドメとばかりに俺は詰め寄ったが、それが良くなかった。「馬鹿にしないで」と、三宅が素早く、水城の首に向かって右手を振る。

こちらも警棒を振り上げはしたが、この一撃がケタミンの注入に繋がっては本末転倒だ、と振り下ろすのを躊躇ってしまった。せっかく、カウンセリングによって生まれたアドバンテージが、元の木阿弥だ。

「やっぱり、ドクターなんて信用できない」キッと睨みつけてきた三宅が「ほら、この子に死んでほしくないのなら、さっさと飛び降りなさいよ」と命令してくる。

しかし、彼女の思い通りにはいかなかった。三宅の手首を摑んだと思ったら、次の瞬間、水城が綺麗に彼女を投げ飛ばしたのだ。

「大体の事情は、今のやり取りで分かりました」

首筋からダラダラと血を流しつつ、水城が言う。

「ああ、やっぱり目を覚ましてたんだな」起き上がった三宅を警棒で牽制しつつ、「無事でなによりだ」と、同僚を労った。

「でも、まだ終わりじゃないようですよ」

水城は言い、前方を顎で示す。そこには、スタンガンを構えたマッドナースが立っていた。バチバチと夜闇に弾ける火花。水城の言う通り、まだ諦めてはないらしい。

しかし、そうは言っても二対一の状況で、こっちには警棒を持った剣道四段の男手があるのだ。手足の痺れも、すっかり消えている。人質を取られていないのなら、負ける気はしなかった。

「ここは、わたしに任せてくれませんか？」

準備運動さながら、手首をグルグルと回しながら水城が言ってくる。

「え、どういう意味？」

「トイレの帰りに『ちょっと相談がある』って騙されたところで、わたしの記憶は途絶えてるんです。背中は痛いし、薬でも飲まされたのか、頭もまだボウッとしてる」

「そうだな、俺も似たようなものだ。でも、だからこそ、ここは一致団結して――」

俺の説得を「わたし、怒ってるんです」と水城が引き裂いた。そのまま、ツカツカとマッドナースの方へ向かって歩きはじめる。

「なによ、アンタなんかになにが出来ると思ってるの？」

馬鹿にしてくる三宅へ「わたし、趣味でクラヴマガを習ってるんですよ」と、水城が宣戦布告した。

「なによ、それ」と相手が言い終わる前に、水城は襲いかかる。最初の一撃でスタンガンを弾き飛ばし、もう、そこからはワンサイドゲームだ。

水城は決して、身体の大きい方ではない。いや、むしろ平均よりも少し小柄なくらいなのだが、そんな彼女が放つ、肘打ちやキックは相手に大ダメージを与えた。

夜空に響き渡る打撃音に、投げ飛ばされるときの衝撃音。こちらを殺そうとしていたマッドナースに思わず同情してしまうほど、みるみる内に三宅の身体はボロボロになっていく。

「もうこいつの出番はなさそうだな」

俺は特殊警棒を畳みながら、金輪際、この女を怒らせまい、と心に誓った。

最終章

白いテーブルに緑色のベンチシート、木目模様の床に店内の照明を彩るオレンジ色のランプシェイド。今夜もノクターナル・カフェはチープな空気に包まれ、営業中だ。

ブース席を疎ら(まば)に満たす、常連客たち。「書記係」に「セレブ気取り」、「お喋り(しゃべ)三銃士」と、いつもの顔ぶれだが、その中で、「ナイスミドル」の姿だけが欠けていた。

静かに、角の席で文庫本を読んでいた壮年の紳士。彼がここに来ることは、もう二度とないだろう。

「それにしても、まさかあのオジサンがシリアルキラーとはね」

対面席から「書記係」が紅茶片手に言ってくる。オジサンというのは、もちろん小森卓也のことだ。

「今日もテレビをつける度に、彼の写真が出ていたな」

連続殺人鬼、メカクシ。その逮捕は紙面やワイドショーを大いに沸かせた。

彼の動機や過去、やり口が明らかになるたび、視聴者や読者が悲鳴を上げている。近頃(ちかごろ)

は三銃士たちもこの話題に夢中で、「怪しいと思ってたのよ」とか「嘘言いなさい」と、毎夜のようにケタケタと盛り上がっていた。

「先生は、逮捕した刑事と友達なんですよね。なんか、裏話とか聞いてないんですか？」

烏丸が目を爛々と輝かせて、問い掛けてきた。

「友達ってわけじゃないけど、まあ、逮捕に貢献したってことで後日談ぐらいは聞かせてもらったよ」

こちらが溜め息まじりに言えば、「是非、聞かせてください」と小説家が身を乗り出してくる。俺は渡部兜との会話を思い返しながら、彼にその後日談を聞かせてやることにした。

「眠れないと客がこぼすのが、トリガーだったようだ」

刑事は、そう教えてくれた。

その動機は狩宿院長の推理通りで、自分が眠れないことへの八つ当たり。まあ、小森本人は「最近、眠れなくて」などと漏らした客らを、「不眠症」から解放しただけだと言っているそうだが、そんな考えに理解を示す人間なんていやしない。殺人鬼の思考回路なんて、理解できなくて当然だろう。

しかし、俺が驚いたのはその手口だった。

小森が乗客に配っていたソフトドリンク。あの中に、睡眠薬が仕込まれていたそうだ。

普段はランダムに配っている飲み物だが、不眠を訴える客がいるときだけは、ハルシオン入りのジャスミンティーを勧める。

リラックス効果があるから、これを飲めば眠れるようになりますよ。そんな文言とともにペットボトルを渡し、客が眠るのを見計らって、凶行に及ぶ。それがシリアルキラー、メカクシのやり口なのだそうだ。

この話を聞かされた時、俺はゾッとした。

二回ともだ。小森のタクシーに乗った際、俺は二回とも、そのジャスミンティーを貰って飲んだ。

つまり、殺人鬼の毒牙はすぐそこまで迫っていたということだ。

殺されなかった理由なんて、単に、その時は喉が渇いていなかったから持ち帰ったというだけ。もし車内で飲んでいれば、確実に殺されていただろう。

知らず知らずのうちに、そんな窮地を二度も回避していたと知り、俺は戦慄した。もちろん、自宅や病院で飲んだときに相応の睡気は感じていたものの、「ジャスミンティーって本当に効くんだな」くらいにしか思っていなかった。

まさかあの中にハルシオンが仕込まれていたなどと、いったい誰が気付けるだろう。

眠った客の首を絞めて、殺していた小森。彼は、せっかく眠れるようになった犠牲者らが、もう二度と目を覚まさないよう瞼を縫い、その上からアイマスクを被せていた。そして人気(ひとけ)のない辺りまで例のサーブで運び、優しく寝かせる。

彼の中で、この行為は凶行ではなく、救済だったと言うが、もし自分が同じ目に遭(あ)っていれば、俺はどう思っただろうか？

院長が言う「眠れない獣たち」。彼らの奇妙な悩み事に振り回され、その影響で自分の悪夢へも立ち向かうようになった今なら、「ふざけるな！」と、小森にも抗(あらが)えただろう。

しかし、少し前なら話は違った。

当時も、死にたいとまでは思っていなかったが、外科医としての将来設計が崩れ、未来に何の展望もなかったことを思えば、生存の意志は弱かったと思う。もしかしたら、優しく寝かしつけてくれたメカクシに、「ありがとう」と、感謝の言葉を口にしていたかもしれないな。

俺が後日談を中断させ、考え込んでいたことで「大丈夫ですか？」と烏丸が心配そうに声をかけてくる。

「とにかく、俺は九死に一生という奇跡を何度も実現したってことだよ」

気まずくなって、そう強引に話を終わらようとしたが、「でも、すごい偶然ですよね」と小説家は終わらせてくれない。

「例の、藁火さんでしたっけ。先生の死なせてしまった患者の、浮気相手。その女性が、まさかメカクシの最初の犠牲者だったなんて」

「まあな」

渡部に任意同行を求められた小森は、あっさりとすべての罪を認めたらしい。それどころか、自分が「眠らせた」客らの情報についても、詳らかにしたそうだ。

他の被害者については教えてくれなかったが、藁火紗夜のことなら、と刑事は彼女の顛末について俺に話してくれた。

あの悪夢の夜、藁火は血の付いた服でタクシーへ乗り込んだ。自宅の住所を告げ、茫然自失となった乗客に、「大丈夫ですか？」と小森は声をかける。すると、「死にたい」と彼女は漏らしたそうだ。

どんなに頑張っても、わたしは周りに不幸を撒き散らすことしか出来ない。だから家族には疎まれ、友達には裏切られ、付き合った男たちはまるで別人のようになっていくのだ、と。

「行き先を変更してもらえませんか。どこか自殺できるような場所へ連れていってください」

そう深夜の乗客に請われた運転手は、「ちゃんと眠れてますか？」と問い掛けた。見覚えのある深い隈が、彼女の顔に刻まれていたからだ。

「眠れません。眠る価値もありません。もし眠れたら、もう二度と目を覚ましたくない」

泣きむせぶ彼女に、運転手はハルシオンの錠剤を渡した。「それを飲めば、もう二度と目を覚ますことはないですよ」と、言葉を添えて。

　ありがとう。

笑顔で言った藁火紗夜。殺人鬼メカクシが、この世に誕生した瞬間だった。

　俺が話し終えると、静かになったブース席の向こうから、三銃士たちの笑い声が聞こえてくる。あっちはもうとっくに連続殺人事件の話題を終え、今度は何たらという韓流ドラマの話で盛り上がっているようだ。

　紅茶を啜りながら、「同じ不眠症患者としては、やるせない気持ちになりますね」と小説家が溜め息を落とす。

　その気持ちは被害者に向けられた言葉だろうか。それとも、小森に？

「まあでも、先生だけに限って言えば、大団円ってところじゃないですか？」

　俺は確かめることはせず、「そうだな」とだけ返した。

　烏丸に言われ、「なにそれ、どういうこと？」と聞き返す。

「だって、そうじゃないですか。不眠症の原因となった一年前の医療事故も、先生の責任じゃなかったって証明されたんだし、野戦治療とは言え、再びメスを握ることも出来た。おまけに、危険なシリアルキラーまで炙り出せたんですから、御の字でしょう」

「たしかに、そう言われれば、丸く収まったようにも思えるな」

「なのに、なんでまだここで働いてるんですか？」

こちらを責めるようなトーンに、思わず「え？」と顔を顰めた。

「不眠症が治ったんなら、さっさと昼の世界に帰ればいい。なぜ外科医として復活せず、こんなところで留まってるんですか？」

おっしゃる通り、と文字が頭上に浮かぶ。しかし、認めるわけにはいかなかった。

たしかに烏丸の言う通りなのだが、原因となったトラウマが解決しても、俺の不眠症は治っていない。夜は目が冴え、振り子のように昼間は強烈な睡魔が襲ってくる。

ただ昼夜逆転してるだけじゃないの、などと妹には言われてしまったが、そう単純な話ではなかった。

神田優輝の死をキッカケに始まった俺の不眠症。ずっとそう思っていたけど、真実は違った。彼の死が引き金となったわけではなく、もともと俺は夜行性の獣だったのだ。一年前の悪夢は、ただその事実を表面化させただけ。

相変わらず眠れなくて、と院長に相談しに行った際、俺はこの事実を彼に突きつけられた。

「そろそろ、君も知るべきだろう」

そう言って、狩宿は人間の特性について話しはじめる。

この世には早起きに強い朝型人間、夜に本領を発揮する夜型人間がいて、このどちらに属するかは生活環境ではなく、遺伝子により、生まれたときから決まっているそうだ。朝型夜型、どちらのタイプも不眠症を発症することはあるが、特に夜型の人間が患うと、長期化しやすいらしい。

「僕と同じで、君も夜型の人間なんだ」

狩宿は言い、優しい笑みを浮かべた。

たしかに言われてみれば、昔から早起きは苦手で、夜更かしは得意だった。しかし、「ちゃんと起きないと」とか「ちゃんと寝ないと」と、昼行性の社会へ適応しながら、誤魔化し誤魔化し生きてきたのだ。

「錦くん、君が眠れないのは病気のせいじゃない。僕も君も、設計図の段階から、そうなるよう作られた人間なんだよ」

そんな狩宿の告知に、俺はショックを受けた。治す治さないの問題ではなく、ただそういう生き物というだけ。たらふく薬を飲めば、夜も眠れるようになるかもしれないが、いつの日か、無理が募って、身体（からだ）を壊す。

つまりは、元から外科医としての未来など、俺にはなかったというわけだ。

「先生？」

急に黙り込んだせいで、烏丸が顔を覗（のぞ）き込んでくる。

この小説家は、俺とは違う。カルテの内容からして、昼行性の生き物。ただ、新作が書けないというストレスのせいで、眠れていないだけだ。

しかし、ここで狩宿の告知内容を彼に伝えれば、自分もそうなのかも、と邪推してしまう危険はある。ただでさえ、思い込みの激しい青年だ、きっと酷く落ち込むだろう。医師として、それだけは避けなければ。

俺はフッと笑い、「実は、例のマッドナース事件のことなんだけど、ひとつ裏話があってね」と患者の顔を見た。

「裏話？」

「ああ、メインストーリーの陰で進行していた、サブストーリー。狩宿院長奮闘記だよ」

俺と水城がマッドナースに屋上へと連れていかれた頃、整形外科病棟で一人の男が首を傾げていた。

用事があると、急に帰った錦くん。スマホを見てからの彼はどこか上の空で、いつもは礼儀正しいのに、珍しく、強引な去り方だった。

それに、水城ちゃんのことも気になる。彼女にいたっては、「ちょっと、お花摘みに」と病室を出ていってから、なんの音沙汰もない。帰るにしても、せめて別れの挨拶くらいはするはずだ。

なにか、嫌な予感がした。

心配で居ても立ってもいられなくなった狩宿は、病室を抜け出し、病棟の看護師に聞き込みを始める。水城の行方に繋がる情報は得られなかったが、代わりに不穏な報せを受け取った。

狩宿と仲の良いベテラン看護師のひとりが、「そういえば、さっき狩宿さんの病室の前で、見覚えのないナースを見かけたんですよ」と教えてくれたのだ。

この病棟には属していない看護師が、どうも病室の扉前で聞き耳を立てていたようなので、気になって話しかけてみれば、彼女は救急外来を担当するナースだった。

「ちょっと、お見舞い客の方に用事があったので、病室の前で待っていたんですけど、先客がいらっしゃるようなので」

そんな言い訳を残して、そそくさとナースは立ち去っていった。

ベテラン看護師が「どこか様子がおかしかったから、気になってしまってね」と頬に手を添えたので、狩宿の不安は一気に加速する。

誘い出されたように、急に帰った錦くん。

連続殺人鬼、メカクシの素性が判明するというビッグニュースの陰に隠されてしまっているが、彼は元々、一年前の不審死について調べるため、この病院を訪れていた。「結局、そっちの方はなにも進展しませんでした」と彼は肩を落としていたが、本当にそうなのか？

治療中に亡くなった青年。もし彼の死が作為的なものだとしたら、その犯人は錦くんらの行動をどう思っただろう。

このまま野放しにしていたら、きっと真実まで辿り着いてしまう。そう怖れるんじゃなかろうか？

そして、不審な行動をしていた救急外来のナース。

錦くんは、一年前の事件で一緒に病院の取り調べを受けた看護師がいると言っていた。もし彼女が真犯人なのなら、情報の隠蔽を試みようとしてもおかしくない。

錦くんと水城ちゃんが心配だ。ひょっとすると、彼らは自分の想像以上に危ない状況なのかもしれないぞ。

病棟ナースたちにこの懸念を吐露した狩宿は、彼女らの協力を請いつつ、自らも捜索に出た。錦くんと水城ちゃん、それに怪しげな救急外来看護師。その三人を探し、病院中を駆け回るうち、車椅子を押しながら屋上へ向かう看護師を見たと、目撃情報が入ってくる。

急げ急げ、彼らが危ない。狩宿は応援に呼んだ警備員の到着も待たずに、屋上へ向かった。

「でも、おかしいな」

話を聞いていた烏丸が声を上げる。

「たしか先生の話だと、目を覚ました水城さんがマッドナースをボッコボコに撃退したんですよね？　院長先生による救援なんて話は、なかったはずですけど」

「だから、サイドストーリーだって言っただろ？」

笑いまじりに言い、「院長はさ、俺たちのことがあまりにも心配で、自分が抱えた爆弾の存在をすっかり忘れてたんだよ」と続ける。

「まさか」

「そう、ちょうど屋上へ向かう階段を前にしたところで、腰が爆発した。せっかく治りかけていたヘルニアが、無理な運動のせいで悪化して、動けなくなったんだ」

「もしかして、発見したのは先生と水城さんですか？」

小説家が笑いながら問い掛けてくるので、俺も一緒に笑った。

「ビックリしたよ。ノックアウト寸前の看護師を抱えて階段を下りたところで、院長がひっくり返った虫みたいになってたからな」

テーブルに乗せた掌（てのひら）を上へ向け、痙攣（けいれん）させたようなジェスチャーをすれば、「笑っちゃダメですよ。助けようとしてくれてたんですから」と烏丸に注意される。

「それはそうなんだけどさ。俺や水城さんよりも重傷だったたって聞くと、我慢できないだろ？　俺たちもその場で爆笑しちゃったよ」

周りの視線を感じるほど、二人して笑い合ったところで「まあ、そんなわけで院長の入院期間は延長。しばらくは、俺の臨時医続行ってことだ」と、伸びをした。

タイミング良く、「錦先生、そろそろ次の患者さんが来ますよ」と水城が診察室の方から呼びかけてくる。

「脚色はほどほどにな」

小説家の肩を叩き、俺は診察室へ向かった。その途中で、カサカサとカフェの角を小動物が走り抜けていくのが見えた気がした。

足を止め、「テン?」と名前を呼んでみるが、返事はない。

これが唯一の変化だった。自分のトラウマと対峙し、一応の解決を迎えた結果、テンが姿を見せなくなったのだ。

ダンディな声をした、オスのチンチラ。不穏な症状が勝手に消えたのなら、喜ぶべきだ。でも、とてもじゃないがそんな気になれない。

あの憎たらしい小動物には、随分と助けられた。なのに、その存在を知っているのは、俺だけ。誰にも相談しなかったせいで、テンの活躍を知る人間はこの世に俺しかいないのだ。

「気にするなよ、相棒」と、アイツなら言ってくれるだろう。でも、それじゃ俺の気が済まない。

寂しいし、悔しい。そんな気持ちが、身体を反転させた。

せめて烏丸の紡ぐ物語の中ぐらいは、俺のヒーローを登場させてもらおう。きっとテンなら、ストーリーを華やがせる、いいアクセントになってくれるはずだ。

再び小説家の前に座り、「このままだと、ただ暗闇の中で夜行性の獣たちが蠢くホラーになっちゃうだろ？」と彼に問い掛ける。

「ホラー？」

首を傾げる烏丸に、「そこで、ちょっといい登場人物を思いついてね」と、俺はチンチラの話を始めた。

と言っても、「実は幻覚を見ていた」と、正直に白状するわけじゃない。ただ、こんなキャラを出してもいいんじゃないかって、提案しただけだ。

どうせ小説にするのなら、派手な方がいいじゃないか。こんなこと、最初で最後なんだから。

俺は軽い気持ちで、テンの魅力を語った。まさか、これがまだ物語の序章に過ぎないとも知らずに。

本書はハルキ文庫の書き下ろし作品です。

ハルキ文庫

今夜(こんや)も愉快(ゆかい)なインソムニア

著者 烏丸尚奇(からすまなおき)

2023年7月18日第一刷発行

発行者 角川春樹

発行所 株式会社角川春樹事務所
〒102-0074 東京都千代田区九段南2-1-30 イタリア文化会館

電話 03(3263)5247(編集)
03(3263)5881(営業)

印刷・製本 中央精版印刷株式会社

フォーマット・デザイン 芦澤泰偉
表紙イラストレーション 門坂 流

ISBN978-4-7584-4572-6 C0193 ©2023 Karasuma Naoki Printed in Japan
http://www.kadokawaharuki.co.jp/[営業]
fanmail@kadokawaharuki.co.jp[編集] ご意見・ご感想をお寄せください。